Ronso Kaigai
MYSTERY
237

眺海の館

Robert Louis Stevenson
The Pavilion on the Links
and Other Stories

ロバート・ルイス・スティーヴンソン

井伊順彦［編訳］

論創社

The Pavilion on the Links and Other Stories
2019
Edited by Nobuhiko Ii

目次

眺海の館

赤星美樹訳

第一章は、グレイドン海岸林に野宿し、眺海の館に灯火を見た話

わたしのかわいい、聞き分けのよい子どもたちよ、天に召されるのを前にわたしは自分の記憶を整理してきたが、ついに、このときが来たと思っている。ここ半年というもの、日ごと、人間の脆《もろ》さを思い知らされてきた。手遅れになる前におまえたちの意をくみ、これまで何度となく知りたがっていたことを教えてあげよう。長いあいだ心にしまってきた秘密を、今こそ明かそう。この話は、これから先もずっと、ごく近しい人だけに伝わっていってほしい。かわいいわが子たちよ、これは誰にも知られてはならない。読んでいけば、その理由がわかる。ここで知ったこと、あるいは、ここで得た教訓以上の多くのものを、おまえたちに学んでほしいとわたしは願う。この物語は、不運な人や非がなくとも屈辱を与えられている人への深い思いやりの心を、わたしたち一族に教えてくれるに違いない。わたしにとってみれば、わが人生にかわいい天使が訪れた経緯《いきさつ》を話そうというのは、歓びであると同時に悲しみでもある。この出来事は、これから先も、わたしの心を揺さぶり続けるだろう。もし、わたしが何かしら価値ある存在、あるいは、多少とも善き父親であるならば、それはおまえたちの母さんのおかげであり、母さんへ寄せるわたしの愛と敬意がそうさせているのだよ。この愛と敬意は、それ自体がわたしの心を晴れやかにしただけでなく、さまざまな状況に遭遇したとき、わたしを導き、後押ししてくれた。人は自らの少年少女のころや、幼少のころばかりを賛美したり懐かしんだりして、

婚約者と愛を育んだ結婚までの日々を終わりの始まりのように振り返るが、わたしの場合は違う。わたしはそれまで自尊心もなく、自分の存在に興味さえなかったのだから。とはいえ、これからおまえたちが知るように、わたしたちが結婚を決めたときは疾風迅雷のごとき数日間で、おまえたちの母さんもわたしも、押し潰されそうな恐ろしい思いをそれは数多く経験した。あまりに特異な状況で、これを凌ぐ出来事は、少なくともこの時代のこの国ではそうそうお目にかかるまい。絶えることのない不安のなかで、わたしたちは愛し合うようになったのだよ。

　若いころわたしは、およそ世捨て人のように生きていた。超然と、独り遊びに興じては、優越感に浸っていた。のちに妻となり子どもたちの母となる女性《ひと》と出会い、心打ち解けるまでは、友人も知人もいなかったといってよい。つき合いのある男が一人だけいた。名はR・ノースモア。スコットランドのグレイドン・イースターの大地主で、大学で知り合った。互いに好感を抱いていたわけでも、まして親交が深かったわけでもないが、似た者同士だったせいで、お互い気楽につき合えた。人間嫌い、とわれわれは自らを称したが、今にして思えば不貞腐れた輩だったにすぎない。交友などというものはなく、関わり合わず共に過ごすといった具合だった。ノースモアは尋常ならぬ激しい気性のもち主で、いかなる人間ともうまくつき合うことが難しかったが、わたしとだけは別だった。ノースモアは寡黙なわたしに干渉せず、好きなようにさせてくれたので、彼がそばにいてもわたしは気にならなかった。われわれは互いを友人と呼んでいたと思う。

　ノースモアが学位を取り、わたしが学位をあきらめ大学を中退したとき、彼は、グレイドン・イースターでしばらく一緒に過ごさないかとわたしを誘ってきた。ここに語る冒険譚の舞台を、わたしはこのとき初めて知った。グレイドンの屋敷は、北海の岸から三マイル（約四・八キロメートル）ほど入った侘《わび》しい一帯に建っていた。兵舎ほどの大きさで、軟質の石造りだったので海岸地帯の厳しい環境では摩耗しやすく、内側はじめじめしてすき間風が入り、外壁は崩れかけていた。こうした家屋で、青年二人が快適に過ごせるはずがない。だが、この屋敷とは別に、私有地の北側の、植林地と海に挟まれた荒涼たる砂地の草原《リンクス》と風吹きすさぶ砂丘の中に、当世風の設計の望楼のような、海を眺める小さな館が建っていた。われわれにとっては、まさに願ったり叶ったりの住処だった。この隠れ家で、ノースモアとわたしはほとんど会話もせず、大いに読書し、食事以外はめったに行動も共にせずに嵐が荒れ狂う冬の四カ月を過ごした。もう少し長く滞在してもよかったのだが、三月のある夜、二人のあいだに諍いが起こり、わたしはここを去らざるをえなくなった。ノースモアが語気を荒らげたのを今も思い出す。そして、おそらく、わたしが何かしら辛辣な言葉を返したのだろう。彼は椅子から跳び上がると、わたしにつかみかかった。大袈裟ではない、わたしは命を守るために取っ組み合いをやらざるをえなくなり、やっとのことで相手を抑え込んだ。体力はわたしにわずかに劣ったが、この男には悪魔が宿っているかに思えた。翌朝、いつもと変わらず二人は顔を合わせたが、ここは立ち去るのが慎みとわたしは判断し、彼もわたしを引き止めなかった。

それから九年が経ち、わたしは彼《か》の地方をふたたび訪れた。このときわたしは小さな荷車とテントと調理用の釜を携え、旅をしていた。日中は荷馬車の傍らをとぼとぼ歩き、夜は時刻かまわず、丘の洞穴や木の下で眠った。こうして、イングランドとスコットランドの、荒れ果てた不毛の地のほとんどに足を踏み入れたのではないかと思う。わたしには友人も親戚もなかったので、年に二回、事務弁護士の事務所から収入を受け取るときを除いては、手紙を書く煩わしさもなければ、本拠といったたぐいもなかった。わたしはこの生活を楽しんでいた。長く旅するうちに齢《よわい》を重ね、最後は野垂れ死ぬものと疑っていなかった。いや、おまえたちの母さんに出会っていなければ、そうなっていたはずだ。

やるべきことといえば、何にも邪魔されずに野宿できる、人けのない土地の片隅を探すだけ。そういうわけで、彼《か》の州のほかの場所にいるときに、ふと思いついたのが砂地《リンクス》の草原に建つあの眺海の館だった。周囲三マイル以内に街道は通っておらず、最寄りの町までは、といっても漁村にすぎないが、六、七マイル（約九・七から一一・三キロメートル）離れている。この不毛の一帯は帯状に海に沿っていて、長さは海岸線上に一〇マイル（約一六キロメートル）、幅は内陸側に三マイルから半マイル（約〇・八キロメートル）あった。ここを訪れるには、普通は浜から上陸することになるのだが、浜辺の砂はほとんどが流砂（水を含み半液体状になった流動しやすい砂。流砂地帯は底なし沼と呼ばれることもある）だった。連合王国じゅうで、身を隠すのにここより適した場所はまずないだろう。わたしはグレイドン・イースターの海岸林で一週間を過ごそうと決め、長い道のりのすえに、荒れた天気の九月のある日、夕暮れのころ、その地にたどり着いた。

この一帯は、前述のとおり、砂丘と砂地《リンクス》の草原が入り組んでいた。リンクスとはスコットランド語で、海岸に打ち寄せられた砂が、程度の差こそあれすっかり芝草に覆われてしまった土地を指す。眺海の館は平坦な場所に建っていた。館の裏手の少し離れたところには、海風が吹きつけるせいで密集したニワトコ（スイカズラ科の落葉低木）の林が垣根のように広がっている。館の正面から海までのあいだには崩れた砂丘がいくつかあった。岩の露出した場所があり、砂地を守る要塞のように見えた。つまり、海岸線のこの部分は、二つの浅い入り江に挟まれた岬になっていた。そして、潮流のすぐ向こうにも岩がもう一つ露出し、小さいながらも奇抜な形の島をなしていた。干潮時には流砂の範囲がとてつもなく広がり、この地方に忌まわしい噂を生んだ。小島と岬に挟まれた海岸付近では、流砂が人ひとりを四分と半で飲み込むという。とはいえ、この厳密な時間に、根拠などほとんどなかったに違いない。このあたりはウサギが跳ね回り、カモメもたくさん飛んでいて眺海の館のまわりで始終甲高い声で鳴いていた。夏のあいだは見渡すかぎりきらめいて心も踊らんばかりだったが、九月の夕暮れどきともなると、風が吹きすさび、巨大な波が砂地の草原《リンクス》に沿ってすぐ近くまで打ち寄せ、命を落とした船乗りと海難の物語が聞こえてくるようだった。水平線で風に逆らい進もうとしている船と、足元の砂に半分埋もれた難破船の巨大な帆柱の残骸が、物語の暗示する光景を揺るぎないものにした。

　眺海の館は、ノースモアのおじである、美術愛好家でおめでたい道楽者の先代が建てたのだが、このときも経年をほとんど感じさせなかった。二階建てで、イタリア風の設計。まわりを囲む小さな庭は雑草がちらほら花をつけているだけで、あとはがらんとしていた。鎧戸が閉まり、住人不在というより、そもそも誰も住んだことがないように見えた。ノースモアがいないのは一目瞭然だった。いつものように不貞腐れて帆船の船室にこもっているのか、それとも、ときおりあるように血迷ってふらふら人里に出没しているのか、当然ながら、わたしには知る由もなかった。あたりは寂寥として、わたしのように孤独に生きる者さえひるませた。煙突の中で、風が不気味にむせび泣いている。ここから逃げるのが安全な場所へ身を置くことのような気がして、わたしは館に背を向けると、荷車を押して林の入り口から奥へと進んでいった。

　グレイドン海岸林はその裏側にある耕作地の防風林として、また、吹き飛んでくる砂を防ぐために植林された。海岸側から足を踏み入れると、まずニワトコが、次に、また種類の違う耐寒性の低木が現れた。だが、木の幹はみな、生育を妨げられて密集していた。木々は日々闘っていた。冬は激しい嵐の中で一晩じゅう揺さぶられるのが常で、早春ですら葉はもはや飛び散って、この吹きさらしの植林地では季節はすでに秋だった。土地は内陸に向かってせり上がり、小高い丘をなしていた。この丘は、例の小島とともに、航海中の船乗りの目印の役割を果たしていた。小島の向こうの北方向に丘が見えてきたら、船はうまく東へ舵を取って、グレイドン岬とグレイドン岩場を通過しなければならない。丘の麓のあたりには、木々のあいだを縫って小川が一筋流れていたが、枯葉やら上流から運ばれてきた泥土やらに堰き止められて、あちこちで水が溢れ出し、淀んで水たまりをつくっていた。林のまわりには、ぽつりぽつり立ち腐れた小さな家屋があった。ノースモアによると、これらは聖堂の跡地で、使われていたころは敬虔な隠修士の住居だったらしい。

わたしは穴というか、小さな窪地を見つけた。澄んだ水が湧き出している場所だった。周囲のイバラを刈り取ったわたしは、テントを張ると、料理のための火を熾《おこ》した。馬は、林のさらに奥の、草が生えた一画につないだ。穴を囲む土手は、熾《おこ》した火の明るさを隠してくれるだけでなく、激しく冷たい風からわたしを守ってくれた。

これまで送ってきた生活のおかげで、わたしは体が頑健に、また質素に耐えられるようになっていた。水以外は飲まず、オートミールより贅沢なものは滅多に口にしなかった。睡眠もほとんど必要なかったので、今でも夜明けには起き出すけれど、当時は日が暮れると暗闇の中で、あるいは星空を眺めながら、体を横たえたままいつまでも寝ずにいることもしばしばだった。グレイドン海岸林ではありがたいことに午後八時には眠りにつけたものの、そういうわけで、一一時になる前にふたたび目を覚ましたときは、頭も冴え体も元気で、眠気も疲労も感じていなかった。わたしは起き上がり、火のそばに腰を下ろして、木々と、頭上を狂ったように飛んできては去ってゆく雲とを眺め、風や、岸に打ち寄せる大波の音に耳を傾けた。そのうちに、何もせずにいるのに飽きてきて、穴から出ると、林のはずれに向かってとぼとぼ歩きだした。上弦の月は霧に隠れ、足元をぼんやり照らすだけだったが、砂地の草原《リンクス》の中へ入っていくにつれ明るさを増した。と、一陣の強風が外洋の塩の香りと砂粒をともなって、力いっぱいわたしを打ち、わたしは思わず頭を下げた。

ふたたび顔を上げ、あたりを見渡すと、なんと眺海の館に明かりが一つ灯っているではないか。据え付けの照明でなく、灯火は窓から窓へと移動し、誰かがランプか蠟燭を手に部屋を一つひとつ見回っているかに見えた。わたしは大いに驚き、灯火をしばし見守った。その日の午後に訪れたときは明らかに人はいなかったが、今は明らかに人がいる。盗賊団が侵入し、ノースモアの持ち物がぎっしり詰まったあちこちの戸棚を今まさに物色しているのではないだろうかと初めは考えた。しかし、盗賊がグレイドン・イースターに来ることがあろうか。しかも、鎧戸がすべて開け放たれている。そうした連中なら鎧戸は閉めておくものだろう。盗賊団ということはありえない。次に、別の考えが浮かんだ。ノースモアが来たに違いない。館の中に風を通し、点検でもしているのだろう。

この男とわたしのあいだに真の友情がなかったのは、前述のとおりだ。いずれにしろ、この男に抱く感情が兄弟愛のようなものだとしたなら、それよりわたしは孤独を愛する気持ちのほうがずっと強かったので、愛はあったにせよ、彼と共に過ごすのはごめんだった。そういうわけで、わたしは踵《きびす》を返し、そこから逃げ出した。そして、焚き火のもとへ無事に戻ってきたときは、心から安堵した。対面を免れた。もう一晩は、ゆっくり過ごすことができる。夜が明けたらノースモアが外に出てくる前にこっそり立ち去るか、それとも、気の赴くままに軽く挨拶だけしておくか。

ところが朝になると、この状況がとんでもなく愉快な気がして、わたしは自分が人嫌いなことをすっかり忘れてしまった。ノースモアはわたしのなすがままだ。この隣人がまったく冗談の通じない相手なのはよくわかっていたが、わたしは気の利いた冷やかしの段取りをつけた。そして、成功したときの場面を思い描き、含み笑いしながら、館の玄関が見える林のはずれのニワトコの茂みに陣取った。鎧戸がすべてふたたび閉まっていたので、はて、と訝《いぶか》ったのを今も思い出す。白壁に緑のヴェネツィア式窓のついたその館は、朝陽を浴びるなか、洒落て住み心地がよさそうに見えた。数時間が過ぎたが、なおノースモアの気配はなかった。あの男が午前中はのらりくらりしているのは知っていたが、正午が近くなると、わたしはしびれを切らせた。実をいうと、朝食はここでとらせてもらおうと思っていたので、耐え難い空腹に襲われ始めていた。大笑いもできぬままに、その機会をみすみす手放すのは実に残念だったが、空腹はひどくなる一方だったので、後ろ髪を引かれつつ、冷やかしの計画はあきらめ、わたしは林を飛び出した。

館に近づくにつれ、その様子に胸が騒いだ。前日の夕刻と、なんら変わらぬように見えるではないか。人のいる気配が外側に何かしら感じられるだろうと、根拠はないものの思っていたが、当てがはずれた。窓はすべて鎧戸が固く閉ざされ、煙突から出る煙もない。正面玄関の扉には、しっかり南京錠がかかっている。ならば、ノースモアは裏口から入ったのだろう。そう考えるのが自然だし、そう考えるしかあるまい。館の裏側に回り、裏口も同じく南京錠がかかっているのを見たときのわたしの驚きようは、おまえたちにも察しがつくだろう。

やはり最初に考えたとおり盗賊団だったのだと、わたしはすぐに思い直した。そして、前の晩、手を拱《こまぬ》いていたことにひどく責任を感じた。そこで、一階の窓を残らず確認してみたが、こじ開けられた形跡はない。南京錠もいじり回してみたが、正面玄関も裏口もしっかりかかっている。となれば、盗賊は、もし盗賊だとしたら、どうやって押し入ったのか。推測するに、ノースモアが写真撮影用の器具一式をしまうのに使っていた差し掛け小屋の屋根に上ったのではないだろうか。そして、屋根から書斎、あるいはわたしがかつて使っていた寝室の窓を破り、侵入を果たしたに違いない。

自分の推測した方法に従い、まず屋根に乗り、それぞれの部屋の鎧戸を開けようとした。両方とも閉まっていたがあきらめず、力をわずかに込めると、そのうち一つが勢いよく開いた。このとき手の甲を擦りむいた。傷を口元にもっていき、おそらく三〇秒ほど、その姿勢のままイヌのように舐めたのを今も憶えている。そして、何気なく振り返り、荒れ果てた砂地の草原《リンクス》と海を眺めた。すると、北東方向の数マイル先に大型の帆船が浮かぶのが、わたしの目に映った。そのあと、わたしは窓を開け放ち、よじ登って中へ入った。

家じゅうを見て回ったが、このときの当惑は言い表せない。荒らされた様子など一切なく、それどころか、どの部屋も意外なほど居心地よさそうに片づいている。暖炉はいつでも火が点く状態で、三つある寝室は、普段のノースモアと結びつかないほど贅沢に整えられ、水差しには水が、ベッドはすぐに眠れるよう覆いがはずされていた。食堂には三人分の食器が並び、配膳室の棚には冷肉と猟獣肉と野菜がたっぷり用意してあった。客人の予定があるのだ。それは明白だ。だが、なぜ客人が。人づき合いを好まぬノースモアのところに。そして何より、家の中はなぜ真夜中にこっそり整えられたのか。なぜ鎧戸が閉められ、扉には南京錠がかかっているのか。

わたしは侵入した形跡を残らず消し、すっかり冷静になって首をひねりながら、窓から外へ出た。

帆船はまだ同じ場所に留まっていた。その瞬間、ひょっとしたらあれは〈レッド・アール号〉で、眺海の館の所有者とその客人を乗せてきたのではあるまいかと、ぴんと来た。だが舳先は反対側を向いている。

第二章は、夜中に帆船から人が下りてきた話

わたしは穴に戻ると、腹が減ってたまらなかったので食事をつくり、また、午前中いくぶん疎かにした馬の世話をした。ときおり林のはずれまで行ってみたが、館は相変わらずで、砂地の草原《リンクス》には人っ子一人現れないまま日中が過ぎていった。目の届くかぎりで、人の気配をわずかながら感じさせるものは沖合の帆船だけだった。船は一見したところ明確な目的地がないように、何時間ものあいだ遠ざかったり近づいたり、あるいは舳先を風上に向けて留まったりしていた。ところが、夕刻が深くなるにつれ、だんだんとこちらへ近づいてくるではないか。やはりノースモアと彼の友人を乗せていて、陽が落ちてから上陸するつもりだろうと、わたしは確信を強くした。夜に上陸するのは滞在の準備がこっそりなされたのと同じ理由だろうが、理由はもう一つあった。午後一一時を過ぎないと潮が充分に満ちず、よそ者が海から侵入するのを防いでいるグレイドン流砂地帯とその周囲の泥地が隠れないのだった。

日中にかけて風が徐々に弱まり、それとともに海は凪いでいたが、日没が近づくにつれ前日の悪天候がぶり返してきた。夜になり、あたりは漆黒の闇に包まれた。海から突風が、大砲の弾のように吹きつけた。ときおり雨も激しくなり、大波は上げ潮と相まって、いつにも増して荒々しく打ち寄せた。わたしがニワトコの茂みに定めた見張り所にいると、帆船の帆柱の先端に灯火がするすると高く掲げ

られ、先ほど陰りゆく陽光の中で見たときより船はさらに近づいてきているのがわかった。岸にいる誰かにノースモアが合図を送っているに違いないと思い、わたしは砂地《リンクス》の草原に足を踏み入れると、応答している様子はないか周囲を見回した。

林のはずれに沿って小道があり、眺海の館と母屋の邸宅とをつなぐ一番の近道になっていた。そちらのほうへ目を遣ると、四分の一マイル（約四〇〇メートル）と離れていないところで光が瞬き、すばやく近づいてくるではないか。上下左右に揺れているところを見ると、光っているのはランタンで、誰かがランタンを手に曲がりくねった小道を進んでいて、一段と激しい突風が吹くたび、よろめいたり、のけぞったりしているようだ。わたしはふたたびニワトコの茂みに身を隠し、新顔の接近を心待ちにした。女性だった。そして、わたしの待ち伏せていた場所から半ロッド（約二・五メートル）足らずのところを通り過ぎたとき、その顔を認めた。ノースモアの乳母だった耳と口の不自由な老女が、この秘め事に一枚噛んでいたのだ。

わたしは少し離れて、年老いた乳母のあとをつけた。無数にある土地の起伏をうまく利用し、闇に紛れ、乳母の耳が遠いことだけでなく風と波の唸りも味方にした。乳母は館に入ると、すぐさま二階へ上がり、海側の窓を一つ開け、明かりを灯した。その直後、帆船の帆柱の上の灯火はするすると下ろされ、消えた。目的は果たされた。船上の一行は、迎え入れられる準備が整ったのを知ったのである。年老いた乳母は作業に戻った。ほかの窓の鎧戸は閉ざされたままだったが、光がちらちらと家じゅうを行き来するのは見て取れた。やがて、一本また一本と、煙突から火の粉が飛び出してきたので、暖炉の火が熾《おこ》された証拠だった。

ノースモアと客人は海水が流砂地帯を覆うのを待ち、すぐさま上陸するのだろうと、わたしはこのとき確信した。帆船から短艇で渡ってくるには厳しい天候の夜だった。下船がいかに危険かを考えると、いったい誰が下りてくるのか知りたくはあるものの、いくばくかの不安も混じった。わたしの旧友が類を見ない変人なのは事実だが、この夜の変人ぶりは考えるだけで嫌なことが起こりそうな予感がして気が滅入る。複雑な感情が、わたしを浜辺へと駆り立てた。浜辺まで来ると、館に続く道から六フィート（約一・八メートル）足らずの窪地の中に、わたしはうつぶせになった。やってくる者の正体をここから確認すれば、それで満足だ。知った顔ということなら、陸に足を下ろすや出迎えようではないか。

一一時までは少し間があり、潮は安全といえるほど充分に満ちていなかったが、短艇の船灯が海岸のほど近くに現れた。はっとして注意を向けると、船灯はもう一つ、まだ遠くの沖合にあって、激しく揺れ、大波に見え隠れしている。夜が更けるにつれ天候はますます荒れ、帆船は風下の海岸に押し流されてきそうな危険な状態だったので、一行は一刻も早く上陸することにしたのだろう。

ややあって、さも重そうな衣装箱を運ぶ水夫が四人、ランタンを手にした五人目に導かれ、伏しているわたしの目の前を通り過ぎると、年老いた乳母が開けた玄関扉から館の中へと入っていった。五人は浜辺に戻ってくると、さらにもう一つ衣装箱を持って、わたしの前をまた通り過ぎた。こちらは最初の衣装箱より大きかったが、いかにも軽そうだった。そして、三度目の運搬作業がおこなわれた。このときは一人の水夫が革製の旅行かばんを、あとの者たちが女ものの大型かばん一つと手提げ用小物入れ《レテュキュール》一つと帽子箱を二つ運んだ。わたしの好奇心は激しく搔き乱された。ノースモアの客の中に女がいるとすれば、あの男は人となりが変わったということであり、人生観を変えたということだ。もしそうなら、驚くばかりである。彼とわたしが共に暮らしていた当時、眺海の館は女人禁制の殿堂だった。そして今、忌み嫌う異性をその屋根の下に滞在させるつもりとは。そういえば日中、きちんと整えられた家の中を見て回っていたとき、一つ二つ目を引く個所、優美さや、艶めかしささえ感じられる場所がそこここにあって、おや、と思った。その目的が今、明らかになった。最初に見たとき気づかなかったとは、われながら鈍い。

そんなことを考えていると、二つ目のランタンが浜から近づいてきた。手にしていたのは初めて現れた水夫で、水夫でない二人を館へ連れていこうとしているところだった。この二人こそ、眺海の館に迎えられる客人なのは疑いようがない。わたしは目を凝らし、耳をそばだてて、通り過ぎる二人を観察しようと身構えた。一人はめったに見ないほど長身の男で、遠出用の帽子を目深にかぶり、スコットランド高地特有の肩マントのボタンをきっちり留め、襟を立てて顔を隠していた。言ったとおり、珍しいほど背が高く、ひどく腰を曲げてよぼよぼ歩を進めていたが、この男のことはそれ以上わからなかった。傍らには、しがみついているのか支えているのか、長身でほっそりした年若い娘が寄り添っていた。ずいぶんと蒼ざめているのはわかったが、ランタンの光が当たって濃い影がちらつくせいで造作はひどく歪んで見え、とんでもなく醜いのかもしれなかったし、もしかしたら、美しいのかもしれなかった――そしてのちに、かわいいわが子たちよ、後者であることがわかった。なぜなら、すでに察しただろうが、この女性《ひと》こそ、おまえたちの愛する母さんなのだから。

二人がちょうどわたしの前を通ったとき、娘が何かしゃべったが、風の音に掻き消されてしまった。「しっ！」男のほうが言った。この一言を発した声の調子には、わたしを身震いさせる何かが、というより、魂を激しく揺さぶる何かがあった。命がすり減るほどの恐怖に苛まれるなかで体の奥から絞り出された声に思えた。あんなに心の内をさらした一言は、それ以来、耳にしたことがない。そして今でも、熱に浮かされる夜にはあの声が聞こえてきて、わたしの思いは当時へ飛んでいってしまう。

男は若い娘に顔を向け、話をしていた。豊かな赤毛のあご髭と、若いころに折ったらしい鼻がちらりと見えた。薄い色の瞳が顔の中でぎらぎら光り、強烈な不快感が表れているかに思えた。

だが、この二人もそのまま通り過ぎ、やはり館に入ってしまった。

一人ずつ、あるいは何人かで、水夫たちは浜辺に戻ってきた。「船を出すぞ！」という荒々しい叫び声を風が運んだ。そのあと、しばらくして、また別のランタンが近づいてきた。一人やってきたのはノースモアだった。

おまえたちの母さんもわたしも、一人の女、一人の男として、ノースモアのように凛凛しさといやらしさを併せもった人間の存在が不思議でならなかった。外見は洗練された紳士であり、顔つきはどこを取っても知性的で勇ましかったが、どんなに愛想のよいときでも、面と向かうと奴隷船の船長さながらの激しい気性を感じずにはいられなかった。激しやすく、同時に、それと同じくらい執念深い。わたしはそうした性格の人物に出会ったことがなかった。南部人の血気と北部人の執拗で破壊的な悪意が、彼の中には同居していた。そして、この両方の気質が顔にはっきり表れたときは注意信号だ。容姿は長身でたくましく、溌溂《はつらつ》としている。髪も肌もかなり黒く、目鼻立ちは美しく整っていたが、威嚇するような表情のせいで美男も台無しだった。

このときは、いくぶん本来より蒼ざめていた。ひどく顔をしかめ、唇は引きつり、鋭い視線を周囲に送りながら歩を進め、不安でたまらないように見えた。が、それでも、そのすべての下に、勝ち誇ったような表情がうかがえる気がした。やるべきことはやった、目標達成まであと少し、とでもいうように。

今さらではあるが、盗み見ていることへの良心の咎めもあり、また、友人を驚かせたらさぞ楽しいだろうという高揚感もあって、わたしは自分がここにいるのを、今すぐノースモアに知らせたくなった。

　そこで、いきなり立ち上がり、歩み出た。

「ノースモア！」わたしは言った。

　人生において、あれほど度肝を抜かれたことはない。ノースモアが無言で、わたしに飛びかかってきたのだ。手に何かが光っていた。そして、わたしの心臓めがけ振り下ろされたのは、短剣だった。とっさに、わたしは彼を殴り倒した。わたしの動きがすばやかったからか、彼に迷いがあったからかわからないが、短剣はわたしの肩先をかすめただけですんだものの、短剣の柄と彼のこぶしがわたしの口元にひどく当たった。わたしは左側の犬歯を失い、つまり、おまえたちが見慣れているこの歯は義歯なのだ。わたしたちが結婚して数カ月経ったのち、おまえたちの母さんが望んだので、ここに義歯を入れることにしたのだよ。

　わたしはすばやく逃げたが、さほど遠くへは行かなかった。砂丘が、長いあいだ待ち伏せたり、こっそり前進したり後退したりするのに大いに役立ちそうなことは、これまで何度となく気づいていた。格闘の現場から一〇ヤード（約九・一メートル）と離れていない草地の上に、わたしはふたたびどすんと飛び降りた。ノースモアのランタンは地面に落ち、消えていた。それにしても、わたしが何より驚いたのは、ノースモアが一跳びで館の中へ入ってしまい、がちゃんという鉄の音を立てて内側から閂《かんぬき》を掛けたことだった！

　わたしを追いかけてこなかった。あの男は逃げた。誰より執念深く大胆不敵だったはずのノースモアが逃げたとは！　わたしには人を見る目がなかったのか。とはいえ、謎だらけの、そうそう経験しないこの一連の出来事のなかで、大なり小なりたった一つの謎を解明しようとしたところでなんの意味もあるまい。そもそも、なぜ眺海の館に客人を迎える準備は、これほど極秘におこなわれたのか。なぜノースモアと客人は真夜中に、半ば嵐にさらされ、流砂地帯が海水に覆われるのを待たずして船を下りたのか。なぜあの男は、わたしを殺そうとしたのか。わたしの声とわからなかったのか。わたしは考えあぐねた。そして、何より、なぜノースモアは短剣を手にしていなければならなかったのか。短剣など、いや尖った小刀ですら、この時代にはそぐわないだろう。たとえ深夜で、何が起こるかわからない状況だとしても、自分の帆船から自分の土地の浜に下り立った男が、襲われて殺されるのを警戒しながら歩くことがあろうか。考えれば考えるほどわけがわからない。わたしは指を折って数えながら、謎を一つひとつ頭の中でくり返した。まず、眺海の館に客人を迎える準備がこっそりなされたこと。客人が命の危険を顧みず、帆船が難破するのも覚悟で上陸してきたこと。客人が、いや少なくともその一人が、見たかぎり理由のわからぬ恐怖にあからさまに怯えていたこと。ノースモアが凶器をむき出しで手にしていたこと。そして、一声かけただけの無二の親友を刺そうとしたこと。最後に、何より奇妙だったのは、殺そうとした相手から彼が逃げ、追われる獲物のように館の扉の向こうに閉じこもったことだった。大いに驚くに値する理由が少なくとも六つある。これらの重要な謎を互いに結びつければ、矛盾のない一つの物語が出来上がる。直観のままに行動した自分を、わたしは恥じたい気分だった。

謎に思案を巡らせながら立ち尽くしていると、格闘で負った傷が痛みだした。わたしは砂丘のあいだをこそこそと進み、曲がりくねった小道を通って、隠れ家である林に戻ってきた。途中で、年老いた乳母がまたも数ヤードと離れていないところを通り過ぎた。相変わらずランタンを手に、グレイドンの邸宅へ戻るところだった。この一件の七番目の謎だ。ノースモアと客人二人は自ら料理と洗濯をし、年老いた乳母は庭園に囲まれた大きくがらんとした兵舎のような屋敷で生活を続けるというのか。彼らには、数々の面倒を甘んじて受け入れてまで人目を避けたい理由があるに違いない。

　そんなことを考えながら、わたしは穴へ向かった。念のため、焚き火の燃えさしを踏み消し、ランタンを灯して肩の傷を確かめた。たいした傷でなかったが、血は流れていた。わたしはぼろ切れを冷たい湧き水で洗うと、手の届きづらい場所だったので、届くかぎりでしっかり傷を覆った。せっせと手を動かしながら、わたしは心の中でノースモアと彼の謎に宣戦布告した。生来、血の気の多いほうでないし、今にして思えば、胸を占めていたのは怒りより好奇心のほうが大きかったが、だとしても、わたしは迷いなく宣戦布告した。戦闘準備にあたり、拳銃を取り出すと、弾を抜いて、きれいに拭い、慎重に詰め直した。次に気になったのは馬だった。逃げ出すかもしれないし、嘶《いなな》くかもしれない。そうなれば、わたしが海岸林《リンクス》に野宿しているのがわかってしまう。馬をそばに置いてはならない。夜明けはまだ遠い。わたしは馬を連れ、砂地の草原を越えて漁村のほうへ向かった。

第三章は、わたしが妻と出会った話

砂地の草原《リンクス》が起伏に富んでいるのを幸いに、二日間わたしは身を潜めながら館の周辺を動き回った。必要な戦術はすべて会得した。低い丘と浅い谷が交互に延々と連なる地形が、夢中で謎を追うわたしの姿をうまい具合に隠してくれた。こそこそ探り回るのは恥ずべきおこないだったかもしれないけれど。しかし、この好条件を以てしても、ノースモアについても客人についても、わかることはほとんどなかった。

夜になると、年老いた乳母が闇に紛れて邸宅から新鮮な食料を運んできた。ノースモアと若い娘はときおり一緒に、だが、たいていは一人ずつ、流砂地帯に隣接する浜辺に出てきては一、二時間ほど散歩した。人目を避けるためにここを散歩の場所に選んでいるとしか考えられなかった。このあたりは海側にだけ開けていたからだ。しかし、わたしにとっては都合よくもあった。ひときわ高かったり、ひときわ高低差があったりする砂丘に面していて、ここからなら、窪地に身を伏せれば、ノースモアなり若い娘なりの散歩する様子を見下ろすことができた。

長身の男は姿を消してしまったかに思えた。玄関の敷居をまたぐこともないばかりか、窓から顔を見せることとすらなかった。いずれにせよ、わたしは目にしなかった。というのも、眺海の館は二階から砂地の草原《リンクス》を底のほうまで見下ろせたので、日中は、這い進むにしても一定の距離を越えては近づかないようにしていたからだ。夜になると、危険を覚悟でもっと先まで行ってみたが、一階の窓は包囲攻撃にでも立ち向かうかのように塞がれていた。あの長身の男はそういえば足取りがおぼつかなかったので、病床に伏しているに違いないと思うこともあれば、もうとっくに館を出ていってしまっていて、ノースモアと若い娘だけが残っているのではないかと思うこともあった。そのときですら、そう考えるだけでわたしは不快な気分になった。

この男女は夫婦なのかというと、仲睦まじいとみなすには疑わしい点が多分にあった。二人の会話はまったく聞こえなかったし、決め手となる表情がどちらかの顔に見て取れることもほぼなかったものの、互いの態度には冷淡ともいえそうなよそよそしさがあったので、二人は親しいとはいえないか、あるいは憎み合っているかに思えた。娘は一人のときよりノースモアといるときのほうが、歩みが速かった。惹かれ合う男女ならば、歩調を速めるより、むしろ緩めるのではあるまいかとわたしは考えた。しかも娘は、ノースモアから距離をとったり、二人のあいだに壁でもつくるように、この男の側で傘を引きずったりした。ノースモアは斜めに進んで近づこうとするのだが、娘のほうは男の接近から逃げたので、二人は浜辺を対角線に横切るかたちになり、そのまま進めばもろとも波の中へ入ってしまっただろう。だが、ぎりぎりまで来ると娘のほうがさりげなく位置を変え、ノースモアに海側を歩かせた。娘のこんなやり方を、わたしはとても愉快に、また感心しながら観察し、どちらかが何かしら動くたび独り笑いした。

三日目の朝、娘は一人でしばらく散歩していたが、一度ならず涙を流したので、わたしはひどく心配になった。かわいいわが子たちよ、このときすでに、わたしがこの女性に惹かれていたことは察しているだろう。凛としながらも優美な身のこなし、想像を超える頭の形の美しさ、思わず目を奪われる歩の進め方。息を吐くごとに甘美と気品を漂わせるかに思えたよ。

とても心地よい日だった。穏やかで、陽光が降り注ぎ、海は凪いでいたが、それでも空気は適度にきりりと引き締まり活気に満ちていたので、娘はこれまでになく、二度目の散歩に出る気になったようだ。今回はノースモアも一緒だった。浜辺に来てまもなく、ノースモアが娘の手を無理やり握った。娘は抵抗し、悲鳴ともとれる声を出した。わたしは自分の少しばかり妙な立場も忘れ、思わず立ち上がった。しかし、一歩を踏み出す前に、ノースモアが謝罪でもするように、帽子を脱いで頭をずいぶん低く下げたので、わたしはすぐさま隠れていた場所にもう一度しゃがんだ。いくらか言葉が交わされ、そのあとノースモアはまた頭を下げると、浜辺をあとに館へ戻っていった。ノースモアはわたしから遠からぬところでいったん足を止め、紅潮した顔をしかめて、杖で草地を荒々しく打ちつけた。右目の下の大きな切り傷と眼窩の周囲のひどい痣《あざ》はわたしの仕業にまちがいなく、わたしはまんざらでもない気分だった。

しばらくのあいだ、おまえたちの母さんは独り残された場所に佇《たたず》み、小島の向こうの輝く海を見つめていた。やがて、われに返って、元気を取り戻すように、体をぴくりと震わせると、いきなり速足で歩きだした。彼女もまた、今しがたの出来事にひどく憤っていた。自分がどこにいるのかも頭から消えてしまっているようだ。わたしが見ていると、流砂地帯との境界に向かって直進していくではないか。流砂はいきなり現れるので危険だ。あと二、三歩進めば命が危ういというとき、わたしは砂丘の急勾配を滑り降り、途中から走りながら、止まれと叫んだ。

娘は言葉に従い、振り返った。そのふるまいに恐怖で動揺する様子はなく、女王のように毅然と、娘はこちらへ向かってきた。わたしは裸足で、エジプト製の飾り帯を腰に巻いているのを除いては、粗野な水夫さながらのぼろを纏《まと》っていたので、おそらくわたしを見るなり、漁村民が一休みしたあと迷い込んできたと思ったに違いない。娘はわたしの真正面に立つと、威圧するように凝視した。わたしはただ驚嘆するばかりだった。それまで姿を追って見てきたよりも、さらにずっと美しい。これほど肝が据わっていながら、古風な趣と愛嬌の両方を備えた乙女らしさを醸し出す女性がほかに思い当たろうか。おまえたちの母さんは、そのあっぱれな一生涯、昔ながらの礼儀作法を忠実に守った――女性として、まことにすばらしいではないか。優しさと親しみやすさに、また一つ魅力が加わるのだから。海岸でこの女性《ひと》を前に立ち尽くし、まさかわが子たちの母親になろうとは夢にも思わなかった。

「どういうことですの」と、娘は問うた。

「お嬢さんが」わたしは答えた。「グレイドン流砂地帯に入っていこうとなさったので」

「あなたは、このあたりの方ではございませんわね」娘はまた口を開いた。「教養人のような話し方をなさいますもの」

「そう言われる資格はあると思います。こんな見かけをしていますがね」

だが、女性特有の鋭い目は、わたしの腰の飾り帯を見逃していなかった。

「ええ！　飾り帯が素性を明かしていましてよ」

「今、明かしている、とおっしゃいましたが」わたしは言った。「ぼくがここにいることを明かさないでいただきたい。お嬢さんの身の危険を思い、姿を見せてしまいましたが、ノースモアがぼくの存在を知るところとなれば、ぼくにとっては不愉快というだけではすまないかもしれない」

「あなたは」娘は訊ねた。「わたくしがどういう者だかご存じですの」

「ノースモア夫人でしょうか」わたしは答える代わりに問い返した。

娘は首を横に振った。そのあいだも、こちらが気恥ずかしくなるほど一心にわたしの顔を見つめていたが、やがて、こんなことを言いだした。

「あなたは正直そうなお顔をなさっていますわ。お顔のとおり正直にお答えになって。あなたは何をなさろうとしていて、何を恐れていらっしゃるのですか。まさか、わたくしが襲うとでもお思い？　あなたのほうがよっぽど、わたくしを痛めつける力をおもちでしょうよ！　でも、あなたは優しそうな方ね。あなたが――あなたのような紳士が、この荒れ果てた土地で密偵のようにこそこそしているのはどういう理由なのでしょう。教えてください。誰を恨んでいらっしゃるの」

「誰も恨んでなんかいません」わたしは答えた。「顔を合わせるのが怖い相手など、ぼくにはいません。ぼくの名はカシリス――フランク・カシリスと申します。放浪生活をして独り楽しんでいる身です。ノースモアの古い友人でしてね。三日前の晩、この砂地の草原《リンクス》でわたしが声をかけたところ、あの男は短剣でわたしの肩を突いたのです」

「あなたでしたのね！」娘は押し殺した声で言った。

「なぜそんなことをしたのか」娘にかまわず、わたしは続けた。「皆目見当もつかないし、なんとしても知りたい。ぼくは友人も少なく、友情にほだされることもまずないが、怖がらせて追い出そうとするなど誰であろうと許せない。あの男が到着する前からぼくはグレイドン海岸林で野宿していて、今もそこにいます。あなたやお連れ合いにぼくが危害を加えるかもしれないとお思いなら、お嬢さん、防げるか否かはあなた次第です。毒人参の穴《ヘムロック・デン》にぼくのテントがあると、あの男に伝えるといいでしょう。今夜にも、ぼくが眠っているあいだにあっさり刺し殺せるぞ、と」

こう言って、わたしは帽子を持ち上げて会釈し、砂丘のあいだをふたたびよじ登った。このとき、わたしは自分のほうがはなはだ不利な気がして、英雄にして殉教者にでもなった心地だった。かといって、実際のところ、自分の行為については、自己弁護の言葉も見つからなかったし、もっともらしい理由すらなかった。自然に湧いてきた好奇心にまかせてグレイドンに留まっていたが、品のあるおこないとはいえまい。加えて、最初の目的とともにまた別の目的が大きくなりつつあったけれども、このときは、それをおまえたちの母さんに包み隠さず伝えられるはずもなかった。

果たしてその夜、わたしの心はただ一人の女性によって占められた。ふるまいも境遇も謎に満ちていたが、おまえたちの母さんに疑念を抱く理由は見つからなかった。今のところはすべてが闇の中だけれど、彼女自身は清廉潔白で、謎が解ければ、この一件で彼女の果たす役割は正当かつ必要なことがわかるはずだと、わたしは命をかけてもいいほどに信じていた。ノースモアと彼女の関係については、どれだけ頭をひねっても筋道立てて導き出すことはできなかった。それにもかかわらず、理詰めでなく直感を頼りに出した自分の結論に、わたしは確信をもっていた。そして、その夜は、夢のなかで会えるよう、彼女への思いを枕の下に敷いて寝たといっていいだろう。

次の日も、娘はほぼ同じ時刻に一人でやってきた。砂丘で自分の姿が館から見えなくなるところまで来るや、娘は浜との境界に近づいてきて、用心深い声でわたしの名を呼んだ。死人にも見えるほど蒼ざめ、ひどく動揺した様子に、わたしはぎょっとした。

「カシリスさん！」娘は言った。「カシリスさん！」

わたしは即座に姿を現し、浜辺に飛び降りた。わたしを目にするや、娘の顔に大きな安堵が広がった。

「ああ！」胸の重みが軽くなったように、娘はかすれた声で叫んだ。「ご無事で安心しました！いらっしゃるとしたら、きっとここだろうと思っておりましたわ」子どもたちよ、不思議だと思わないか。自然の女神はわたしと母さんがこうして生涯にわたり仲睦まじくあるようにと、かくも速やかに、そして思慮深く、二人の心を通わせてくれた。そのおかげで、出会って二日目にして、わたしたちは互いの心の内を察していた。このときすでに、わたしは彼女がきっと捜しにくると思い、彼女のほうは、必ずやわたしがいると思ったのだから。「どうか」彼女はすかさず言った。「どうか、ここをお発ちになって。あの林の中でもう寝ないとお約束ください。おわかりにならないでしょ、わたくしがどんなに心配しているか。あなたの身の危険を思い、きのうは一晩じゅう眠れませんでした」

「身の危険？」わたしはおうむ返しに言った。「誰から危険な目に遭わされるというのですか。ノースモアですか」

「そうではありません。あなたがおっしゃったことを、わたくしがあの方に話すとお思い？」

「ノースモアでないなら、どのように、いったい誰が。警戒すべき人間など、ぼくにはいません」

「お尋ねにならないで」というのが娘の返事だった。「勝手にお話しできないのです。とにかく、わたくしを信じて、ここを離れてくださいまし――わたくしを信じて、早く、一刻も早く、とにかく逃げて！」

意気盛んな若者にどこかへ去ってほしいとき、恐怖心を煽るのは名案といえない。娘の言葉に、わたしは頑なになる一方だった。ここから消えるようでは沽券にかかわる。そして、娘がわたしの身を案じるほどに、決意はますます固くなった。

「ぼくをただの詮索好きと思わないでいただきたいが、お嬢さん」わたしは言った。「しかし、グレイドンがそんなに危険な土地なら、あなた自身もここに留まるのは危険ではないのですか」

娘は咎めるような瞳で、わたしを見つめるだけだった。

「お嬢さんとお父上は――」わたしがふたたび口を開くと、娘は喘ぐような声でそれを遮った。

「わたくしの父ですって！　どうしてご存じなの」悲鳴に近い声だった。

「あなた方が船を下りてきたとき、一緒にいるところを見ていました」というのが、わたしの答えだった。おかしな話だが、わたしにも娘にも、答えはそれで充分に思えた。そして、それは事実だった。

「いずれにせよ」と、わたしは続けた。「ぼくに不安を抱く必要はありません。あなた方には人目を避ける理由がおありなのでしょう。ぼくのことは信頼してくれていい。あなた方の所在が他人に知られることはありません。ぼくなどグレイドン流砂地帯に沈んでいると思ってもらってもいいくらいだ。ぼくはもう何年も、ほとんど誰とも口を聞いていないのですから。伴侶は馬だけ。なのに、その馬さえ、ああ、かわいそうに、この傍らにいない。ですから、ぼくから秘密が漏れることはありません。さあ、真実を話してください。かわいいお嬢さん、あなたにも危険が迫っているというのですか」

「ノースモアさんが、あなたは立派なお方だとおっしゃっています」と、娘は返した。「あなたを見れば、わたくしもそう思います。これだけはお話しいたしましょう。あなたのおっしゃるとおりです。わたくしたち、それはそれは恐ろしい危険にさらされているのです。そして、ここにいるかぎり、あなたにも同じように危険が及びます」

「なんと！」わたしは声を荒らげた。「ぼくのことをノースモアから聞いたとは。そして、あの男がぼくを善い人間だと言った、と」

「昨晩、あなたのことを尋ねたんですの」娘は答えた。「わたくし」一瞬のためらいがあった。「わたくし、嘘をつきましたの。あなたとはずいぶん昔にお会いしたことがあって、そのときノースモアさんのことが話題にのぼった、と。ええ、作り話ですわ。けれども、あなたのことを明かさずにいられなかった。それに、あなたのせいで、わたくしは困った立場に置かれましたし。あの方、あなたをとても褒めていましたわ」

「それで――一つだけ質問させてください、危険にさらされているのはノースモアのせいなのですか」

「ノースモアさんのせいですって」娘は大きな声になった。「とんでもない。わたくしたちと一緒にいるせいで、あの方の身も危険なのです」

「なのに、ぼくには逃げろとおっしゃるのですか。ぼくは頼りないというわけですね」

「なぜ、あなたがここにいる必要があるの」娘は言った。「わたくしたちと親しいわけでもないのに」

いったいどうしたことだろう。子どものころ以来、こんな無力感を味わうのは初めてだった。この痛烈な一言に打ちのめされ、娘の顔を見つめるわたしの目はちくちく痛みだし、涙が溢れた。

「違います、違います」娘は声音を変えた。「悪い意味で言ったわけではないの」

「悪かったのはぼくです」わたしはそう答え、訴えるような眼差しで片手を差し出すと、娘は多少なりとも心を動かされたようで、迷わず、力さえ込めて、自分の手を伸ばした。わたしはその手をしばし握り、娘の瞳を見つめた。先に手を払ったのは娘だった。わたしに懇願したことも、約束させようとしたこともそのままに、娘は全速力で走りだし、振り向きもせず姿を消した。このとき、ああ、子どもたちよ、わたしは母さんを愛していると気づいた。そして、心を躍らせ、母さんも――母さんのほうも、わたしの思いに無関心でないのを感じた。あとになって、彼女は何度となくそれを否定したけれども、笑みを浮かべ冗談めかして否定した。わたしに言わせれば、彼女がわたしに心を寄せ始めていなかったなら、二人があんなにしっかり手を握り合うことはなかったと思う。だが、結局のところ、これはさして重要な話ではない。なぜなら彼女は、自分自身も認めたとおり、この翌日にはわたしを愛するようになるのだから。

　とはいえ、翌日はほぼ何も起こらなかった。彼女は前日と同じようにやってきて、わたしの名を呼ぶと、まだグレイドンをうろついているのかと咎めた。わたしがなおも説得に応じないとわかるや、わたしがここへ来たときのことをあれこれ問い始めた。そこで、どういう成り行きで彼女たちが船を下りるところを目撃することになったか、また、どうしてここに留まろうと決めたのかを、わたしは話して聞かせた。ここに留まろうと決めたのは、ノースモアが客人を連れてきたことに興味をもったから、そして、あの男に殺されかけたからだった。だが、一つ目の理由を話すとき、わたしは口を濁しながら、砂地《リンクス》の草原で初めて顔を合わせた瞬間からずっとわたしに惹かれていたと彼女が思うよう仕向けていた。おまえたちの母さんはもう神に召され、このときわたしがそんなことをしようとしていたのも含めてすべてをお見通しだが、それでも、こうして打ち明けるとわたしの気持ちは楽になる。というのも、彼女が生きていたころは、たびたび良心が痛んだけれど、本当のことを告げる勇気がなかった。わたしたちの送ってきたような隠し事のない結婚生活では、ささいな秘密を明かすのでさえ、姫の眠りを妨げるバラの花弁になりかねないからね。

　そのあと話題は広がって、わたしは自分の独り寂しい放浪生活についてあれこれ語った。彼女は耳を傾けるだけで、ほとんど口を挟まなかった。会話はごく自然に進んだが、やがて、どうでもよいような話題となると、互いの心は甘美な情に掻き乱された。あっという間に、彼女が帰らねばならぬ時間になった。暗黙の了解でもあったように、わたしたちは握手もせずに別れた。握手など二人にとっては無駄な儀式にすぎないと、互いにわかっていたからだ。

次の日、つまり知り合って四日目、二人はいつもの場所で、しかし朝の早い時間に落ち合った。ずいぶん打ち解け合ってはいたものの、同じくらい、互いにまだ遠慮があった。ここに来る口実だとは思ったが、わたしの身が危険だと彼女がまたも言うので、前の晩に話題を山ほど用意していたわたしは、自分に関心をもってもらえてとても嬉しかったこと、昨日までわたしの日常について耳を傾けようとする人などいなかったし、わたしも語ろうと思わなかったことを話し始めた。すると突然、彼女が激しい口調でわたしの話を遮った。

「けれど、わたくしの素性をお知りになったら、きっと口も利きたくなくなるでしょう！」

そんなことを考えるのは馬鹿げているし、まだ知り合って間もないけれど、あなたはすでに大切な友人だとわたしは告げた。しかし、どれだけそう言っても、彼女は投げやりになる一方のようだった。

「父は世間から身を隠していますの！」彼女は語気を荒らげた。

「ねえ、きみ」無意識だったが、わたしはこのとき初めて、「お嬢さん」と言わなかった。「気にしないよ、ぼくは。もし、お父上が二〇回くり返し身を隠したとしたら、きみは考えを変えてくれるのかな」

「ああ、でも、理由が！」彼女は泣きださんばかりだった。「その理由が！　理由が――」しばし言い淀んだ。「わたくしたちにとって、恥ずべきことなのです！」

第四章は、グレイドン海岸林に誰かが来たとわかり、愕然とした話

かわいいわが子たちよ、ここからは、おまえたちの母さんが聞かせてくれた話だ。涙をぽろぽろ流して泣きじゃくる母さんから、わたしが聞き出した話だよ。彼女の名はクララ・ハドルストン。この名は、わたしの耳にとても心地よく響いた。けれども、クララ・カシリスの響きには及ぶまい。彼女の生涯では、こちらを名乗っていたあいだのほうが長く、そしてありがたくも幸せだったのだから。彼女の父親のバーナード・ハドルストン氏はかなり手広く事業を営んできた個人銀行家だった。何年も前の話だが、商売に行き詰まり始め、破産を免れるために、危険な、ついには犯罪がらみの策にまで手を出すようになった。だが、いずれの策もその甲斐なく、ハドルストン氏は無残にも深みにはまる一方で、財産ばかりか名声まで失ってしまう。ちょうどそのころ、おまえたちの母さんにノースモアが熱心に求婚していたのだが、進展は望めそうになかった。しかし、そういうわけで、ハドルストン氏は、ノースモアならいやとは言わないはずだと思い、この窮地から救ってはもらえまいかともちかけた。惨めな銀行家を悩ませていたのは、単なる破産や汚名でなく、また有罪判決でもなかった。刑務所にならば、喜び勇んで入るかに思われた。一晩じゅう眠りを妨げられたり、まどろんでいても不意に狂乱に陥ったりするほどハドルストン氏が恐れていたのは、人知れず、法と関わりなく、瞬時にして命を奪われることだった。そこでハドルストン氏は、行方をくらまして南太平洋に浮かぶ島に逃亡

しようと考え、ノースモアの所有する大型帆船〈レッド・アール号〉で旅立つことを目論んだ。帆船はウェールズの海岸で極秘に父と娘を乗せると、長い航海に備え、修復と食料調達のために二人をいったんグレイドンで下ろした。船で運んでもらう見返りとして父は自分を嫁にやる約束をしたのだろうと、クララは疑わぬわけにいかなかった。というのは、ノースモアという男は不親切でも、まして無礼でもなかったが、ときおり、どことなくぞんざいな話しぶりや態度を見せるというのだ。

わたしは、言うまでもないが彼女の話に一心に耳を傾け、ことさら不可解な部分については、いくつも質問をした。だが、それは徒労に終わった。おまえたちの母さんは、その襲撃がいったいどういうもので、どのように身に降りかかるのか、よく知らなかったのだ。ハドルストン氏の恐怖心は見せかけなどでなく、しだいに体までも蝕《むしば》んでいった。警察におとなしく自首することも一度ならず考えたが、結局、その計画は断念した。というのは、われらがイギリスの刑務所の堅固さを以てしても、追っ手から身を守ることはできまいと信じ込んでいたからだ。ハドルストン氏は、イタリアで、また倒産する数年前はロンドンに住むイタリア人相手にも、さかんに取り引きをしていた。このロンドンのイタリア人が父親の恐れている死の運命と何かしら関係しているのではないかと、母さんは考えていた。〈レッド・アール号〉にイタリア人水夫がいると知るや、ハドルストン氏の怯えようは尋常でなかったという。そういうわけで、ノースモアは激しい口ぶりで何度もなじられる羽目になった。ベッポという名のその水夫は立派な男でとことん信頼できるとノースモアがどんなに説得しようとも、それ以降、ハドルストン氏は、何もかもおしまいだ、あとは時間の問題だ、ベッポのせいで自分はもうすぐ死ぬと言い続けた。

この話は、不運に見舞われ心が乱されたことによる妄想ではないかと、わたしは考えた。イタリア人との取り引きで莫大な損失を出し、そのせいでイタリア人を見るのも嫌になり、当然の成り行きで、イタリア人が彼の悪夢の主人公となったのではないだろうか。

「お父上に必要なものは」と、わたしは言った。「優秀な医者と鎮静薬だね」

「でも、ノースモアさんはどうなの」母さんは口を尖らせた。「損失と関係ないのに、やはり怯えているわ」

なんて単純なのだろうと思い、わたしは笑わずにいられなかった。

「ねえ、きみ、あの男が見返りに何を求めているのか、教えてくれたのはきみじゃないか。恋と戦《いくさ》は手段選ばずってね、憶えておくといい。もし、ノースモアがお父上の恐怖心を煽っているとすれば、それはイタリア人が怖いからなんかじゃない。かわいらしいイギリス娘にぞっこん惚れ込んでいるからだ。それだけのことさ」

だが、クララは、彼女たちが下船した夜にノースモアがわたしを襲ったのはどういうわけだと言った。これについては、わたしも解せなかった。そこで、あれやこれやと話し合ったすえ、わたしが直ちに近くの漁村、グレイドン・ウエスター村へと向かい、片っ端から新聞に目を通して、彼女の父親が恐怖に苛まれ続けているのには事実に基づく根拠がありそうか、この目で確かめてくることになった。そして翌朝の同じ時間に、同じ場所で、結果をおまえたちの母さんに報告する。このときは、もはや彼女は、わたしに立ち去れと言わなかった。それどころか、わたしがそばにいると心強いし楽しいと思っていると、はばからず口にした。わたしとしても、たとえひざまずいて頼まれようと、この女性《ひと》を置いて立ち去ることなどできるはずもなかった。

午前一〇時前には、グレイドン・ウエスター村に到着した。このところよく歩いていたし、距離は、前に述べたと思うが七マイル足らずで、ふわふわした芝生の上をひたすら歩くだけの快適な徒歩の旅だった。村はこの海岸沿いでもとりわけ殺伐としていた。情景は多分に想像がつくだろう。窪地に建つ教会、侘《わび》しい港は岩だらけで、漁から戻った船の多くがここで行方知れずになっている。浜沿いと二本の道沿いに、石造りの家屋が四〇から六〇軒も並んでいようか。道の一本は港から伸び、もう一本はそこから直角に突き出ていて、その角にやけに暗くて湿っぽい安酒場があり、村唯一の宿屋も兼ねていた。

いつもよりわが身分にいくぶんふさわしい出で立ちをしていたわたしは、まず墓地の隣にある小さな牧師館の主《あるじ》を訪ねた。最後に顔を合わせてから九年以上の歳月を経ていたが牧師はわたしを憶えていて、長らく徒歩の旅を続けており最近の出来事に疎くなっていると伝えると、前日までのここ一カ月の新聞を両手いっぱい快く渡してくれた。それらを抱えてわたしは酒場に入り、朝食を注文すると、腰を下ろして「ハドルストン商会の倒産」について調べ始めた。

これは、はなはだ非道の一件に思われた。多くの人が困窮に陥り、給料の支払いが止まるや自らの脳みそを銃で撃ち抜いた男まで出ていた。自分でもおかしいと思ったが、事件の詳細を読み進めるあいだ、わたしは被害者たちよりもハドルストン氏にひたすら同情を寄せた。このときすでに、おまえたちの母さんへの愛にすっかり支配されていたのだろうね。当然ながら、ハドルストン氏の首には懸賞金がかけられた。事件に弁解の余地はなく、市民の怒りは留まるところを知らず、彼を捕らえた者には異例の報酬七五〇ポンドが支払われるまでになった。新聞によれば、ハドルストン氏は莫大な金を今も持っているという。ある日の記事にはスペインで目撃されたとあり、次の日の記事にはマンチェスターとリバプールのあいだ、あるいはウェールズとの境界線周辺にいまだ潜伏しているという確かな情報が入ったとあり、その次の日の記事にはキューバかユカタン半島に着いたという外電が入るだろうとあった。だが、どれを見ても、イタリア人とは一言もなく、謎の襲撃計画をほのめかす記事もなかった。

しかし、最後に読んだ新聞に、不可解な一件が載っていた。ハドルストン商会の倒産について帳簿の照合を託された会計士が、取り引きのなかに、長期間ではないが数千ポンドという大金が計上された痕跡をいくつか見つけたという。どこから預けられたのかわからぬうちに、やはり謎のまま消えていた。一度だけ、取り引き先名の記載があって、「X.X.」という頭文字のみだったが、この金が六年ほど前の大恐慌のころに初めて預け入れられたことは、はっきりしていた。この金に関わっているとして、王室の血を引く著名な有力者の名がささやかれているらしい。「卑怯な無法者」——たしか記事ではこう表現されていたが、卑怯な無法者は今もこの謎の資金の大半とともに逃亡しているはずだという。

これらの事実にわたしは思案を巡らし、ハドルストン氏の命の危険と結びつかないものかと考えていると、店に男が一人入ってきて、明らかに外国訛りでパンとチーズを注文した。

「イタリアからですか《シエーテ・イタリアーノ》」わたしは訊ねた。

「へえ、旦那《シ・シニョール》」男は答えた。

こんな遥か北の彼方でイタリア人を見かけることはないとわたしが言うと、男は肩をすくめ、仕事を見つけるためなら人間どこへでも行きますぜと答えた。グレイドン・ウエスター村でどんな仕事を探しているのか皆目見当もつかなかったが、この遭遇に胸騒ぎを覚えたわたしは、釣銭を数えていた宿屋の主人に、これまでも村でイタリア人を見たことがあるかと訊ねた。ノルウェー人数人がグレイドン岬の反対側で難破して、コールドヘイヴンから来た救命艇に助けられたのなら一度見たことがあると主人は答えた。

「違います！　イタリア人ですよ。さっきパンにチーズを載せて食べていた、あんな男」

「へえ?」主人は大声を上げた。「あっちにいた黒い顔で白い歯のやつのことですけえ。イタリア人、と。はあ、これまでお目にかかったことはねえし、二度と会うめえな」

主人が話しているあいだも、わたしは目を上げ、通りに視線を投げて、三〇ヤード（約二七・四メートル）と離れていないところで話し込んでいる男三人を注視していた。一人は先ほど酒場で一緒だった男だ。あとの二人も男前で土気色の顔、中折れ帽をかぶって、同じ人種なのはまちがいない。村の子どもたちが三人を囲み、彼らの身振り手振りや意味のわからない会話をまねている。三人の立つ寒々として薄汚い道や、その上を覆うどんよりした鼠《ねずみ》色の空は、まったくもって彼らに似つかわしくなかった。正直に言おう。この瞬間、これまでの確信は大きく揺らぎ、きっと勘違いだと思っていた話を、わたしは信じざるをえなくなった。自分に都合よく解釈してもよかったが、目にした光景の衝撃を頭の中で覆すことはできなかった。わたしもまた、イタリア人に恐怖を感じ始めた。

陽が傾いてきたので、わたしは牧師館に新聞を返し、ねぐらに戻ろうと砂地の草原《リンクス》を目指して歩きだした。この行程は、これから先も記憶に留まり続けるだろう。急激に気温が下がり、天気が荒れ始めた。風が足元の丈の低い草を抜けてひゅーひゅーと唸り、突風が起こるたび細かい雨が吹きつけた。巨大な山脈のような雲が海の中から沸きあがり始めていた。これより不気味な夕刻はそうそう想像できまい。取り巻く状況のせいなのか、それとも、見聞きしてきたことに、もはや神経が参ってしまったのか、わたしの心もこの天候のように重苦しかった。

眺海の館の二階の窓からは、グレイドン・ウエスター村方向に砂地《リンクス》の草原がとてつもなく遠くまで見渡せた。目撃されるのを避けるには、小さな岬の上の高めの砂丘に姿が隠れるまで浜辺から離れず進まねばならない。そこまで来れば、あとは窪地をいくつか突き抜け、林の入り口に向かえばいい。まもなく日没だ。引き潮で、流砂がすっかり現れている。憂鬱な気分で思いに耽り、歩を進めていると、人の足跡に気づき、わたしは雷に打たれた心地がした。わたしの行く手と並行して続いていたが、芝生との境界に沿うのでなく、浜辺のほうへと下っている。よくよく目を凝らし、その大きさと荒々しい足取りから、わたしも館の住人も知らない人物が今しがたここを通ったのだとすぐにわかった。それればかりでない。砂浜のもっとも厄介な地帯へ近づいていくという無謀な進み方をしていたので、この地方にも、悪名高きグレイドンの浜辺にも縁のない人間なのはまちがいなかった。

足跡を一歩ずつたどった。四分の一マイルほど進むと、グレイドン流砂地帯の南東の境界の向こうで足跡は消えていた。いったい誰であったのか、不運な男は、その場所で命果てた。雲の切れ間から太陽が最後の光を放っていて、流砂地帯を広く濃い紫に染めていた。男が姿を消していくのを目撃したであろう一、二羽のカモメが、いつもの哀愁を帯びた声で鳴きながら、埋葬地となったあたりの上空を旋回している。わたしはその場所を見つめ、しばし立ち尽くし、自分の身と置き換えて、強烈に、否応なしに死を意識させられ、悪寒を覚えるとともに精気を奪われた。悲劇はどのくらい続いたのか、叫び声は館まで届いたのかと思った記憶が今もよみがえる。気を奮い立たせ、その場をあとにしようとすると、ひときわ強い風が浜辺のこの一帯を吹き抜けた。すると、円錐のような形の黒いフェルトの中折れ帽が一つ、宙高くくるくると舞い、舞ったかと思うと砂の上をするすると滑っていった。先ほどのイタリア人たちの頭に載っていた帽子と似ていた。

はっきりと憶えていないが、わたしは叫び声を上げたと思う。風は帽子を陸側に運んだので、わたしは流砂地帯との境界に沿ってぐるりと先回りし、それが飛んでくるのを待った。風が吹き抜けたあと落ちた帽子はしばらく流砂の上にあったが、またも吹いた風に、わたしのいた場所から数ヤードのところで止まった。おまえたちの想像どおり、わたしは逸《はや》る心で帽子を拾った。使い古された帽子だった。日中にあの通りで見た帽子よりもみすぼらしかった。裏地が赤く、名前は忘れたが製造会社と、製造地がヴェネーディヒと刻印されていた。かわいいわが子たちよ、これは美《うるわ》しの都ヴェネツィアをオーストリア人が呼んだ名で、のちに長い歳月を経て、そこはオーストリア領土の一部となったのだよ。

　これを越える衝撃はなかった。あちらにもこちらにもイタリア人が見える気がした。人生で初めて、そしておそらく最後といえるだろうが、わたしはいわゆる恐怖による狂乱状態に陥った。現実に恐れるべきものなどないとわかっていながら、それでも、正直に言おう、心の底から恐ろしかった。海岸林の中の野ざらしの、独りぼっちのテントに重い足取りで戻ったのは言うまでもない。テントでは、前夜の残りのポリッジ（オートミールなどを煮た粥）を冷えたまま食べた。火を熾《おこ》したくなかったからだ。そのあと、気を取り直し、根拠のない恐怖を振り払って、心を落ち着け眠りについた。

　いったいどのくらい眠っただろうか。まったく見当もつかなかったが、いきなり目も眩むばかりの光を顔に当てられ、わたしは目を覚ました。まるで殴られた心地だった。とっさに膝をついて起き上がった。ところが、光は当てられたときと同じように突如として消え、あたりは漆黒となった。海風が吹き荒れ、雨も降っていて、すべての音は完全に嵐に掻き消された。落ち着きを取り戻すのに三〇秒ほどかかっただろうか。これまでに経験のない鮮明な悪夢を見て目を覚ましたのだろうと思うところだったが、そうでない証拠が二つあった。一つは、床《とこ》に就くとき慎重に閉めたテントの入り口の帆布が開いていたこと。もう一つは、錯覚だという仮説は通らないほど強烈に、焼けた金属と燃料油の臭いが残っていたこと。結論は言わずもがな。誰かにランタンで顔を照らされ、わたしは目を覚ましたのだ。一瞬で、光は消えた。わたしの顔を見て、その人物は立ち去った。この奇妙な行動の目的は何か。答えはすぐに出た。正体の知れぬその男は、わたしだと確認できると思っていたが、できなかったのだろう。だとすれば、もう一つ、解決すべき疑問が湧く。これについては答えを出すのが恐ろしかったといっていい。もし、わたしだと確認できたら、どうするつもりだったのか。

だが、その不安はすぐさま拭い去ることができた。誰かが人違いでやってきたのだと気づいたからだ。何かしら危険にさらされているのは眺海の館ではないか。わたしはしだいにその確信を強めた。ねぐらの穴を取り巻いて広がる、暗黒の入り組んだ低木の茂みを突き抜けるのは、いくばくかの勇気が必要だったが、わたしは雨の中を、強風に打たれ耳をつんざかれ、潜んでいる敵に触れるのではないかと一歩ごとに怯えながら、手探りで砂地の草原《リンクス》を目指した。闇があまりに深いので、軍隊に包囲されていようがまったくわからなかっただろうし、風があまりに激しく唸るので、耳も目と同じく使いものにならなかった。

永久に続くかと思われたその夜を、わたしは館の周辺を見巡って過ごした。息づくものの姿は一つとして目にしなかったし、風と海と雨の合唱を除けば物音も耳にしなかった。館の二階の鎧戸のすき間から一条の光が漏れていて、わたしに寄り添ってくれた。そのうちに夜が明けてきた。

第五章は、ノースモアとおまえたちの母さんとわたしのやりとりの話

夜が明けるや、わたしは人目につく場所を離れ、いつもの砂丘の隠れ場へと向かい、そこでおまえたちの母さんを待った。鼠《ねずみ》色をした、荒れ模様の憂鬱な朝だった。夜明け前には静まっていた風がまた吹き始め、ときおり突風が海岸からやってきた。潮は引き始めていたが、雨は相変わらず容赦なく降っている。荒涼たる砂地の草原《リンクス》を見渡しても、人の姿も動物の姿もない。だが、このどこかに敵が潜んでいるのはまちがいないと感じていた。寝ているわたしの顔にいきなり光が当てられたこと、そして、グレイドン流砂地帯から風で帽子が浜に飛んできたことは、眺海の館にいる母さんたちを危険が取り巻いている明らかな証拠に違いない。

七時半過ぎか、八時近かったか、玄関扉が開くのは気づかなかったが、かわいらしい人影が雨の中をこちらに向かってきた。彼女が砂丘を越えるのを、わたしは浜辺で待っていた。

「ここに来るのが、それは大変でした！」クララはいきなり叫ぶと、「雨の日に散歩に行くなって止められて。わたくし、癇癪を起こしましたの」と言って、ぐいと頭を上げた。

「クララ」わたしは言った。「きみは怖くないんだね」

「ちっとも」クララの即答に、わたしは誇らしくなった。かわいいわが子たちよ、おまえたちの母さんは誰より女らしいだけでなく、誰より勇敢だったのだよ。母さんのほかに、この二つの性格を兼ね

備えた女性に、わたしはお目にかかったことがない。母さんは驚くばかりの不屈の精神と、この上なく優雅なかわいらしさをもっていた。

わたしは前夜のできごとを話した。クララは頰こそみるみる蒼ざめたが、取り乱す様子はまったく見せなかった。

「でも、ぼくは無事だった」と、わたしは話を結んだ。「危害を加えるつもりはないんだろう。だって、向こうがその気になれば、ぼくは昨日の夜のうちに死んでいたよ」

クララはわたしの腕に手を置いた。

「それなのに、わたくし、虫の知らせも感じなかったなんて！」その声は上ずっていた。

クララの口調に、わたしはすっかり舞い上がった。わたしは彼女に腕を回すと、半ば強引に引き寄せた。互いに意識するともなく、彼女の両手がわたしの両肩に置かれ、わたしの唇が彼女の唇に重なった。それでも、このときもまだ、わたしと母さんのあいだで愛という言葉が交わされたことはなかった。雨に濡れて冷たくなった母さんの頰の感触は、今も忘れない。それ以来、何度となく、母さんが顔を洗っていると、わたしはあの浜辺の朝を思い出し、その頰にまた口づけした。母さんがわたしのもとを去り、わたしが独りきりの人生の旅を終えようとする今、長いこと共に育んできた愛情と、二人を結びつけてきた深い誠実さと心配りを想い起こし、それに比べれば、わたしが迎えようとしている死など、取るに足らないと思うのだよ。

愛し合う二人にとって時の流れは速いものだが、こうして数秒ほど経っただろうか、すぐ近くで高らかな笑い声が響き、わたしたちはびくりとした。思わず発した陽気な笑い声ではない。怒りのような感情を隠すための不自然な笑い声に聞こえた。二人は振り向いたが、わたしは母さんの腰に左腕を回したまま、母さんも体を離そうとしなかった。浜辺の二、三歩離れたところに立っていたのはノースモアだった。頭を垂れ、両手を後ろで組んで、感情の昂《たかぶ》りのせいで鼻孔が白くなっている。

「ああ！　カシリスか！」わたしが顔を見せると、ノースモアは言った。

「いかにも」わたしは冷静だった。

「そして、ハドルストン嬢」ノースモアはゆっくりと、しかし荒々しい口調で続けた。「お父上に、そしてわたしに対する信義の守り方がこれですか。お父上の命の価値に、あなたが下した評価がこれですか。この若い紳士に現《うつつ》を抜かし、身の破滅も、品位も、人間としての慎ましさも顧みないとは——」

「ハドルストン嬢は——」わたしはノースモアの言葉を遮ろうとしたが、逆に、容赦なく遮られた。

「黙りたまえ。ぼくはこの娘と話しているのだ」

「きみがこの娘と呼ぶ女性《ひと》は、ぼくの妻だ」わたしが言うと、彼女は黙ってわずかに体をわたしに寄せた。こうして、彼女も今の言葉に異存がないのをわたしは知った。

「おまえの、なんだと」ノースモアは声を荒らげた。「でたらめを言うな！」

「ノースモア君、きみの気性の激しさは誰もが知るところだし、ぼくは何を言われようと決して腹を立てない。だとしても、声を潜めてくれないか。ここにいるのは三人だけでないのだから」

ノースモアはあたりを見渡した。わたしの言葉に、いくぶん激情を抑えたのはまちがいない。「どういう意味だ」ノースモアは問うた。

わたしは一言、「イタリア人たち」と答えた。

ノースモアは激しい罵りの言葉を吐くと、わたしたちの顔に代わる代わる視線を送った。

「カシリスさんは、わたくしの知る一切をご存じなのですわ」妻は言った。

「ならば、わたしが知りたいのは」ノースモアは吐き出すように言った。「いったいぜんたい、このカシリスはどこから来て、ここで何をしているのかということだ。おまえは結婚したと言うが、そんなことは信じない。もし、真実なら、グレイドン流砂地帯が直ちに二人を引き裂くだろう。四分と半でな、カシリス。ぼくは友人を葬るための私設の墓地をもってるからな」

「それよりいくぶん長くかかった」と、わたしは言った。「あのイタリア人は」

ノースモアはわずかにひるみ、しばらくこちらを見つめていた。そのあと、丁寧な調子で、詳しく話してくれと言ってから、「ずいぶんと出し抜いてくれたな、カシリス」と続けた。わたしはもちろん、彼の求めに応じた。わたしがグレイドンにたどり着いた経緯《いきさつ》、彼らが下船した夜にノースモアが殺そうとしたのはわたしだったこと、その後イタリア人数人について見聞きしたことを話すと、彼は耳を傾けていたが、途中で何度か短い叫び声を上げた。

「なるほど」話を終えると、ノースモアは言った。「ついにこのときが来たか。それはまちがいなかろう。おまえはどうするつもりだ」

「きみたちと共にいて、手を貸そう」

「勇敢な男だな」独特の抑揚をつけてノースモアは答えた。

「怖くはない」

「それで」ノースモアは続けた。「二人は夫婦だと思っていいわけだな。わたしの面前で、堂々とそう宣言するのですね、ハドルストン嬢」

「まだ結婚はしていませんわ」クララは言った。「けれども、できるかぎり早くするつもりです」

「ブラボー！」ノースモアは大声を上げた。「では、あの取り引きは。ちくしょう、あなたは馬鹿でないはずだ、お嬢さん。単刀直入に言わせてもらいましょう。あの取り引きはどうなるんですか。お父上の命がかかってることは、わたしと同様あなたもご存じのはずだ。わたしが両手を上着の後ろ裾に納めて立ち去ろうものなら、お父上の首は陽が沈む前にも掻き切られますよ」

「ええ、ノースモアさん」クララは勇敢に返答した。「けれども、あなたは、そんなことをなさらないはずです。あなたは紳士にあるまじき取り引きをなさいました。それでも、紳士に変わりありません。一度助けようとした人間を見放すことはしないはずです」

「ほう！」ノースモアは言った。「わたしがなんの見返りもなく帆船を出すとお思いか。あのご老人の寵愛を受けるために命と自由を危険にさらすとお思いですか。そして最後は、結婚式で新郎の付添人になれと？　さてさて」ノースモアは異様な笑顔で続けた。「おそらく、お嬢さんがすべてまちがっているということはないでしょう。だが、ここにいるカシリス君に訊くがいい。この男はわたしをよく知っている。わたしが信頼できる人間か、実直で良心的な人間か、心優しい人間か」

「あなたは弁が立ちますけれど、わたくしが思うに、ときにとても愚かなことをおっしゃいますわ」おまえたちの母さんは言った。「けれども紳士であることはわかっています。ですから、わたくし、何一つ恐れてはいません」

ノースモアは納得したような感服したような妙な眼差しをクララに向けた。それから、わたしのほうに向き直った。「ぼくがあっさりこの女性《ひと》をあきらめると思うか、フランク。はっきり言っておこう。気をつけるんだな。次は殴り合い――」

「三度目の殴り合いになるな」わたしは彼の言葉を遮り、にっこりした。

「ああ、そうだな、そうなる。忘れてた。幸運の三度目だ」

「三度目は、〈レッド・アール号〉の船員に加勢させるつもりだろう」

「今の言葉を聞きましたか」ノースモアはおまえたちの母さんに言った。

「二人の殿方の意気地のない会話なら聞いているところですけど」クララは答えた。「そんなこと、考えるのも、お答えするのも馬鹿馬鹿しいわ。お二人とも、ちっとも本気でおっしゃっていないでしょ。ですから、なおさらたちが悪いし、くだらないわ」

「まったく威勢のいい女性じゃないか、フランク！」ノースモアは声を張りあげた。「でも、この人はまだカシリス夫人じゃない。もう何も言うまい。今はぼくのほうが不利だ」

するとおまえたちの母さんはわたしを驚かせた。

「わたくし、もう失礼します」出し抜けに、こう言ったのだ。「父がずっと一人きりですから。でも、これだけは忘れないで。お二人とも、仲良くなさってくださいね。わたくしにとって、かけがえのないお二人なのですから」

のちに母さんは、このとき立ち去った理由を教えてくれた。あのまま留まっていれば、われわれは口喧嘩をやめなかっただろう、と。そして、その判断は正しかったと思う。というのは、彼女がいなくなるや、われわれはたちまち親密になったといえたからだ。

ノースモアは砂丘の向こうにクララが消えてしまうのを見守っていた。

「この世に二人といない女だぞ！」罵りの言葉を交えながらノースモアは叫んだ。「あのふるまいを見たまえ」

わたしとしては、この機会に、もう少し詳しい事情を知りたかった。

「なあ、ノースモア君」わたしは訊ねた。「ぼくらはみな、窮地に立たされているんだね」

「そのとおりだ。親友君」ノースモアはわたしの目を捉え、大いに力を込めて答えた。「ぼくらには、地獄がどっしりのしかかってる。これは事実だ。信じられないかもしれんが、ぼくは自分の命が心配だ」

「一つ教えてくれ。あの連中の望みはなんだい。あのイタリア人たちの。ハドルストン氏をどうしたいんだ」

「知らんのか」ノースモアは声を張りあげた。「あの腹黒いやくざ者の爺さんは、〈カルボナリ結社（十九世紀初頭にイタリアで結成された政治的秘密結社。イタリアの統一と独立を目指した）〉の資金を預かってたのさ。二八万ポンドだ。そして当然のように、すべてを株で擦った。トレントかパルマで革命の計画があったんだが、頓挫した。スズメバチみたいな血の気の多い者どもが、一丸となってハドルストンを追いかけてる。無事に逃げられたら、そうとう運がいいってことだ」

「〈カルボナリ結社〉だって！」わたしは叫んだ。「ああ、その老人に神の御加護があらんことを！」

「アーメン！」ノースモアは言った。「なあ、言ったとおり、ぼくらは窮地に立たされてる。正直なところ、おまえに手を貸してもらえると嬉しい。ハドルストンは救えなくとも、あの娘だけは救いたい。この家に滞在するといい。約束しよう。あの老いぼれが命拾いするか、あるいはあの世に行くまでは、ぼくはおまえの友人としてふるまう。だが」ノースモアは続けた。「決着がついたら、またぼくの恋敵だ。警告しておく――気をつけるんだな」

「承知した！」二人は握手した。

「さあ、今すぐ砦に向かおう」ノースモアはそう言い、雨の中を歩きだした。

第六章は、あの長身の男と対面した話

眺海の館の扉を開けてくれたのは、おまえたちの母さんだった。抜かりのない堅固な防備にわたしは舌を巻いた。玄関扉は、簡単に解除できたとはいえ、外からどんな手荒な扱いを受けようが耐えられるよう頑丈に封鎖されていた。わたしはまず、ランプが弱々しく光を放っている食堂へ案内されたが、ここの鎧戸はさらに念入りに塞がれていた。それぞれの窓枠は横木で縦横斜めに補強され、次にそれらの横木が鎹《かすがい》と支柱によって、床に固定されたものあり、天井に固定されたものあり、それ以外は最終的に部屋の向かいの壁に固定されていた。それは強固なだけでなく、巧妙に工夫された手仕事で、わたしは驚嘆を隠さなかった。

「ぼくは手先が器用でね」ノースモアは言った。「庭の歩み板を憶えてるか。見てみろよ！」

「きみがこんなに才能豊かとは知らなかった」と、わたしは言った。

「おまえ、武器は持ってるか」ノースモアはずらりとみごとに並んだ大量の銃砲や拳銃を指差した。一部は壁に一列に立て掛けられ、一部は食器棚の上に陳列してあった。

「ありがとう」わたしは言った。「この前、きみに襲われて以来、武器は持つようにしている。ところで、正直に言わせてもらうと、昨日の夕方から何も腹に入れていないんだ」

ノースモアが出してくれた冷肉を貪るように食い、上等のブルゴーニュ産葡萄酒には酔わされたけれど、わたしは出てくるものに遠慮はしなかった。普段からかなり厳しく禁酒を主義としているが、主義を過度に貫くのは馬鹿げている。このときは、瓶を四分の三ほど空けたと思う。食事しながらもなお、わたしは完璧な防備に感心し続けていた。

「包囲攻撃にもちこたえられるね」と、わたしはなおも言った。

「まあなあ」ノースモアは間延びした話し方をした。「ちっちゃいやつなら、たぶんなあ。この家の守りの堅さについちゃ、さほど心配してない。ぼくの悩みの種は、ぼくらの身に及ぶ危険が二通りあるってことだ。銃をぶっ放してみろ。ここがどんなに片田舎だとしたって、必ず誰かが聞きつける。そうなれば――そうなれば結局、同じことだ。違いは、法の裁きを受けて牢獄にぶち込まれるか、〈カルボナリ結社〉に殺されるか、どっちを選ぶかだ。この世の中、法を敵に回すってのは、たちが悪いぞ。二階にいるご老人にも、そう言って聞かせてる。爺さんも納得してる」

「そういえば、その老人はどんな男なのかい」

「ああ、あの爺さんか！　言ってみれば、鼻持ちならないやつさ。明日にでも、イタリアじゅうの悪魔どもに首を絞めあげてもらいたいね。爺さんを守るためにぼくはこんなことに関わってるんじゃない。わかるな。お嬢ちゃんとの結婚と引き換えだからだ。そして必ずや、あの人をぼくのものにする」

「それはそれとして理解してるよ」わたしは言った。「ところで、ハドルストン氏はぼくが加わるのを承知するだろうか」

「クララにまかせとけ」ノースモアは答えた。

こんなふうにぞんざいで、なれなれしい言い方をしたものだから、かわいいわが子たちよ、わたしはノースモアの背骨をへし折ってやろうかと思ったよ。だが、休戦協定は大切にしたかったし、ノースモアもそれは同じだったと言っておこう。そういうわけで、危険が続くかぎり、二人の関係に暗雲が立ち込めることはなかった。彼は休戦協定を守ったとわたしはここに証明し、それには一点の曇りもない。わたしにしても、このときのわがふるまいを振り返ると誇らしく思う。ここまで居心地悪く、腹立たしい立場に置かれた二人の男など、ほかにいないだろうから。

わたしが食事を終えると、さっそく二人で一階の点検に取りかかった。窓を一つずつ回って新たな方法で支え直してみたり、ときに細かい手直しをしたり。金槌を打ち下ろす音が家じゅうにけたたましく響いた。たしかわたしは、銃眼を作ったらどうかと提案したと思う。だがノースモアは、二階の窓にすでに作ってあると答えた。こんなふうに点検して回るのはなんとも不安を掻き立てる作業で、気持ちは沈む一方だった。侵入を防がなければならないのは扉が二つと窓が五つ。何人いるかわからない敵の攻撃からこの扉と窓を守るのは、母さんも含めわずか四人だ。そんなことが可能だろうかとわたしが疑問をぶつけると、ノースモアは身じろぎ一つせず落ち着きはらって、自分もまったく同じ思いだと言い放った。

「朝が来る前に」ノースモアは言った。「全員惨たらしく殺されて、グレイドン流砂地帯に埋められるんじゃないかな。ぼくの場合は、そうと決まってる」

流砂と聞くなり、体ががたがた震えだしたが、敵は林でわたしに危害を加えなかったではないかとわたしは言った。

「それで安心するな」ノースモアは言った。「そのときは爺さんと一緒じゃなかったろ。今や運命共同体だ。あの流砂がぼくらを待ってる。よく憶えとくんだな」

わたしはおまえたちの母さんを思い、戦慄《わなな》いた。ちょうどそのとき、二階へいらしてとわれわれを呼ぶ、かわいらしい声がした。ノースモアが先を行き、そして踊り場まで来ると、かつてぼくのおじさんの寝室と呼んでいた部屋の扉を彼は叩いた。この眺海の館を建てた彼のおじが、自分のために設えた部屋だ。

「どうぞ、ノースモアさん。どうぞ、カシリスさん」内側から声がした。

ノースモアは扉を押し開け、わたしを先に部屋へ入れた。わたしが足を踏み入れると、おまえたちの母さんは横の扉から書斎の中へさっさと入ってしまった。書斎が彼女の寝室になっていた。数日前に見たときは大胆にも窓際に置かれていたベッドは、壁のほうへ引っ込められ、そこに座っていたのが、かわいいわが子たちよ、破産した銀行家バーナード・ハドルストン、つまり、おまえたちのお祖父さんだ。砂地の草原《リンクス》ではランタンのちらつく光のもとで、ほとんど見えなかったが、あのときと同じ人物なのはすぐにわかった。面長の、そして黄ばんだ顔は、赤くて長いあご髭と頬髭で縁取られていた。折れた鼻と高い頬骨はどことなくカルムイク族（モンゴル系オイラート族のヨーロッパでの呼称）を思わせ、色の薄い瞳は、熱に浮かされ、ぎらついていた。黒い絹の縁なし帽をかぶり、大判の聖書を開いて前に置き、その上に金縁の眼鏡を載せている。ほかにも書物が脇の小卓に積んであった。カーテンの緑色が、死人のごとき影を頬に落としている。枕を支えに、長身の体を痛々しく丸め、突き出した頭は膝まで届きそうだ。おまえたちのお祖父さんは、たとえこの一件で殺されなくとも、何週間もたたぬうちに肺結核の餌食になったに違いない。

老人はわたしに向かって片手を差し出した。大きくて骨と皮ばかりで、毛むくじゃらの醜い手だった。

「さあさあ、こちらへ。カシリスさん」老人は言った。「守ってくれる人が増えたとは。こほん！守ってくれる人が一人増えたとは。娘の友人ということなら、いつでも歓迎いたしますぞ、カシリスさん。娘の友人たちが、わたしのまわりに集まってくれた！　天の神よ、この二人に御加護とお恵みを！」

もちろん、わたしも手を差し出した。そうしないわけにはいかなかった。だが、おまえたちの母さんの父親に寄せるはずだった同情の念は、その外見と、口先だけのせりふと、わざとらしい口調によって、たちまち不快感に変わった。

「カシリス君は優れた男だ」ノースモアが言った。「十人力だぞ」

「そう聞いておる」ハドルストン氏は熱っぽく叫んだ。「娘がそう話しておる。ああ、カシリスさん、罪がわが身に及んでしまった（旧約聖書「民数記」第三二章第二三節参照。「その罪は身に及ぶことを知るがよい」）！　わたしは卑しい、実に卑しい人間です。けれども、それと同じだけ、悔い改めようと思っておるのです。ここにあるのは、すべて信仰の書でね」老人はまわりの書物を指差した。「わたしたちはみな、最後は恵みの座につくことになっておるのですよ（新約聖書「ヘブライ人への手紙」第四章第一六節参照。「大胆に恵みの座に近づこうではありませんか」）、カシリスさん。わたしの場合は間に合わなかったが。それでも、正真正銘の謙虚さは失っておりませんよ」

「ばっかばかしい！」ノースモアは吐き捨てるように言った。

「いやいや、親愛なるノースモア君！」銀行家は泣き声だった。「そんな言い方をしてはいけない。わたしの心を乱そうとしてはいけない。きみはお忘れなのだ。親愛なる若者よ、きみはお忘れなのですよ、わたしが今夜にも神に召されるかもしれないことを」

老人の取り乱しようは、見るも哀れだった。ノースモアが無神論者なのは重々承知だったし、わたしはそれを馬鹿にして、取り合ってこなかったが、それでも、悔い改めると言っている惨めな罪人《つみびと》をなじり続けるのにはだんだん腹が立ってきた。

「おいおい、ハドルストンさんよ！」ノースモアは言った。「あんた、自分をわかっちゃいないよ。あんたは海千山千の男だ。ぼくが生まれる前から、さんざん悪さに手を染めてただろ。あんたの良心なんぞ南米産の革みたいに鞣《なめ》されてへなへなだ――だが、肝臓だけ鞣《なめ》すのを忘れたな。いらつかせる根源はあんたの肝臓だ。そうだろ」

「これこれ！　いけない子だ！」ハドルストン氏は人差し指を震わせながら言った。「それについては、わたしは生真面目な人間とはとても言えん。生真面目な人間など毛嫌いしてきた。けれども、そのあいだも、まずまずの良心は貫いた。わたしは悪い男でした、カシリスさん。否定しようとは思いません。ですが、それも妻に先立たれてのちのこと。男やもめとなると、話は違ってくるのです。罪深い――否定はいたしません。けれども、それにも程度の違いがあると、そう思いたいではないですか。ところで――聞こえるか！」ハドルストン氏はいきなり大声を出した。片手を上げ、指を広げて、音に集中しているのと恐怖とで顔は引きつっていた。「雨の音か。ああ、助かった！」間を置いて、ハドルストン氏は形容しがたい安堵の表情を見せた。

「さて、何を話そうとしたんだったか――ああ、そうだ！　ノースモア君、娘は向こうの部屋かね」ハドルストン氏はカーテンのあたりを見回し、おまえたちの母さんがいないのを確かめた。「そう、大切なことを忘れておった」

老人はベッドの上で身を乗り出すと、ある株の銘柄の話を始めた。わたしはこの忌まわしい事実をこれまで一度も口外したことがないと、声を大にして言おう。命を狙われており、信仰の書に囲まれるなかでハドルストン氏がこうした話をもちだしたことに、わたしは腹立たしさと嫌悪感を覚えた。かわいいわが子たちよ、母さんがそばにいて厳格なわたしをなだめてくれることのないときは、わたしの躾《しつけ》をひどく厳しいと思ったときがあったのではないだろうか。こと慎み深さについては、日ごろから口喧《やかま》しいのは認めよう。このときも、おまえたちの不幸なお祖父さんを容赦なく咎めてしまい、わたしは今もときおり、それを後悔する。どのように咎めたかさえ、ここでくり返したくないが、この老人の置かれている恐ろしい状況を、おそらくとても残酷に、思い知らせてしまった。ノースモアは声高らかに笑いだし、冗談を飛ばした。礼儀、品格、敬意などとわたしがみなしているものを、ないがしろにした冗談だった。わたしとノースモアは一触即発の状態になったが、ハドルストン氏があいだに入り、不真面目なノースモアを厳しくたしなめた。

「この青年の言うことはもっともだ」ハドルストン氏は言った。「わたしは不幸な罪人《つみびと》だ。きみはわたしの邪心を助長する。真の友人とは言えん」

そして、うわべばかりの熱情を込めて、淀みなく、その場で短い祈りの言葉を唱えだした。ああした話をもちだした直後に祈りとは、正直なところ、わたしは目の遣り場に困った。そのあと、ハドルストン氏は言った。「共に賛美歌を歌おうではないですか、カシリスさん。わたしの母が教えてくれた賛美歌がある。むかしむかしの話だ。どのくらいむかしか、あなたも察しがつくでしょう。とても心に染みますよ、神の存在を強く感じることができる」

「さてと」ノースモアが割って入った。「祈禱会が始まるなら、ぼくは退散だ。賛美歌を歌ってな！そのあとはどうする。外に出てって、ちょっと海辺の空気でも吸ってくるかい。それとも、林の空気にするかい。林は見通しが悪いからな、ぐさっと一突きしようと誰かが近づいてくるかもしれないぞ。

まったく気が知れないぜ、ハドルストンさんよ！　おまえの気も知れないよ、カシリス！　この間抜けたちめ。もっと、まともになったらどうだ」

物言いは乱暴だったが、ノースモアの憎まれ口はもっともだと認めざるをえなかった。わたしについていえば、生まれてこのかた、教会以外で賛美歌を歌いたいと思ったことはない。そういうわけで、わたしは、直面している問題に話題を変えることにした。

「一つ質問があるのですが」わたしはハドルストン氏に言った。「あなたが今、金を持っているというのは本当ですか」

この質問に老人は嫌そうな顔をしたが、少し持っていると、しぶしぶ答えた。

「それなら」わたしは続けた。「それは連中が追っている、連中の金なのでしょう。彼らに渡したらどうなのですか」

「ああ！」ハドルストン氏は頭《かぶり》を振った。「一度、渡そうとしたのですよ、カシリスさん。しかし、ああ、哀しいかな！　渡そうとしたのですが、彼らが欲しいのは血なのです」

「ハドルストンさんよ、それはちょっとばかり連中に失礼じゃないか」ノースモアは言った。「あんたが提示した額は、二〇万ポンド以上足りなかったのを言わないと。その不足額を伝えるのが大事だろう。彼らにとっちゃ、それでこそ、耳を揃えて返したってことになるのさ、フランク。そして、連中は明快なイタリア流の結論を導き出した。金を追い回すついでに両方いただいてもいいんじゃないかってな。いや、実際、ぼくもそう思うね――金と血の両方だ。それ以上は楽しもうとも思っちゃいない」

「金は、この家の中にあるのか」わたしは問うた。

「そうだ。いっそ海の底にあってほしいもんだ」ノースモアは答えた。と、突然「ぼくに向かってそのしかめ面はどういうつもりだ」と、ハドルストン氏を怒鳴りつけた。わたしは知らぬ間に、ハドルストン氏に背を向けていた。「カシリス君が裏切るとでも思ってるのか」

ハドルストン氏は、そんなことは思いも及ばないと言い返した。

「なら結構」この上なく不愉快にさせる態度で、ノースモアは言った。「しまいには、ぼくらにも見捨てられるぞ。で、おまえは何を言おうとしてた」ノースモアはわたしを見た。

「今日の午後の暇つぶしを提案しようと思ってね」わたしは言った。「金を少しずつ外に運び出そうじゃないか。そして、この家の玄関の前に置く。もし〈カルボナリ結社〉が来たなら、どのみち、連中の金だ」

「いや、いや」ハドルストン氏が悲鳴を上げた。「違う。あれは連中に渡してはならん！　債権者全員に均等に配る金なのですよ」

「おいおい、ハドルストンさん。そんなつもりはないだろう」と、ノースモアは言った。

「いや、でも、娘が」哀れな老人は唸った。

「あんたの娘さんなら、まったく心配いらないよ。ここに二人も求婚者がいる。カシリス君にしても、ぼくにしても、物乞いじゃない。娘さんは、ぼくらのどっちかを選べばいい。あんたに関しちゃ、結論だけ言うと、一ファージング硬貨ももらう権利はないね。そして、ぼくが大きな考え違いをしてなけりゃ、あんたはそのうち死ぬ」

ずいぶん酷な言われようだったのはたしかだが、ハドルストン氏はどうにも同情を引かない男だった。たじろぎ、身をわなわなと震わせていたけれども、わたしはノースモアがなじるのを聞きながら心の中でうなずいていた。それどころか、わたしまで、思うところをつけ加えた。

「ノースモア君も、わたしも」わたしは言った。「あなたの命を守るのには喜んで手を貸しますが、盗んだ金を持って逃亡するのには手を貸しません」

ハドルストン氏は怒りを爆発させる寸前といった様子でしばし苦悶していたが、反論したい気持ちを抑えて従順になった。

「親愛なる青年たちよ」ハドルストン氏は言った。「わたしのことも、あるいはわたしの金も、思うようにするがいい。きみたちにすべて任せよう。わたしに安らぐ時間をくれまいか」

こうして、われわれは大いに満足し、部屋をあとにした。わたしが最後に目を遣ると、ハドルストン氏はふたたび大判の聖書を手に取り、眼鏡をかけて読み始めた。知り合う運命にあったすべての人間の中で、おまえたちのお祖父さんは、誰より人を戸惑わせる存在として、わたしの胸に焼きついた。だが、どんなところを理解しがたいと感じているのか、断言するのはやめておきたい。

第七章は、眺海の館の窓の向こうから、一言叫び声が聞こえた話

この日の午後の記憶は、これからもわたしの胸に刻まれ続けるだろう。ノースモアもわたしも、襲撃が近いことは確信していた。ものごとの起こる順序を何かしらの方法で好きなように変えられるとしたら、われわれはその能力を使って、決定的瞬間の到来を遅らせるのでなく早めただろう。最悪の事態は覚悟していた。だが、同じ窮地だとしても、このときのようにどっちつかずの状態ほど辛い時間はなかった。わたしは熱心な読書家でなくとも多読家ではあったが、眺海の館で過ごしたこの日の午後に、手に取っては投げ捨てた本がどんなにつまらなかったか。会話する気になれるはずもなく数時間が流れた。のべつ二人のうちどちらかが、不審な音はしないか耳をそばだて、二階の窓から砂地の草原《リンクス》を監視した。しかし、敵の気配はまったくない。

金についてのわたしの提案をめぐっては、二人でくり返し議論した。われわれの頭がまともに働いていたなら、そんな案は賢明でないと一蹴したはずだ。だが、恐怖で浮足立ち、藁にもすがる思いだったので、ハドルストン氏がこの館の中にいるのを宣言するも同然だったにもかかわらず、われわれはこの案を実行に移すことにした。

金は硬貨と紙幣、あとはジェイムズ・グレゴリーという名の人物が受益者となっている信用状だった。われわれはそれらを取り出し、金額を確認すると、今度はノースモアの書類かばんに収めた。そ

れから、イタリア語で手紙をしたため、かばんの取っ手に括りつけた。手紙にはわれわれ二人の署名に添えて宣誓の言葉を、そして、これがハドルストン商会倒産のさいに手がつけられるのを免れた金の一切だと明記した。おそらく、正気を自負する人間二人がしでかした、この上なく常軌を逸した行為だったろう。万一、書類かばんが意図するのと違う相手に渡れば、自らが明記した内容が証拠となり、われわれは有罪宣告される。だが、先述のとおり、二人とも冷静な判断のできる状態になく、待つという苦痛に耐えるより、正しかろうがまちがっていようが、何かしら次の行動につながるきっかけが欲しかった。さらには、砂地《リンクス》の草原の窪地にはわれわれの動きを監視する人間が隠れていると確信していたので、われわれがかばんを手に姿を現せば、話し合いに、そして、あわよくば解決にもちこめるのではないかと期待した。

　われわれが館の外に出たのは三時近かった。雨は止み、太陽がご機嫌に輝いていた。カモメがあそこまで館の近くを飛んだり、人を恐れず寄ってきたりするのを見たのは、あとにも先にも初めてだった。一羽が戸口の踏み段にいたわれわれの頭を荒々しくかすめ、わたしの耳元でグワっと凄まじい声で鳴いた。

「おまえ、不吉な予感だぞ」ノースモアが言った。この男は無神論者のご多分に漏れず、安易に迷信に左右される。「あいつら、ぼくらがもう死んだと思ってる」

　わたしは軽く相づちを打ったものの、心ここに在らず。この状況に押し潰されそうだった。

　門の一、二ヤード（約〇・九から一・八メートル）手前の、芝が生えた平坦な一画に書類かばんを置いた。ノースモアが頭上で白いハンカチを振ったが、反応はなかった。われわれは二人して声を張りあげ、諍いを収める使いの者としてやってきたとイタリア語で告げた。だが、カモメの鳴き声と波の音を除いて、静寂を破るものはなかった。叫び終えると、わたしは心に錘《おもり》を載せた気分になった。ノースモアですら、珍しく蒼ざめている。彼は自分と館の扉とのあいだを這い進む者がいるのではないかとでもいうように、びくびくしながら肩越しに背後を見た。

「ちくしょう」ノースモアは声を殺して言った。「荷が重すぎる！」

わたしも同じ声の調子で答えた。「結局、誰もいないんじゃないだろうか」

「いや、見ろ」ノースモアは恐ろしくて指差せないかのように、頭だけ傾けた。

わたしは示された方向に目を遣った。なんと、海岸林の北のほうで、今や雲一つない空を背に、細い煙の柱が途切れず立ち上っているではないか。

「ノースモア君」わたしは言った。二人は相変わらず声を殺していた。「この宙ぶらりんの状態にはもう耐えられない。死んだほうがずっとましだ。きみはここで、この家を見張っていてくれ。ぼくは向こうまで行ってみて、敵陣に乗り込むべきかどうか確かめてくる」

ノースモアは目を細めて、もう一度周囲を見渡すと、頼んだとばかりにうなずいた。

煙の方向に足早に進むあいだ、わたしの心臓は金槌で叩くかのように鼓動した。それまでは寒気《さむけ》を感じ、震えていたが、急に火が点いたように体じゅうがほてり始めた。ここから先の地面はやたらと起伏が多い。行く手の一〇〇平方ヤード（約八四平方メートル）に一〇〇人の男が身を潜めていることもありうる。だが、わたしは何においても効率よくものごとを進めた。敵が潜伏していそうな場所ではもっとも低いところを突っ切り、とりわけ見晴らしのよい隆起部があれば、その上を進み、一度にいくつもの窪地を見下ろした。こうした慎重な行動はすぐに功を奏した。周囲の丘よりわずかに高い小山にいきなり飛び乗ると、三〇ヤードと離れていないところで、体をほぼ二つに折り曲げた男が、その体勢が許すかぎりの全速力で、浸食によってできた溝の底を走っていった。密偵の一人を隠れ場所から追い立てた。わたしはその男を見るや、英語とイタリア語の両方で、声を張りあげ呼びかけた。もはや身を隠すのは無理と悟ったその男は、背筋を伸ばすと、溝から飛び出し、林の入り口のほうへ矢のごとく走り去った。

追いかけるのは、わたしの役目でなかった。欲しかった情報は得た——眺海の館のわれわれは包囲され、見張られている。わたしは直ちに踵《きびす》を返し、来たときの足跡をできるかぎりたどって、書類かばんの傍らで待つノースモアのもとへ戻った。彼はわたしが出ていったときよりさらに蒼ざめ、声は心なしか震えていた。

「どんな男かわかったか」ノースモアは問うた。

「ずっとこちらに背を向けていたから」わたしは答えた。

「家に入ろう、フランク。自分が臆病者とは思わんが、これにはもう耐えられない」ノースモアは低い声で言った。

静寂と陽光にのみ包まれている館の中へ、われわれは戻った。カモメさえ、今は遠ざかって旋回し、浜辺や砂丘に沿ってちらちらと明滅して見えた。かわいいわが子たちよ、この寂寞は武装した連隊よりも恐ろしかった。玄関扉を封鎖して初めて、わたしは精いっぱい息を吸い込み、胸に載っていた錘《おもり》から解放された。ノースモアとわたしは視線を交わした。二人とも、相手の蒼白で呆けた顔に自分の顔を見ていたと思う。

「きみの言うとおりだった」わたしは言った。「もう終わりだ。最後の握手をしよう、親友君」

「そうだな」ノースモアは答えた。「握手しようじゃないか。もうおまえには恨みもない。それはまちがいない。だが、憶えておけ。ありえないことが起こって、あの悪党どもから逃げおおせたとしたら、ぼくは手段を選ばずおまえを負かす」

「ああ、きみにはうんざりだ！」わたしは言った。

ノースモアは気分を害した様子で、無言のまま階段の下まで行くと、立ち止まった。

「おまえはわかってない」ノースモアは言った。「ぼくは卑怯なまねなんぞしない。自分を守る、それだけだ。おまえがうんざりしようがしまいが、カシリス、まったく気にしない。ぼくは自分に言い聞かせるために話してる。おまえを喜ばせるためじゃない。二階へはおまえが行け。娘に愛でも語ってこい。ぼくはここに残る」

「ならば、ぼくも残ろう」わたしは言った。「きみが許したからといって、ぼくが抜け駆けすると思うかい」

「フランク」ノースモアは笑みを浮かべた。「おまえが間抜けで残念だ。真の男になれる器なのにな。ぼくは今日にでも、亡き者になるだろう。おまえがどんなにぼくを怒らせようとしても、こっちはそんな気になれんよ。まったく」穏やかな口調になって、ノースモアは続けた。「イングランドじゅう探しても、こんな惨めな二人はいないぞ。おまえとぼくだ！ 齢《よわい》三〇にもなって妻も子もない。心を砕く職すらない——惨めで哀れな、迷える悪魔さ、二人とも！ そして今度は、一人の女をめぐって衝突だ！ 英国には何百万もの女がいるというのに！ なあ、フランク、フランクさんよ、この勝負に負けたほうに、おまえだろうがぼくだろうが、ぼくは同情する！ 石臼を首に巻きつけられて海の底に投げ込まれるほうが、まだましだ（新約聖書「マタイによる福音書」第一八章第六節参照。「大きな石臼を首に懸けられて、深い海に沈められるほうがましである」「ルカによる福音書」第一七章第二節にも同様の記述がある）。聖書はなんて言ってたかい。さあ、酒でも飲もうじゃないか」ノースモアはいきなり話を結んだが、ふざけた調子ではなかった。

　わたしは彼の言葉に感じ入り、誘いに応じた。食堂の卓に腰を下ろしたノースモアは、シェリーを注いだ酒杯を目の高さに持ち上げた。

「おまえが勝ったらな、フランク」ノースモアは言った。「ぼくは酒に溺れてやる。ぼくが勝ったら、おまえはどうする」

「どうするかな」わたしは返した。

「さて、そうこうするうちにも乾杯だ。未回収のイタリア《イタリア・イレデンタ》（一八六一年のイタリア王国成立後もオーストリア領にとどまった小地域）に！」

　この日はそのあとも、やはりひどく手持ち無沙汰で、どっちつかずのまま過ぎていった。夕食の準備が始まり、わたしは食卓を整え、ノースモアとおまえたちの母さんは一緒に厨房で食事をつくった。わたしが行ったり来たりしていると二人の会話が耳に入ってきて、始終わたしを話題にしているので面食らった。ノースモアは、またも自分とわたしを一括りにして、どちらを夫にするつもりかと母さんをからかった。それでも、わたしについて何か言うときは必ずや思いやりがこもっていて、わたしを悪く言うにしても、そこには自分も含めていた。感謝したいと思う気持ちが胸に湧き、全員の身に迫る命の危険と相まって、わたしの目は涙に濡れた。わたしたち三人は、盗っ人銀行家を守って死にゆく実に気高い人間だとわたしは考えた――失笑に値する思いあがりだったろうが。

　みなが食卓に着く前に、わたしは二階の窓から外を見た。陽が傾きかけていた。砂地の草原《リンクス》に人の気配はまったくなかった。書類かばんは数時間前に置いた場所に手つかずのまま残っていた。

　丈の長い黄色の部屋着姿のハドルストン氏が食卓の上座に、その向かいにクララが、ノースモアとわたしは両脇に向かい合って、それぞれ腰を下ろした。ランプは芯が切り詰められ、明るく輝いていた。葡萄酒は美味で、食べ物はほとんどが冷たかったけれど、この種のものとしては高級品だった。わたしたちは、二つのことを暗黙のうちに了解しているかに思えた。まず、差し迫る惨事については頭から消す。そして、四人の夕食会を、誰もが羨むような楽しいひとときにする。とはいえ、ときおりノースモアかわたしが席を立って、防備の状況を見て回ったのも事実だ。そのたびに、ハドルストン氏の胸には絶望的状況への恐怖が呼び覚まされ、彼は生気のない目を上げると、一瞬ではあるが動揺を貼りつけたような表情を浮かべた。それでも、葡萄酒をぐいと飲み干し、ハンカチで額を拭うと、ふたたび会話に加わった。

ハドルストン氏の披露する機知と知識には感服するばかりだった。かわいいわが子たちよ、おまえたちのお祖父さんが凡人でなかったのはまちがいない。彼は自分の目で書物を読み、ものごとを観察していた。天賦の才に疑いの余地はなかった。この老人を好きになることはなかったろうが、彼が事業で成功した理由と、破産する前には絶大な尊敬を集めていた理由がわかってきた。とりわけ社交の術にたけていた。このときの、非常に好ましくない状況でしか老人の語りを聴くことはなかったが、わたしは彼を、これまで出会った中でもひときわ才気みなぎる話し上手の一人とみなした。

ハドルストン氏はいかにも楽しそうに、恥じる様子などおくびにも出さず、若いころに知り合って以来観察してきた卑しい仲買人の巧妙な手口について語っていた。わたしたち三人は、浮かれ気分と気まずさが入り混じった妙な心持ちで耳を傾けていたが、このささやかな夕食会は、激しい驚きとともに、突如お開きとなった。

窓ガラスを濡れた指先で擦《こす》るような音がして、おまえたちのお祖父さんは話を中断した。その瞬間、四人全員、紙のように白い顔になり、食卓を囲んで口をつぐみ、ぴくりとも動かなくなった。

「カタツムリでしょう」ややあって、口を開いたのはわたしだった。ああした動物が似たような音を出すと聞いたことがあった。

「カタツムリの野郎め！」ノースモアが言った。「しっ、静かに！」

同じ音が等間隔で二度くり返された。と、鎧戸の向こうから、威嚇するようなイタリア語が一言飛んできた。「裏切り者《トラディトーレ》！」

ハドルストン氏は宙に頭を振り上げ、まぶたをぴくぴく震わせると、次の瞬間、気を失って食卓の下に倒れた。ノースモアとわたしは並んだ武器のもとへ駆け寄り、それぞれ銃を手に取った。おまえたちの母さんは、片手を喉元に当てて立ち上がった。

三人は立ったまま、身構えた。ついに襲撃のときが来たと全員が思った。ところが、一秒、二秒と過ぎても、館のまわりは波の音を除いて静寂を保ったままだった。

「さあ、早く」ノースモアは言った。「連中が来る前にこの老人を二階へ」

第八章は、長身の男の最期の話

あらゆる手段を使い、三人がかりでどうにかバーナード・ハドルストン氏を二階まで運び上げると、ぼくのおじさんの寝室のベッドに寝かせた。そうするあいだも、かなり手荒に扱ったにもかかわらず、ハドルストン氏が意識を取り戻す気配はなく、どさりと投げ落としたときも指の位置一つ動かさなかった。おまえたちの母さんは、父親のシャツのボタンをはずすと頭と胸を水で湿らし始めた。一方で、ノースモアとわたしは窓際に駆け寄った。空は相変わらず雲一つなく、まもなく満月を迎える月がすでに昇っていて、澄んだ光を砂地の草原《リンクス》に投げかけていた。それでも、二人して精いっぱい目を凝らしたのだが、動くものは認められない。起伏のある地面に何かしら黒っぽい部分がぽつぽつと見えたが、正体は知れなかった。しゃがみ込んだ男たちかもしれないし、何かの影かもしれない。確認のしようはなかった。

「ありがたい」ノースモアは言った。「今夜はアギーが来る日でなくて」

アギーとはあの年老いた乳母の名だ。それまで忘れていたとはいえ、ノースモアに乳母を思いやる気持ちがあるのを知り、わたしははっとした。

またもや待つしかなくなった。ノースモアは暖炉に近づき、寒いのか、赤い残り火に両手を広げてかざした。わたしは何気なく彼の姿を目で追いながら、窓を背にした。その瞬間、戸外でごく小さな爆発音して、銃弾が窓ガラスをがたがた震わせた。銃弾は、鎧戸の、わたしの頭から二インチ（約五センチメートル）のところにめり込んでいた。おまえたちの母さんは悲鳴を上げた。わたしはすぐさま銃弾の届かぬ部屋の隅へと跳び退いたが、先回りしたかと思う勢いで母さんが飛んできて、わたしの首に腕を回すと、怪我はないかと訊いてきた。一日じゅう毎日銃弾を浴びたとしても、引き換えにこんなに身を案じてもらえるなら、わたしは耐えられる気がした。置かれている状況もすっかり忘れ、抱きついてきた彼女に応えるのに夢中になっていると、ノースモアの声がして、われに返った。

「空気銃だな」ノースモアは言った。「音を立てたくないんだろう」

わたしはおまえたちの母さんを脇にやり、ノースモアに目を向けた。ノースモアは暖炉を背に、両手を後ろで組んで立っていた。不機嫌な顔だった。内心ではらわたが煮え返っているのがわかった。あの三月の夜も、この隣の部屋でわたしにつかみかかる前に、ノースモアは同じ表情を見せた。彼の怒りはくみとるとしても、正直なところ、次にどんな行動に出るかと思うと体が震えた。わたしはおまえたちの母さんに、気をつけたほうがいいと目配せした。ところが、母さんは意味を取り違えたようで、またも、わたしにしがみついてくると、体をまさぐりだした。ノースモアはまっすぐ前を見据えていたが、わたしたちの姿は目の端に捉えていたに違いなく、激情は疾風のごとく荒れ狂う一方だった。壁の外側では本物の戦いが待ち受けているというのに、内側では内輪もめが始まるのかと思うと気力が萎えた。

そういうわけで、ノースモアの表情を注意深く見守り、最悪の事態に備えて身構えていると、彼の顔つきが、何か閃《ひらめ》いたように、感情のはけ口でも見つけたかのように、いきなり変わった。ノースモアは脇の卓に置かれていたランプを持ち上げると、いくぶん高揚した様子でわたしたち二人のほうを向いた。

「はっきりさせておきたいことが一つある」ノースモアは言った。「連中はわれわれを皆殺しにしたいのか、それとも殺す相手はハドルストンだけなのか。連中はおまえとハドルストンをまちがえたのか、それともおまえの、その麗しい瞳《ボーズュー》を撃ち抜こうとしたのか」

「ハドルストン氏とまちがえたんだろう」わたしは答えた。「背の高さも近いし、髪も金色だから」

「確かめよう」ノースモアは言うと、窓に歩み寄ってランプを頭上に掲げ、静かに死をも覚悟して、三〇秒ほど立っていた。

おまえたちの母さんは、ノースモアをその危険な場所から引き戻そうと飛び出していこうとしたが、わたしは力ずくで彼女を押し留めた。身勝手だろうが致し方ない。

「そうだな」ノースモアは落ち着きはらって窓から向き直った。「連中の狙いはハドルストンだけだ」

「ああ、ノースモアさん！」おまえたちの母さんは絶叫したが、それ以上は何も言わなかった。無謀な行動を目の当たりにして言葉が見つからないようだった。

ノースモアのほうは、勝利の炎を燃やした瞳をわたしに向け、頭をわずかに傾けた。おまえたちの母さんの注意を引きたいがためだけに、そして、ときの英雄となったわたしをその座から引きずり下ろしたいがためだけに、自分の命を危険にさらしたのだとわたしはとっさに悟った。彼は指をぱちんと鳴らした。

「今の発砲なんぞ、ほんの手始めだ」ノースモアは言った。「仕事に熱が入ってきたら、一人だけなんて狙っていられまい」

そのとき、門の方向から、われわれに呼びかける声が聞こえてきた。窓から覗くと、月明かりの下に男の姿があった。微動だにせず、こちらに顔を上げ、片腕を伸ばして白い布きれのようなものを持っている。われわれは男に視線を注いだ。砂地の草原《リンクス》のずいぶん離れたところにいたけれども、瞳の中に月光が輝いているのが見えた。

男はふたたび口を開き、数分ほど延々としゃべり続けた。とんでもなく大きな声だったので、館のどこにいても、はたまた林の入り口までも聞こえたに違いない。先ほど食堂の鎧戸の向こうから「裏切り者《トラディトーレ》！」と叫んだ、あの声だ。今回は明快に、言いたいことを言い切った。裏切り者の「オドルストーネ（ハドルストンのイタリア訛りの呼び方）」を引き渡すなら、ほかの者の命は助けてやるが、渡さないなら全員の息の根を止める、と。

「さて、ハドルストンさんよ、なんて返事するつもりだ」ノースモアはベッドに向かって言った。

そのときまでハドルストン氏は意識のある気配を見せなかったので、まだ気絶して横たわっているものと、少なくともわたしは思い込んでいた。ところが、彼はすぐさま反応し、錯乱した病人としか思えぬ口調で、見捨てないでくれと懇願した。わたしの想像の域で、何より忌まわしく浅ましい行為だった。

「もうたくさんだ、意地汚いイヌめ！」ノースモアは言い捨てると、窓を開け放し、夜の闇に身を乗り出して、狂喜の雄叫びとでもいった調子で、おまえたちの母さんの面前では慎むべき言葉も顧みず、この使者に向かって英語とイタリア語の両方で淀みなく極めて忌まわしい冗談を連ね、最後に、とっとと国へ帰れと言い放った。このときのノースモアにとって、夜明けを迎える前に全員まちがいなく絶命すると考える以上の歓びはなかっただろう。

一方で、イタリア人は休戦の旗をポケットにしまい、ゆったりした足取りで砂丘のあいだに姿を消した。

「あいつらは名誉ある戦いしかしない」と、ノースモアは言った。「みな、紳士であり戦士だ。誇りを守るために、あっちと立場を入れ替わりたいもんだ――おまえとぼく、な、フランク。それから、あなた、ぼくのかわいいお嬢さんも。ベッドの上の悪党はほかの誰かに任せてな。ちぇっ！　そんなぎょっとした顔するな！　もうじき全員、永遠と呼ばれる場所に行くんだから、今のうちに自分の心に正直になるってのはどうだい。ぼくの場合は、まずハドルストンを絞め殺して、そのあとクララさんをこの腕に抱きしめたら、誇りと満足を胸に死ねるだろう。でも、実際はどうするかというと、さあ、接吻させてもらおうか！」

わたしが止める間もなく、ノースモアは嫌がるおまえたちの母さんを無理やり抱きしめると、接吻の雨を降らせた。次の瞬間、わたしは怒りにまかせ、ノースモアをぐいと引き離し、思い切り壁に投げつけた。ノースモアはいつまでも高笑いしていたが、ひどい緊張のせいで正気を失ったかと、わたしは恐ろしくなった。どんなに機嫌のいいときでも、この男はほとんど表情を変えず、声も立てずに笑うからだ。

「さあ、フランク」昂《たかぶ》りがどうにか収まると、ノースモアは言った。「次はおまえの番だ。今のがぼくの求婚だ。これで、この世ともおさらばさ！」わたしが身をこわばらせて憤慨し、おまえたちの母さんを傍らに引き寄せたのを見て、ノースモアは「なんだ！」と叫んだ。「おまえ、怒ってるのか。ぼくら、みんなで仲良く、優雅に取り澄ましてあの世に行くとでも思ってたのか。ぼくは接吻した。これで大満足だ。おまえもやりたいなら、やればいい。それで貸し借りなしだ」

わたしはノースモアから顔をそむけた。侮蔑の念を隠したくなかった。

「好きにしろ」ノースモアは言った。「おまえは、ずっと気取って生きてきたからな。気取ったまま死ぬがいいさ」

そう言ってノースモアは椅子に腰を下ろすと、ライフル銃を膝に載せ、おもしろそうに引き金をかちゃかちゃ鳴らした。こんなふうに浮ついた感情をほとばしらせているノースモアを見るのは初めてだったが、その感情もすでに冷め、今はむっつりした表情になっていた。

こうしたことをしているあいだにも、敵は館に侵入しつつあったかもしれないが、わたしたちは何も気づいていなかった。実のところ、命の危険がすぐそこまで迫っているのを忘れかけていた。だが、そのとき、ハドルストン氏が短い悲鳴を上げ、ベッドから跳び起きた。

どうしたのか、とわたしは訊いた。

「火事だ！」ハドルストン氏は叫んだ。「あいつら、この家に火を放った！」

ノースモアが即座に立ち上がり、わたしは彼と共に書斎へ続く扉を抜けた。書斎は、怒り狂う真っ赤な炎に照らされていた。われわれが部屋に入るが早いか窓の外で火柱が上がり、ぱりぱりと音がして、窓ガラスが部屋の内側の絨毯に落ちた。ノースモアが写真用のガラス板を収めている差し掛け小屋に、火が放たれたのだ。

「こりゃ熱い」ノースモアが言った。「おまえが前に使ってた寝室に行こう」

われわれは一足飛びにその部屋へ行くと、開き窓を押し開け、外を見た。館の裏の外壁に沿って端から端まで、積み重ねられた薪が並び、火が点いているではないか。おそらく石油をたっぷり染みこませてあったのだろう。午前中に雨が降ったにもかかわらず、どれも勢いよく燃えている。すでに差し掛け小屋をすっかり包んだ炎は、一瞬ごとに高く舞い上がっていった。裏口も真っ赤な炎に囲まれ、見上げると、目が届くかぎりの庇《ひさし》も、もはや燻《くす》ぶっていた。その上を覆う屋根を、大量の木の梁が支えていたからだ。同時に、熱を帯び、肌をぴりぴり刺激し、息が詰まるほど大量の煙がもうもうと館の中に充満し始めた。右を見ても左を見ても人の姿はない。

「さてさて！」ノースモアが言った。「来るときが来た。神に感謝だ」

われわれは、ぼくのおじさんの寝室に戻った。ハドルストン氏がこれまで見せなかった決然たる動作で、深靴をはいているところだった。おまえたちの母さんはその傍らに立ち、両手に持ったマントをまさに肩に掛けようとしていた。父親の行く末に希望半分、あきらめ半分とでもいうような複雑な表情を浮かべていた。

「さあさ、みなさん」ノースモアが言った。「出撃と行きましょうか。かまどはどんどん熱くなってきましたよ。このままここで、こんがり焼けちまうのはおもしろくない。ぼくとしては、敵と握手して終わりにしたいんだが」

「それしかなかろう」わたしは返した。

そして、おまえたちの母さんもハドルストン氏も口々に、けれども、まったく違う調子で、「それしかないでしょう」と言い添えた。

階段を下りるあいだの熱さは尋常でなく、耳の中で炎がごうごうと唸りをあげた。廊下にたどり着くか着かないかで階段の窓が崩れ落ち、ぽっかり開いた窓枠の向こうから火の手が飛び込んできて、周囲をなめ回し、館の中は高く低くうねる目も眩むばかりの猛烈な炎に照らされた。その瞬間、二階で何か重くて堅いものの落ちる音がした。館全体がマッチ箱のごとく燃えていて、空へ吹き上げた炎を今や地面や海へと広げているだけでなく、われわれを閉じ込めたまま刻一刻と崩れ落ちようとしているのは明らかだった。

ノースモアとわたしは拳銃の打ち金を上げた。拳銃は持たないと言っていたハドルストン氏は、指揮官のふるまいでわれわれを後ろに従えた。

「クララに玄関を開けさせなさい」ハドルストン氏は言った。「そうすれば、一斉射撃されても扉が盾になる。そのあいだにわたしの後ろに来ればいい。わたしは贖罪の山羊（旧約聖書「レビ記」第一六章第八～二六節参照）。罪が身に及んでしまったのだから」

わたしが拳銃を手に、息を凝らしてハドルストン氏の肩先で身構えるあいだも、彼は震える声でぶつぶつと早口に祈りの言葉を唱えていた。正直に言おう。こんなふうに思うのはひどいかもしれないが、この身の毛もよだつ重大局面に及んでも神に救いを求めているハドルストン氏にわたしは軽蔑の念を抱いた。一方で、おまえたちの母さんは顔面こそ蒼白だったが、なお取り乱さず、正面玄関の封鎖を解いた。次の瞬間、彼女は扉を引き開けた。炎の明かりと月明かりが無秩序に輝きを変えながら、砂地《リンクス》の草原を照らしていた。煙の尾が空の彼方に伸び続けていた。

ハドルストン氏がノースモアとわたしの胸を手の甲で強く突いた。とっさにわれわれが何もできずにいると、彼は水中に飛び込むがごとく両腕を頭上に伸ばし、館からまっすぐに走り出た。

「わたしはここだ！」ハドルストン氏は叫んだ。「ハドルストンだ！　さあ、殺せ。ほかの者の命は助けてくれ！」

いきなりハドルストン氏が現れたので、隠れていた敵もひるんだのではあるまいか。ノースモアとわたしがようやく立ち直り、クララを挟んで彼女の腕を片方ずつ取り、いざ、ハドルストン氏を救わんと駆け出そうとするあいだも何も起こらなかった。だが、玄関の敷居をまたぐかまたがないかというとき、砂地《リンクス》の草原の窪地の四方八方から一〇発ほどの銃声と閃光が飛んできた。ハドルストン氏はよろめき、背筋の凍るような不気味な咆哮を放つと、両腕を頭上に振り上げたまま、芝生に仰向けにひっくり返った。

「裏切り者《トラディトーレ》！　裏切り者《トラディトーレ》！」目に見えぬ敵が絶叫した。

そのとき、館の屋根の一部が崩れ落ちた。火の回りはそれほど速かった。崩れ落ちるのとともに、耳をつんざく、なんの音とも知れぬ不気味な轟音が響き、とてつもなく大きな炎が空高く舞い上がった。この瞬間の炎は二〇マイル（約三二・二キロメートル）先の沖からも、グレイドン・ウエスター村の海岸からも、遥か内陸はコールダー丘陵地帯の最東端の高みであるグレイスティール山の頂からも見えたに違いない。おまえたちのお祖父さんがどのように埋葬されたかは誰にもわからないけれど、死を迎えるにあたって上等な火葬用の積み薪には事欠かなかった。

第九章は、ノースモアが脅してきた話

この大惨劇のあと、どうなったのか、おまえたちに話すのはかなり難しいかもしれない。今、振り返ってみても、頭が混乱し、どんなにがんばってもよく思い出せず、まるで悪夢の中でもがいている心地になる。おまえたちの母さんが弱々しいため息をひとつ漏らし、感覚の失われた体をノースモアとわたしで支えなかったなら、うつぶせにばったり倒れてしまうところだったのは憶えている。わたしたち三人は襲われなかったように思う。敵を一人でも見たかどうかすら記憶にない。たしか、ハドルストン氏のことは、目もくれずに置き去りにした。思い出すのは錯乱したかのように走ったことだけ。あるときは、おまえたちの母さんをわたし一人で両腕に抱え、あるときは、ノースモアと一緒に体ごと持ち上げ、またあるときは、この愛おしいお荷物はどちらのものかをめぐってめちゃくちゃに取っ組み合いながら。いったいどうして毒人参の穴《ヘムロック・デン》のわたしのテントを目指そうと決めたのか、どのようにそこにたどり着いたのかは永遠に思い出すことはないだろう。最初の鮮明な記憶は、おまえたちの母さんをわたしの小さなテントの外に投げ出したまま、ノースモアとわたしが二人して地面を転げ回り、それまで狂暴さを抑えていたノースモアがわたしの頭を拳銃の台尻で殴ったことだ。この男はそれまで二回もわたしの顔に傷を負わせていた。ここからいきなり記憶がはっきりするのは、流れ出る血を見たせいでないかと思う。

わたしはノースモアの手首をつかんだ。

「ノースモア」たしか、わたしはこう言った。「ぼくを殺すのはあとでもいい。まずはクララを介抱しよう」

そのときノースモアは、わたしに覆いかぶさっていた。わたしが言い終るか終わらないかのうちに、彼は跳ぶように立ち上がり、おまえたちの母さんのもとへ駆け寄った。そして、次の瞬間、意識のない彼女を胸に抱きしめ、両手や顔じゅうに唇を押しつけ始めた。

「恥を知れ！」わたしは怒号した。「恥を知れ、ノースモア！」

まだ目眩《めまい》がしていたが、わたしはノースモアの頭や背中を何度も殴った。

ノースモアはクララから手を離し、ときおり雲に遮られる月明かりのもと、わたしと向き合った。

「おまえを押さえ込んでたのを放してやったんだぞ」ノースモアは言った。「それなのに、ぼくを殴るのか！　卑怯者め！」

「卑怯者はきみだ」わたしは言い返した。「この人は意識があるときに、きみの接吻を欲しがったか。欲しがっていない！　そして今度は、この人が死にかけているというのに、貴重な時間を無駄にしてイヌみたいに顔を舐めまわすとは。どけ、ぼくが介抱する」

蒼白のノースモアは威嚇するような形相で、しばし、わたしの前に立ち塞がっていたが、不意に脇へ寄った。

「ならば介抱しろ」ノースモアは言った。

わたしは身を投げ出すようにクララの傍らにひざまずき、できるかぎり優しく衣服とコルセットを緩めたが、夢中で手を動かしていると、いきなり上から肩をつかまれた。

「手を離せ」ノースモアは凄まじい剣幕で言った。「おまえ、ぼくには血も通ってないと思ってるのか」

「ノースモア」わたしは声を荒らげた。「きみがこの人を介抱せず、ぼくにもさせないというなら、ぼくはきみを殺すしかない。わかるか」

「それで結構！」ノースモアが怒鳴り返した。「この女も死ねばいい。何か不都合があるか。女から離れろ！　立ち上がれ。決闘だ」

「なあ、気づかないのか」わたしは立ち上がりながら言った。「ぼくはまだ、この人に接吻さえしていない」

「したいならすればいい」ノースモアは声を張りあげた。

かわいいわが子たちよ、わたしは何に突き動かされたのだろう。おまえたちの母さんが、死んでいようが生きていようが、わたしの接吻ならいつでも大歓迎なのはわかっていたし、母さんも日ごろからそう言っていたのだけれど、このときのことは、これまでの人生でも、とりわけ顔から火の出る思いだ。わたしはもう一度ひざまずくと、彼女の額にかかる髪を左右に分け、心からの尊敬を込めて、冷たくなった眉のあたりにしばし唇を置いた。父親が娘へ示す愛の表現のようでもあり、やがて死にゆく男からすでに息絶えた女へ示すにふさわしい愛の表現のようでもあった。

「さあ」わたしは言った。「あとはなんなりと、ノースモア君」

だが、見るとノースモアがこちらに背を向けていたので、わたしは、おや、と思った。「聞こえてるのか」

「ああ」ノースモアは答えた。「聞こえてる。おまえが決闘を望むなら、喜んで受けて立つ。望まぬなら、クララの介抱を続けろ。ぼくには同じことだ」

もう一度言われるまでもなく、わたしはふたたびおまえたちの母さんの上に屈み込み、どうにか目覚めさせようと手を尽くし続けた。顔に血の気は戻らず、意識のないまま母さんは横たわっていた。この人の愛らしい魂は、二度と呼び戻せぬところへ飛んでいってしまったのだろうか。恐怖とどん底の絶望感が、わたしの心をつかんで離さなかった。これ以上ない愛情を込めた声でその名を呼び、両手をさすってみたり叩いてみたり、頭を低くしてみたり膝の上に載せてみたりしたが、どれも効果なく思われた。まぶたは変わらず、瞳を重く覆っていた。

「ノースモア」わたしは呼びかけた。「そこにぼくの帽子がある。後生だから、泉から水をくんできてくれないか」

瞬く間に水をくんで、ノースモアはわたしのもとに戻ってきた。

「自分の帽子を使った」ノースモアは言った。「ぼくにだって、そのくらいの権利はあるだろう」

「ノースモア」クララの頭と胸に水をかけながら、わたしが口を開きかけると、ノースモアは乱暴な口調でそれを遮った。

「ああ、黙れ！　おまえは黙ってればいいんだ」

愛する人の体を案じるのに頭がいっぱいだったので、たしかに話をする気にはなれなかった。そこで無言のまま、なんとか意識を戻してくれと、わたしは懸命に介抱を続けた。帽子が空になると、それをノースモアに返し、一言だけ添えた――「もっと」この使い走りをノースモアは数回くり返しただろうか、おまえたちの母さんはふたたび目を開けた。

「さて」ノースモアは言った。「この人が回復したところで、ぼくはお役御免だな。お休み、カシリス君」

ノースモアはそう言うと、低木の茂みの中に姿を消した。わたしはおまえたちの母さんのために火を熾《おこ》した。もはやイタリア人を恐れる必要はない。イタリア人はわたしがテントに残していた細々《こまごま》したものにさえ、手をつけずにいてくれた。この夜の神経の昂《たかぶ》りと悲劇の大惨事にクララは打ちひしがれていたけれど、わたしが説得したり、励ましたり、温めたり、ただ手を置くといった単純な方法を試してみたり、あらゆる手段を講じると、やがて、ある程度の心の平静と体力を取り戻した。そうして、わたしたちは、心は沈んでいたとしても希望は捨てず、二人の将来について語り合い始めた。わたしはクララの腰に腕を回し、語らずとも、その身を助け、守り抜く男がいることをわからせようとした。この日だけでなく彼女を看取る日まで、彼女の幸福のためなら喜んで命を擲《なげう》つ男がいることを。

夜はすでに明けていた。そのとき、「シッ!」という鋭い音が茂みから聞こえた。わたしは地べたの上で、ぎくりとした。しかし、続けて聞こえてきたのは至極落ち着いた調子のノースモアの声だった。「こっちへ来い、カシリス。一人で。見せたいものがある」

わたしがおまえたちの母さんに目で問いかけると、彼女は黙って、行ってもかまわないと合図した。そこで、わたしは彼女を残し、穴から這い出た。少しばかり離れたところで、ノースモアはニワトコに寄りかかっていた。そして、わたしの姿を認めるや、海のほうへ歩きだした。わたしがもう少しで追いつこうというとき、彼は林のはずれまで来ていた。

「見ろ」と言って、ノースモアは立ち止まった。

わたしは数歩進んで、葉の茂る林を抜け出た。よく知る風景に降り注ぐ朝の光は、ひんやりとして澄んでいた。眺海の館は真っ黒な残骸と化していた。屋根は内側に崩れ落ち、切妻の片方は外側に崩れ落ちている。遠くにも近くにも砂地《リンクス》の草原の表面のあちこちに、ハリエニシダの焦げた跡がぽつぽつとあった。濃い煙がなお、風のない朝の空にまっすぐ立ち上っている。まだ熱を帯びた燃え残りが、むき出しの炉の火床《ほど》に載った石炭のように、建物の露わになった壁の内側に山と積み上がっていた。小島のほど近くに帆船が一隻停泊していて、水夫たちの乗った短艇が元気いっぱい海岸に向かってくるところだった。

「〈レッド・アール号〉か！」わたしは思わず声を上げた。「〈レッド・アール号〉よ、あと半日早く来てくれていれば！」

「ポケットの中を探ってみろ、フランク。武器はあるか」ノースモアが言った。

言われるままにしたわたしは、おそらく顔面蒼白になっていただろう。拳銃がなくなっている。

「ぼくの言いなりになるしかないな」ノースモアは続けた。「昨晩、おまえがクララを介抱してると き抜き取った。だが、今朝になって——ほら、おまえの拳銃だ。礼はいらん！」ノースモアは大声で言い、片手を突き出した。「礼なんぞ、やめてくれ。今、癇に障ることがあるとすれば、おまえの礼だ」

ノースモアは短艇を迎えるために砂地《リンクス》の草原を越えて歩きだし、わたしはその一、二歩あとを続いた。そして、館の正面まで来ると、立ち止まり、ハドルストン氏が倒れた場所に目を遣った。だが、彼の姿は跡形もなく、血痕すらなかった。

「グレイドン流砂地帯の中で安らかに眠ってるさ」ノースモアは言った。「四分と半さ、フランク！イタリア人はどうした。一緒に消えたか。あいつらの役目は夜鳴き鳥だったからな、陽が昇る前にみんな飛んでいったんだろう」

彼はそのまま歩を進め、われわれは浜辺の際まで来た。

「ここまでで結構」ノースモアは言った。「あの人を母屋のグレイドン・ハウスに連れていってあげてくれ」

「恩に着るよ」わたしは答えた。「だが、グレイドン・ウエスター村の牧師のところへ連れていこうかと思う」

短艇の舳先がすぐそこの浜辺の上でぎしぎしと音を立て、綱を手にした水夫が一人、浅瀬に飛び降りた。

「ちょっと待っててくれ、みんな！」ノースモアが怒鳴った。それから、声を落とし、わたしの耳元で、「今のことは、あの人に言うな」と続けた。

「いやいや」わたしは思わず声を上げた。「話せることはなんでも話すつもりだ」

「わかってないな」ノースモアは威張りくさった態度で言った。「話す必要などない。あの人は、ぼくがこう言うだろうと思ってる」

かわいいわが子たちよ、こんなふうに、おまえたちの母さんは、この乱暴者から優しい心を引き出した。そのあと、何年も経ってから、母さんはこのせりふを爵位の特許状と呼んだものだ。「あの人は、ぼくがそうするだろうと思ってる」は、わたしたちの結婚生活の決まり文句のようなものとなった。わたしにしてみれば、こうしてほしいと不平を言われるよりも、しばしばずっと効き目のある一言だった。

「いざ、さらば！」ノースモアはうなずきながら言った。

わたしは片手を差し出した。

「いや、遠慮する」ノースモアは言った。「くだらんとはわかっているが、ぼくはそこまで吹っ切れていない。感傷に浸るなんてまっぴらだ。白髪の放浪者になっておまえの家の暖炉の前に座るとかな。むしろ、おまえたち二人のどちらとも、二度と顔を合わせることのないよう神に祈る」

「神の御加護があらんことを、ノースモア！」わたしは心を込めて言った。

「ああ」彼は返した。「そいつの御加護がきっとあるさ。そいつにはかまうな」

ノースモアは浜辺を下っていった。浅瀬にいた男が、ノースモアに腕を貸して彼を短艇に乗せ、沖に向かって短艇を押し出すと、舳先に飛び乗った。ノースモアが櫂の柄を握った。短艇は波を越え、櫂が櫂栓に当たるぎーこぎーこという規則正しい音が早朝の空気の中に響き渡った。

〈レッド・アール号〉までは、まだ半分ほど距離があった。短艇が進むのを見守っているあいだに、太陽がすっかり海から顔を出した。

あと一言加えて、この冒険譚を終えよう。数年ののち、ノースモアはチロル解放のためにガリバルディの赤シャツ隊（イタリア統一の指導者ガリバルディ率いる義勇軍は赤シャツを着用していた。チロルへの進軍は一八六六年）の一員として戦い、命を落とした。

一夜の宿り

赤星美樹訳

フランソワ・ヴィヨン（一四三一～八五）の物語

一四五六年、一一月も末のこと。パリの街には、雪が激しく、むごいほどに絶え間なく降っていた。ときおり風が一撃をかけると、雪は渦を巻いて吹き散った。ときおり風が止めば、雪はひとひら、ひとひら、漆黒の夜空から音もなく、たゆたいながら、果てることなく落ちてきた。貧しい人たちは湿った眉毛の下から空を見上げ、こんなにたくさんどこから湧いてくるのかと思い巡らせているようだった。その日の午後、文学修士フランソワ・ヴィヨンは安酒場の窓辺で、こんな仮説を唱えた。異教のローマ神ユピテルがオリュンポスの山頂で鵞鳥《がちょう》の羽をむしってるだけか、それとも、無垢なる天使さんの羽根が抜け変わってるところか、と。ヴィヨンは続けた。俺みてえな、しがない文学修士が、ちょいと神の領域に踏み込んじまった、恐れ多くて結論は出せねえ。すると、席を共にしていたモンタルジから来た老いぼれ愚僧が、年若いごろつきの気の利いた冗談と、冗談を飛ばしたときの気取った表情を称え、彼に葡萄酒を一瓶おごると、この白いあご髭に誓うがと前置きし、己《おのれ》もヴィヨンの年ごろにはこんな不届きな若造だったと宣った。

　空気は冷たく、肌を刺したが、凍てつくほどではなかった。雪片は大きく、湿り気を帯びて、どこへでもくっついた。街全体に覆いがかかったようだった。軍隊が街なかを隈なく行進していたかもしれないが、不安を煽るような足音は聞こえてこない。遅くに巣に戻る鳥が空にいたなら、黒々とした川面に、中州は白くて大きな当て布のように、橋は白くて細い円材のように見えただろう。頭上の高いところでは、大聖堂の塔の狭間《はざま》飾りの中にも雪が積もっていた。あちらこちらの壁龕《へきがん》（建築物の壁を装飾用にえぐった部分）は雪の吹き溜まりとなり、あちらこちらの彫像はその奇怪な、あるいは、神々しい頭にこんもり白い縁なし帽を載せていた。樋嘴《ガーゴイル》は、だらりと垂れ下がって先の尖った巨大な付け鼻に姿を変え、唐草浮き彫り模様《クロケット》は壁の側面から枕が飛び出したようだった。しばし風が途切れると、教会の敷地じゅうで水の滴る物憂げな音が響いた。

聖ヨハネ墓地も、負けじと雪をかぶっていた。墓は残らず、きれいに隠された。墓地を囲んで厳かに並ぶ背の高い家々の屋根も白く、善良な市民たちは自分の住居と同じくナイトキャップをかぶり、とうに眠りについていた。界隈に明かりは見えないが、ただ一カ所、教会の聖歌隊席にぶら下がったランプから微かに一条の光が漏れていて、揺れに合わせて行ったり来たり影を投げかけていた。時計が一〇時に迫ろうというころ、夜警隊が斧槍と角灯一つを携えて、手を叩きながら通り過ぎ、聖ヨハネ墓地周辺に怪しい様子はないのを確かめた。

ところが、墓地の塀を背に、まだ眠りにつかぬ小さな家が一軒あった。住民のいびきが響く界隈で、邪悪な夜を過ごしているところだった。外からは、そうした様子はほとんどうかがえない。煙突から温かな煙が一筋上っているのと、屋根の上の雪が一部分だけ解けているのと、戸口に消えかけの足跡がいくつかあるのを除いては。だが、鎧戸の閉ざされた窓の内側では、文学修士の詩人フランソワ・ヴィヨンと、つき合いのある窃盗団が何人か、賑やかに瓶酒を回し飲みしていた。

アーチ型の暖炉の中に高く積まれた燃えさかる薪が、鮮やかな赤い光を放っていた。その正面に、ピカルディの修道僧ニコラ師が股を広げて立っている。衣の裾をまくり上げ、むき出しになった太い脚に心地よい温もりを感じているところだった。この男の幅広の影が、部屋を二つに分けていた。炉火の光はずんぐりした体の両脇からと、開いた足元のあいだから小さな水たまりほど漏れ出しているにすぎなかった。この男は見るからに酒焼けした顔で、酒浸りなのはまちがいない。顔を覆いつくす網目のような静脈は、いつもは赤紫だったが、このときは白っぽく青味を帯びていた。背中を暖炉に向けていたとはいえ、体の前面は冷気にさらされていたからだ。外衣の頭巾は半ば脱げ落ち、猪首の両側で異様な瘤《こぶ》のようになっていた。とにかく、この男はぶつぶつ不平を言いながら、両脚を広げ、でっぷりした図体の影で部屋を左右に分けていた。

その右側では、ヴィヨンとギー・タバリーが身を寄せ合って、一枚の羊皮紙を見下ろしていた。ヴィヨンは「焼き魚の歌」と題するつもりの譚詩《バラード》を創作し、タバリーはヴィヨンの肩先でそれを褒めちぎっていた。詩人はぼろを纏い、肌は浅黒く、背は低く、痩せていて、頬はこけ、黒髪はまばらだった。この二四の年齢《とし》まで、熱気ある活力をみなぎらせて生きてきた。目元のしわは欲深さの表れで、笑うと口のすぼまるところがいやらしい。顔の中でオオカミとブタが一緒にもがいているかに見えた。顔は表情豊かで鋭く、醜くて俗っぽい。手は小さいが力強く、指は紐の結び目のように節くれだっていた。その両手が彼の正面で、荒々しく、表現力たっぷりの無言劇のように、しきりと動いている。タバリーのほうは、ぺしゃんこの鼻と酒でべとべとになった唇を見るに、いつでも悦に入って他人を褒めそやしている下卑た愚か者に違いない。この男は実直至極の市民にもなりえたところを、たわけ者や愚か者どもの一生を左右する避けがたい巡り合わせによって盗人になった。

修道僧を挟んだ反対側では、モンティニーとテヴナン・パンセートが運任せの勝負事に興じていた。モンティニーはどことなく生まれと育ちの良さをにおわせ、堕天使とでもいうところか。ひょろりと長身でなよなよして、気品さえあった。顔は鷲を思わせ、暗い影を漂わせている。哀しい運命のテヴナンは上機嫌だった。その日の午後、フォーブール・サン・ジャックでいかさまを一発まんまとやりとげ、日が暮れてのちはモンティニー相手に賭けに勝ち続けていたからだ。間の抜けた笑みで顔は輝いていた。赤い巻き毛を花輪のように頂いた禿げ頭が、バラ色に光っている。金が舞い込むたび、ぽっこり飛び出した腹が押し殺した笑いで震えた。

「倍賭けか、さもなきゃ降りるか」テヴナンは言った。

モンティニーは険しい顔でうなずいた。

「豪奢極めた酒食を好む者もあり」と、ヴィヨンは書いた。「銀皿に載るパン、チーズ、さもなくば、さもなくば、おい、グイード、知恵を貸してくれ！」

言われたタバリーはくくっと笑うだけだった。

「さもなくば、金皿にパセリ載せ」詩人はペンを走らせた。

家の外では風がふたたび勢いづいてきた。行く手の雪を吹き払い、ときに勝者の雄叫びを上げ、煙突の中では低くこもって唸った。夜が更けるにつれ、寒さは厳しさを増した。ヴィヨンは上下の唇を突き出し、口笛とも呻《うめ》き声ともつかぬ音を出し突風をまねた。不気味で人を不快にさせる詩人のこの得意技を、ピカルディの修道僧はひどく嫌がった。

「絞首台がガタガタ鳴ってるのが聞こえねえか」ヴィヨンは言った。「あそこで宙ぶらりんになってる連中が、みんなで悪魔のジグを踊ってるぜ。あんたらも踊っていいんだぞ、色男さんたちよ。体は温まらねえだろうがな！　ヒュウ！　すげえ風だ！　今ごろ、落っこちたやつがいるだろうな！　三本足のビワの木からビワが一個減っちまった！　なあ、ドン・ニコラよ、今夜のサン・ドニ通りはずいぶん寒かろうね」ヴィヨンは言った。

ニコラ師は大きな目をしばたたかせ、喉仏のあたりで息が詰まったような顔をした。サン・ドニ通りのすぐそばには、あの不気味な、パリの大処刑場モンフォコンがあった。今の冗談はニコラ師の痛いところを突いた。一方で、タバリーはビワと聞いて馬鹿笑いした。こんな愉快な例えは聞いたことがなかったので、腹を抱えてひーひー笑った。ヴィヨンがタバリーの鼻先を指ではじくと、はしゃいでいたタバリーはいきなり咳きこんだ。

「おい、やかましい。やめろ」ヴィヨンは言った。「それより〝魚〟と韻を踏む単語を考えてくれ」

「倍賭けか、さもなきゃ降りるか」モンティニーは懲りていなかった。

「望むところでえ」テヴナンが返した。

「その瓶に酒は残ってるか」ニコラ師が問うた。

「もう一本、開けろ」と、ヴィヨンが答えた。「その大樽みてえな体を、こんな小さい酒瓶でいっぱいにしようってのが無理な話だ。あんた、その図体で天国にのぼれると思ってんのかい。ピカルディから来た修道僧一人運び上げるのに、いったいどれだけの天使さんに集まってもらわなきゃなんねえか。それとも、あんた、エリヤ（紀元前九世紀のヘブライの預言者）の再来のつもりかい——四輪馬車がお迎えにきてくれるとでも？」

「人間には不可能なり《ホミニブス・インポッシビレ》」ガラスの酒杯を満たしながら、修道僧は答えた。

タバリーは忘我の境地で韻を踏む語を探していた。

ヴィヨンがまたタバリーの鼻先を指ではじいた。

「俺の冗談を、笑ってくれてもいいんだぞ」

「みごとな冗談だったよ」タバリーは反抗的に返事した。

ヴィヨンはタバリーにしかめ面をした。「〝魚〟と韻を踏む語を考えろ。おまえにラテン語は関係ねえ。大審判で、背中に瘤《こぶ》があって爪の真っ赤に焼けた悪魔から聖職者《クレリクス》グイード・タバリーの名を呼ばれたとき、ラテン語なんぞ知らなきゃよかったと思うだろうよ。悪魔といえば」ヴィヨンは声を潜めた。「モンティニーを見てみろ！」

三人は、賭博好きのその男にこっそり目を遣った。モンティニーは運に見放されているらしかった。口元がわずかに片方に歪み、一方の鼻孔はふさがり、もう一方はずいぶん膨らんでいる。寝室で子どもを脅かすときの例え話でいえば、まさに黒犬が背中にしがみついていた。苦渋がのしかかり、息も絶え絶えに見える。

「今にも相手を刺しそうな顔だ」タバリーは目を丸くして、小声で言った。

修道僧ニコラ師は身震いするなり、ついと顔をそむけ、両手を広げて真っ赤に燃える薪にかざした。寒いからそうしただけで、かわいそうで見ていられないのではなかった。

「さあ、ほら」ヴィヨンは言った。「このバラード、ここまでの出来はどうだ」手で拍子を取りながらタバリーに読んで聞かせた。

押韻が四つ目まで来たとき、賭博に興じていた二人のあいだに、一瞬のただならぬ動きがあり、バラードの朗読は途切れた。ひと勝負が終わり、またもテヴナンが勝利の雄叫びを上げようと口を開きかけると、モンティニーが蛇のごとくさっと立ち上がり、テヴナンの心臓を刺したのだ。テヴナンは声を出す間も、動く間もなく、その一突きにやられた。体が一、二度ぴくぴく痙攣し、両手は開いたかと思うと閉じ、かかとが床をかたかたと打った。それから頭が一方の肩からごろりと後ろへ反り返ると、両眼がかっと見開かれた。テヴナン・パンセートの魂は、造り主のもとへと戻っていった。

全員がはじけるように立ち上がった。瞬く間に、すべてが終わった。命ある四人の輩は、ぎょっとした様子で互いを見遣った。息絶えた男は、見たこともないような忌まわしい流し目で天井の片隅を睨んでいた。

「なんてこったい！」タバリーは言うと、ラテン語で祈り始めた。

ヴィヨンは狂ったように笑いだした。一歩進み出て、テヴナンにおどけた調子でお辞儀すると、さらに声を張りあげ、からから笑った。かと思うと、いきなりどすんと丸椅子に腰を下ろし、体が粉々になりそうなほど激しく笑い続けた。

最初に冷静になったのはモンティニーだった。

「こいつの持ち金を確かめよう」モンティニーは言うと、慣れた手つきで死んだ男のいくつかのポケットから金を抜き取り、卓の上で四等分した。「ほれ、持ってけ」

修道僧は深いため息をついて自分の分け前を取ると、人目をはばかってテヴナンの屍を一瞥した。屍は沈み始め、椅子の片側に傾《かし》いでいった。

「俺たちみんな、一枚嚙んでるわけだ」ヴィヨンがはしゃいだ笑いをぐっと飲み込み、こう叫んだ。「ここにいる面々は一人残らず縛り首だ――いねえやつらは別だが」彼は右手を上げると、宙で不気味な動きをして、舌を突き出し、頭を片側にことんと倒した。縛り首の様子をまねたのだ。それから自分の分け前をポケットにしまい、血の巡りでもよくするかのように両足で床を擦《こす》った。

分け前に最後に手を伸ばしたのはタバリーだった。金に飛びついたタバリーは、部屋の反対側の隅にさっと退いた。

モンティニーはテヴナンの体を椅子の上でぐいと立て直し、短刀を引き抜いた。とたんに血がほとばしった。

「おまえら、この場はおさらばしたほうがいい」モンティニーが死人の上着で短刀を拭いながら言った。

「そうだな」唾をごくりと飲み込んでからヴィヨンは言うと、「このでかい頭め！」と叫んだ。「こいつの頭が痰みてえにおれの喉に絡まる。どんな権利があって、くたばった人間が赤毛なんだ」そして、またも丸椅子にどすんと腰を下ろし、両手で顔をすっぽり覆った。

モンティニーとニコラ師は高らかに笑い、タバリーですら二人に調子を合わせて弱々しく笑った。

「ひよひよ泣いてるみたいな声を出すな」ニコラ師が言った。

「こいつは女だって、いつも俺が言ってたろ」モンティニーがせせら笑った。そのあと、「おい、しゃんとしろ」と言いながら、死体をもう一度揺さぶった。「暖炉の火を踏み消せ、ニック！」

だが、ニコラ師はそれ以上の仕事をやってのけた。三分足らず前までバラードを創作しながら座っていた丸椅子に、ヴィヨンがわなわな震えながらふたたび力なく腰を落としたとき、彼の財布をこっそり抜き取ったのだ。モンティニーとタバリーはくすねた金の分け前を無言で要求し、修道僧は小さな財布を法衣の胸元に忍ばせながら静かに首を縦に振った。何をどうしたところで、芸術家肌の人間は実利第一にはなれない。

みごとに金がすられたところで、ヴィヨンはぶるっと身震いし、ぴょんと立ち上がると、ニコラ師を手伝って燃えさしを蹴散らし、火を消し始めた。一方で、モンティニーは玄関扉を開け、そっと通りを覗き見た。行くなら今だ。お節介な夜警隊はいない。だとしても、一人ずつ出ていくほうが賢明だろうということになった。ヴィヨンはテヴナンの屍のそばから一刻も早く逃げ出したいと思い、あとの三人は、ヴィヨンが金を盗られたことに気づかぬうちに、この男を追っ払いたいと思っていた。そういうわけで、全員一致でヴィヨンが最初に出ていくことになった。

風が勝利を収め、空から雲をすっかり吹き払っていた。月明かりほどのほのかな霞が、星々の前をさっと通り過ぎるにすぎなかった。身を切る寒さだった。よくあることだが、目の錯覚でいろいろなものが、溢れんばかりの陽光の中よりくっきり見える気がした。街は寝静まり、森閑としている。輝く星々のもと、白い頭巾を頂いた小アルプスが平野いっぱいに連なっている。ヴィヨンは、己《おのれ》の不運を呪った。雪が降り続いていればよかったものを！　これでは、どこへ行こうとも、歩いたあとの雪明りの道に足跡が消えずに残ってしまう。つまり、どこへ行こうとも、聖ヨハネ墓地の隣のあの家に、いつまでも繋ぎとめられているも同じではないか。そして、どこへ行こうとも、とぼとぼ歩くこの両足で、自分とあの罪をつなぐ縄を、自分と絞首台をつなぐであろう縄を編んでいることになるではないか。死んだ男の流し目が頭の中によみがえり、ヴィヨンは改めてことの重大さを感じた。彼は勇気を奮い起こすように指をぱちんと鳴らすと、行き当たりばったりに道を選び、気丈に雪道を進んでいった。

歩きながらも、二つの光景が彼をとらえて離さなかった。一つは、この風の強い月夜のモンフォコンの絞首台。もう一つは、禿げ上がった頭に赤い巻き毛の花輪を載せた死人の顔。この両方がヴィヨンの心を打ちのめし、あたかも足を速めさえすれば頭の中の忌まわしい光景から逃れられるかのように、彼は歩調を緩めなかった。ときおり、不意にぎくりとして肩越しに振り返ったが、純白の街路に動くものは己《おのれ》のみ。街角を吹き抜ける風が雪を舞い上がらせるのを除いては。舞い上がった雪は、きらめく塵が吹き飛ぶなかで固まった。

突如として、遥か前方に、黒い塊と角灯二つを認めた。塊は動いている。角灯は揺れていて、歩いている人が握っているように見える。夜警隊だ。彼の行く手を横切ろうとしているにすぎなかったが、できるかぎり早く彼らの視界から消えたほうがいいだろうとヴィヨンは判断した。呼び止められたくなかったし、雪の上にくっきり足跡を残しているのも気がかりだった。すると、ちょうど左手に大きな屋敷があった。小塔がいくつかそびえ立ち、正面扉の前には大きな張り出し玄関がある。たしか、ここは崩れかけていて、長いこと空き家だ。そこで、ヴィヨンは張り出し玄関の三段の階段を上り、雨除けの下に跳んで入った。きらきら光る雪道をあとにした目には、雨除けの中は真っ暗で、ヴィヨンは両手を広げて探りながら進んだ。と、何かにつまずいた。硬くもあり柔らかくもあり、固まっているようでもあり砕けそうでもある名状しがたい何かが行く手を阻んだ。心臓が飛び出しそうになった。後方に二歩跳び退くと、その障害物を恐る恐る見つめた。それから、安堵してふっと笑った。なんだ女か、しかも死んでる。ヴィヨンは傍らにひざまずき、本当に死んでいるか確かめた。体は凍るように冷たく、こん棒のように硬い。髪につけた小さなぼろ布のような飾りが風にはためき、その日の午後に塗った頬紅がけばけばしい。ポケットは空っぽだったが、靴下止めの下の長靴下の中に小さな硬貨を二枚見つけた。銀貨《ホワイト》と呼ばれているやつだ。たったこれだけか。でも何かの足しにはなるだろう。金を使い切らずに息絶えたに違いないという深い悲哀に、詩人は心を動かされた。彼にとってこの事実は、憐憫を誘う、解けそうもない謎に思われた。視線を手の中の硬貨から女の屍に移し、ふたたび硬貨に戻すと、彼は人生の難題を憂い、頭を横に振った。イングランド王ヘンリー五世（在位一四一三〜二二）はフランス攻略の直後にヴァンセンヌで死を遂げ、この哀れなあばずれは銀貨《ホワイト》二枚を使い切らぬうちに、立派な人物の屋敷の玄関先で冷たい風にさらされ、事切れた——この世はなんと残酷な方法を選ぶのかと思われた。銀貨《ホワイト》二枚では浪費と呼ぶにはあまりに少額だっただろうが、それでも、魂が悪魔に奪われる前に、屍が鳥や害獣の餌となる前に、もう一度、口の中で美味を感じ、舌鼓を打つことができたのではあるまいか。自分なら、火が吹き消されたり、角灯が壊れたりする前に、自分の獣脂は使い切ってしまいたい。

そんなことを考えながら、ヴィヨンは何気なく自分の財布を探った。心臓の鼓動が止まった。脚の裏側を、冷たい鱗をもつ動物が這い上るような感覚が走った。無情の一撃を脳天に食らった気がした。立ち尽くし、しばし体が硬直した。そして、もう一度、熱に浮かされたように手探りした。財布をなくしたと瞬時に察し、全身から汗が一気に噴き出した。放蕩者にとって、金は生きる活力であり現実だ――そして、放蕩者と彼らの快楽はごく薄いヴェールに隔てられているにすぎない！　放蕩者の幸福に限界を与えるものがあるとすれば――時間のみ。クラウン硬貨数枚しか持たずとも、使い切るまで、放蕩者はローマ皇帝だ。こうした人間にとって、金を失うことは悲惨極まりない敗北であり、天国から地獄へ、大富豪から無一文へと瞬時に転落したも同然だ。金が災いして頭を絞首索に突っ込んでいるとなれば、ヴィヨンにとってはなおさらである。高い代償と引き換えに財布の中の金を手に入れ、明日は絞首刑の身かもしれないのに、愚かしくも自分の財布を失うとは！　ヴィヨンは立ち尽くしたまま悪態をつき、二枚の銀貨《ホワイト》を道に投げつけた。天にこぶしを振り上げ、地団駄を踏んだ。哀れな屍を踏みつけていたけれど、おかまいなしだった。そうして、墓場の隣のあの家に向かって、自分の足跡を大急ぎでたどり始めた。夜警隊を恐れていたことなど、すっかり頭から吹き飛んでいた。いずれにせよ、もう遠くへ行ってしまっただろう。頭にあるのは、失くした財布の行方のみ。雪の上を右左ときょろきょろ見渡したが、その甲斐なく、目には何も映らない。道に落としたのではない。ならば、あの家の中で落としたのだろうか。家に入って確かめたくてたまらない。が、残された男の気味悪い姿を思い出すと、その気になれなかった。しかも、家に近づいてみると、なんと暖炉の火をが、扉や窓のすき間から見えた。警察とパリの絞首台への恐怖がよみがえってきた。炉火は消えるどころか炎となり、色をさまざまに変えて躍っているのが、扉や窓のすき間から見えた。

ヴィヨンは張り出し玄関のあった屋敷へ戻ると、子どもじみた衝動で投げつけてしまった硬貨を捜して雪の上を手探りした。しかし、見つかったのは一枚。おそらくもう一枚は、斜めに落ちて雪に埋もれてしまったに違いない。ポケットに銀貨《ホワイト》一枚だけとあっては、どこかのいかがわしい安酒場でどんちゃん騒ぎして一夜を明かす目論見も完全に吹っ飛んだ。その愉しみが彼の手の中から高笑いとともに去っていっただけではない。悔やみながら張り出し玄関の前に立ち尽くすヴィヨンを、紛れもない不快感、紛れもない苦痛が襲い始めた。全身の汗はすっかり乾いていた。風はすでに収まっていたが、時間を追うごとに、体を縛りつけるような寒気が強まっていた。感覚が麻痺し、胸が苦しい。どうすればいい。ここまで遅い時間では徒労に終わるかもしれないが、聖ブノワの礼拝堂の司祭である養父を訪ねてみよう。

ヴィヨンは目的地まで走り続け、恐る恐る扉を叩いた。応答はない。一打ごとに元気を奮い起こし、くり返し叩いた。ややあって、近づいてくる足音が中から聞こえてきた。鉄の鋲が打ちつけられた扉の小さな格子窓が開き、黄色い光が噴き出した。

「格子窓のほうに顔を上げなさい」内側から司祭が言った。

「俺だ、俺一人だ」ヴィヨンは泣きだしそうだった。

「ああ、おまえ一人となな？」と司祭は返すと、こんな時間によくも起こしてくれたなと、聖職者とは思えぬ汚い言葉でヴィヨンを罵って、地獄へ帰れと怒鳴りつけた。

「両手が手首まで真っ青なんです」ヴィヨンは懇願するように言った。「両足は動かないし、きりきり疼く。空気が冷たくて鼻も痛い。心臓まで冷えきってる。朝が来る前に死んじまうかもしれねえ。一度きりだ、お義父《とう》さん、神に誓う、最初で最後の願いを聞いてください！」

「もっと早い時間に来るんだったな」司祭は冷たく言い放った。「若者は、ときに生きる術を学ぶことも必要だ」司祭は格子窓を閉めると、ゆっくり建物の奥へと戻っていった。

ヴィヨンは呆然とした。扉を両手で叩き、両足で蹴り、司祭の背に向かってかすれた声でがなった。

「卑劣な古狐め！　あんたの股ぐらにこの手が突っ込めたら、底なし穴に頭から投げ込んでやるところだ」

建物の中で扉の閉まる微かな音が、長い廊下の向こうから詩人の耳に届いた。ヴィヨンは片手で口元を拭うと、罵りの言葉を吐いた。そのあと、自分が置かれた状況の滑稽さに気づき、笑いだし、ちらりと空を見上げた。うろたえる彼を星々が瞬《まばた》きしながら見つめている気がした。

どうすればいい。凍てつく路上で夜を明かすほかないのか。不意にあの女の屍が頭に浮かび、猛烈な恐怖に襲われた。夜更け前にあの女の身に降りかかったことが、夜明け前にわが身に降りかかるかもしれない。まだこんなに若いのに！　この先、羽目をはずした享楽が数限りなく待ち受けているかもしれないのに！　あたかも他人の運命を哀れむように、己《おのれ》の運命を思って大いに哀れを感じ、朝になり自分の亡骸が発見される様子を、劇中の一場面さながら思い描いてみたりした。

親指と人差し指で銀貨《ホワイト》をつまんでひっくり返しながら、ほかに希望の光はなかろうかと、一つひとつ思案した。以前ならこうした窮状に情けをかけてくれたであろう古い友人とも、残念ながら折り合いが悪くなっている。詩の中で風刺したり、出し抜いたり欺いたりしたからだ。いや、それでも、とヴィヨンは考えた。この生きるか死ぬかといえる状況に陥った自分を不憫に思ってくれそうな友人が、少なくとも一人いる。見込みがないことはない。訪ねる価値があるのだけは確かだ。とにかく行ってみよう。

道すがら、二つの小さな出来事に遭遇し、それぞれがまったく逆の思いをヴィヨンに抱かせた。一つは、偶然に夜警隊の足跡を見つけたこと。足跡は彼の行く先と違う方向に伸びていたけれど、彼は数百ヤードほどその上を歩いた。これはヴィヨンの気持ちを奮い立たせた。少なくとも自分の足跡がごまかせる。というのも、彼は、雪に覆われたパリの街を隈なく誰かにつけ回されているのではないか、明日の朝、眠っているあいだにも逮捕されるのではないかという不安に苛まれ続けていたからだ。もう一つの出来事に抱いた思いは、これと正反対だった。とある街路の角をヴィヨンは通り過ぎた。それほど遠い昔の話ではない、ここは母親と子どもがオオカミに食われたことのある場所だった。オオカミがふたたびパリの街に入ろうとするなら、ちょうどこうした天気のときではあるまいか。こんな人通りのない街なかに独りでいれば、ただ肝を冷やすだけでは済まない危険にも出くわすに違いない。ヴィヨンは立ち止まり、怖いもの見たさでそちらに目を向けた――細い道が何本か交差する真ん中がその場所だった。彼は道を一本ずつ先のほうまで見通し、息を殺して耳を澄ませた。黒いものが雪の上を縦揺れに走ってくるのが見えないだろうか。川のほうから遠吠えが聞こえてこないだろうか。子どものころ、母親がこの話をしながら、その場所を指差したのを思い出す。母親か！　母親の居所さえ知っていれば、寝る場所だけは確保できたかもしれないのに。明日、必ずや消息を確かめよう。いや、会いに行ってもみようじゃないか、あの惨めな婆さんに！　そんなことを考えるうち、ヴィヨンは目的の場所に到着した――今夜最後の希望だった。

周囲の家と同様に、その家も暗かった。だが、扉を数回叩くと、頭上で物音がして、扉が開き、用心深い声が、いったい誰だと言った。ヴィヨンはささやき声に力を込めて名を告げ、いくばくかの不安とともに返事を待った。だが、長く待つ必要はなかった。いきなり窓が開き、戸口の踏み段に手桶いっぱいの汚水がぶちまけられた。こうしたことを予想していないわけでもなかったので、ヴィヨンは張り出し玄関でできるかぎり身を隠していたが、それでも、腰から下がぐっしょり濡れた。瞬く間に、長靴下が凍り始めた。厳寒のなかでの野垂れ死にを司る死神が、彼の顔をじっと見ていた。自分には肺結核の気《け》があるのを思い出し、ヴィヨンはこわごわ咳をしてみた。だが、命の危険が重くのしかかったことで冷静になった。とんでもなく失礼な扱いを受けた玄関扉から数百ヤード離れたところで立ち止まると、人差し指を鼻先に置いて思案した。ねぐらにありつく方法はただ一つ。自分からねぐらにしてしまおうではないか。さほど遠くないところに、押し入ってくれといわんばかりの屋敷があった。ヴィヨンはそちらへ足早に向かいながら、暖気の残る部屋と、夕食の余りが載ったままの食卓を思い描いた。その部屋で夜明けまで過ごし、陽が昇ったら高価な食器類を腕いっぱいに抱えて、出ていこうじゃないか。何が食べたいか、どんなワインが飲みたいかとまで考えた。好物を一つひとつ挙げてゆき、焼き魚が思い浮かぶと、わくわくすると同時に恐怖も湧いてきて、妙な気分になった。「あのバラードは完成を見るまいな」と思ったとたん、例の記憶がよみがえり、またも体が震えだした。「あのでかい頭め！」ヴィヨンは興奮気味に罵倒をくり返すと、雪の上に唾を吐いた。

その屋敷は、初めに目に入ったときは暗かったが、簡単に押し入ることのできそうな場所を探して全体を見渡していると、カーテンの引かれた窓の向こうで微かな光の瞬くのが目に入った。

「ちくしょう！」ヴィヨンは思った。「誰か起きてやがる！　学生だか、聖人さんだか、忌ま忌ましいやつだ！　ご近所さんと同じに、酔っ払って大いびきかいて寝たらどうなんだい。何のための晩鐘だ。何のための惨めな鳴鐘係だ。鐘楼で引き綱の端っこに飛びついて、鐘を鳴らしてくれてるっていうのにな。夜中に起きてるなら、昼間はなんのためにある。癪に障るぜ！」結局、それは自分のことを言っているのに気づき、ヴィヨンは思わずにっと笑い、「まあ、誰にでも自分の都合があるってことだ」とつけ加えた。「もし起きてるんなら、せっかくだ。今夜ばかりはまっとうに夕食にありついて、悪魔をぎゃふんと言わせてやるか」

ヴィヨンはずかずかと玄関に近づくと、躊躇なく扉を叩いた。今夜はこれまで二回とも、おずおずと人に気づかれるのを恐れながら扉を叩いた。だが、押し入るのはやめようと決めた今、扉を叩くというのは至極自然で悪意のない行為に思われた。こぶしの当たる音は家じゅうに反響し、弱々しい幻聴のような余韻が続いた。まるで家の中はがらんどうかのように。しかし、余韻が消えようとするころ、規則的な足音が近づいてきて、閂《かんぬき》が二本引き抜かれ、あたかもここの住人は謀《はかりごと》やら謀《はかりごと》への恐怖やらを知らぬように、両開きの扉の片方が開け放たれた。背が高く、筋骨たくましく無駄な肉のない、だが、わずかに背中の曲がった男が、ヴィヨンの前に立っていた。やけに大きな頭だが、彫りが深く美しい。鼻先は丸いが鼻筋は品よく上方へ伸び、力強く誠実そうな左右の眉へとつながっている。口と目は細かいしわに囲まれ、かっちりと切り揃えられた豊かな白いあご髭の上に、その顔は載っていた。手提げランプのちらつく光のもとだったので、実際より立派に見えているのかもしれないが、それでも造作は整い、知的というより高潔そうで、力に満ち、もったいぶらず、正義感が強そうだった。

「ずいぶんと遅い時間のご来訪ですのう」老人は響く声で丁重に言った。

ヴィヨンはへいこらしながら卑屈な言い訳をくどくど垂れた。この窮状にあっては、彼は物乞いでしかなく、すっかり面食らって非凡な才能は鳴りを潜めた。

「さぞ、お寒かろう」老人は続けて言った。「腹も空かせておいでかな。さあ、入りなされ」品格あるふるまいで、ヴィヨンを招き入れた。

「身分の高い領主かなんかかな」と、ヴィヨンは思った。家の主《あるじ》は板石の敷かれた玄関床にランプを置くと、閂《かんぬき》を元の位置に戻した。

「失礼して、前を行かせてもらいますぞ」閂を掛け終えると老人は言い、詩人を先導して階段を上り、広い部屋へ入った。部屋は鉄器にくべられた木炭で暖かく、天井から吊るされた巨大なランプに照らされていた。家具はほとんどなかった。食器棚には金めっきの食器類と大型本が数冊置かれるのみで、窓と窓のあいだに甲冑が一着立っていた。壁にはいかにも上流階級らしいタペストリーが掛けられ、一枚はわが主の磔刑図、もう一枚には川沿いに佇《たたず》む羊飼いの男女が描かれていた。暖炉の上には盾形の紋章があった。

「お座りなさい」老人は言った。「少々失礼させてもらいますぞ。今夜は屋敷に独りきりでな。食事をなさるということなら、わしが自ら用意せんと」

　家の主が姿を消すや、ヴィヨンは座ったばかりの椅子からぴょんと立ち上がり、猫のように密やかに、そして貪欲に、部屋じゅうを嗅ぎ回り始めた。金の葡萄酒入れを手に持って重さを確かめ、大型本はすべて開き、紋章の盾、そして椅子に張られた布地を丹念に見た。カーテンを持ち上げると、窓には華美なステンドグラスで人物が描かれていて、ヴィヨンの見るかぎり、名高い戦士たちの姿だった。そのあと、部屋の真ん中に立ち、大きく吸った息を止めて頬を膨らませると、様子を残らず記憶に留めようとでもするように、かかとでくるくる回りながら周囲を何度も見渡した。

「食器は七つか」ヴィヨンは言った。「一〇個そろってりゃ、思い切って手を伸ばすところだが。ご立派なお屋敷に、ご立派な老主人。いやはやまったく！」

ちょうどそのとき、廊下を戻ってくる老人の足音が聞こえたので、ヴィヨンはそっと椅子に戻り、木炭のくべられた鉄器の前で濡れた脚をしおらしく温め始めた。

家の主《あるじ》は片方の手に肉の載った皿を、もう片方の手に葡萄酒の入った水差しを持っていた。そして、皿を食卓に置くと、椅子を寄せるようヴィヨンに身振りで示し、食器棚から酒杯を二つ持って戻ると、それらを葡萄酒で満たした。

「そなたの幸福を願って乾杯じゃ」老人は言うと、厳かに自分の杯でヴィヨンの杯に触れた。

「今後とも、お見知りおきを」厚かましくなり始めていたヴィヨンは言った。一介の市民なら、この老領主からもてなしを受けるとなれば畏怖したに違いない。だが、ヴィヨンはこうした経験に鈍感になっていた。これまでも身分の高い貴族相手に浮かれ騒いだことはあるし、そんな連中も自分と変わらぬ腹黒い人でなしだった。そういうわけで、ヴィヨンは出された食べ物を脇目も降らずがつがつ貪った。一方で、老人は椅子の背にもたれ、ヴィヨンを好奇心いっぱいの目でじっと見つめた。

「肩に血がついておるぞ、お若いの」老人は言った。

ヴィヨンがあの家を出るとき、モンティニーが血に濡れた右手を置いたに違いない。ヴィヨンはモンティニーを腹の底から呪った。

「俺の血じゃねえです」ヴィヨンは口ごもった。

「だろうとは思った」老主人は低い声で言った。「喧嘩かね」

「ええと、そんなようなもんで」ヴィヨンは声を震わせ、正直に言った。

「その者は殺されたのかね」

「いや、殺したわけじゃなくて」詩人はまごつく一方だった。「あくどいことはしてねえんです――物の弾みで死んじまって。俺は手を下しちゃいません。この首をかけてもいい！」ヴィヨンは必死だった。

「悪党が一人減ったというところかの」家の主《あるじ》は言った。

「ええ、そんなところです」ヴィヨンは首を縦に振り、大いに安堵した。「こっからエルサレムまでのあいだで一番と言ってもよさそうな大悪党でしたよ。そんな野郎が、子羊みてえにひっくり返っちまった。それにしても、あんなおぞましいのは見るもんじゃねえや。旦那はきっと、お若いころに死人なんぞも見たことがおありでしょうねえ」

「山のように」老人は答えた。「お察しのとおり、わしは戦《いくさ》とあらば、どこへでも赴いてきたのでな」

ヴィヨンは持ち上げたばかりのナイフとフォークを置いた。

「禿げ頭の死人もいましたか」ヴィヨンは言った。

「ああ、おった。わしのような白髪《はくはつ》もな」

「白髪頭だったら、そんなに気にならねえと思うんですがね」ヴィヨンは言った。「あの野郎は赤毛だった」またもわなわな震えだし、そのあと笑いたい衝動に駆られたが、たっぷりの葡萄酒をごくりと飲んで抑えた。「思い出すと、ちいとばかり嫌な気分になります」ヴィヨンは続けた。「知らねえ仲じゃなかった――あいつめ！　それに、人間、寒いとあれこれ想像しちまうでしょ――いや、あれこれ想像するから寒気がするのかな。どっちだかわからねえや」

「金の持ち合わせはあるのかね」老人は問うた。

「銀貨《ホワイト》が一枚」詩人は笑って答えた。「張り出し玄関で死んでたあばずれの長靴下の中から頂戴しましてね。カエサルみたいに事切れてた。哀れな娼婦で。体が教会みたいに冷え切ってて、髪の毛にリボンの切れ端なんぞくっつけて。オオカミにも娼婦にも、俺みたいな文無しのごろつきにも、冬はつらい」

「わしの名は」と、老人は言った。「アンゲラン・ド・ラ・フイエ。ブリズトゥーの領主でパタトラックの代官。そなたの名と生業をお聞かせ願おうか」

ヴィヨンは立ち上がり、その場にふさわしいお辞儀をした。「フランソワ・ヴィヨンと申します。当地の大学の、しがない文学修士でございます。ラテン語を少々と堕落を大いにたしなんでおります。詩は小唄《シャンソン》も、バラードもレーもビルレイもロンドー（バラード以下、すべてフランスの詩の形式）も作ります。好物は葡萄酒。生まれは屋根裏部屋、死ぬのは絞首台の上に違いねえ。そして、今夜このときから、領主様の忠実な下僕となりましょう」

「わしの下僕にはさせん」老騎士は言った。「そなたは今宵の客人じゃ。それに尽きる」

「客として、感謝に堪えません」ヴィヨンは丁重に言うと、家の主《あるじ》に向かって葡萄酒を飲んで見せた。

「利口なのだな」老人は指で自分の額をとんとん叩いた。「実に利口じゃ。教養がある。学者だ。それにもかかわらず、野垂れ死にしている女から端金《はしたがね》を取るとは。それは盗みと呼ばんのかね」

「盗みですよ。戦《いくさ》でも、よくおこなわれてますでしょう、旦那様」

「戦は名誉を賭ける場じゃ」老人は胸を張って言った。「戦場《いくさば》では命を擲《なげう》つ。お仕えする王の御名において、お仕えする主なる神の御名において、お仕えする聖人と天使の御名において戦う」

「仮に」ヴィヨンは言った。「俺が盗っ人を生業としてるとしたら、命を懸けねえとお思いですかい。

しかも、形勢はずっと不利ときてる」

「それは儲けのためじゃろう。名誉のためでなく」

「儲け?」ヴィヨンは両肩をすくめてくり返した。「儲けですって! 食いたくても金がねえから、食べ物を取るんだ。戦場《いくさば》の兵士さんだって同じでしょ。じゃあ、噂で耳にする徴発ってのはなんですかい。取ってく側の儲けじゃなくても、取られた側はえらい損害だ。兵士さんは赤々燃える火のそばで一杯やるんだろうが、市民は兵士さんの葡萄酒と薪を買うために爪を嚙んで生きてるんだ。そりゃあ大勢の百姓が木にぶら下がって揺れてるのを国じゅうで見てきましたよ。一本の楡の木になんと三〇人も。みんな、とんでもなくみすぼらしい格好だった。こんなにたくさん、どうして首を吊ってるんだと訊ねたら、兵士さんが満足するだけのクラウン硬貨を搔き集められなかったからだとさ」

「そういうことは戦《いくさ》になくてはならんのだ。生まれの卑しい者は忠誠心をもって耐え忍ばねばならん。たしかに、なかには厳しすぎる隊長もおる。同情心ごときで考えを曲げない人間は、身分にかかわらずおるじゃろう。まあ、山賊同然の者が部隊の中に少なくないのも否めんが」

「ほらほら」詩人は言った。「ご自分だって、兵士と山賊は一緒と思っておいででしょう。盗っ人ってのは、一匹狼の用心深い山賊ってところですよ。俺は寝てる百姓を起こさずに羊肉を二、三切れ失敬する。百姓のほうは多少の文句は垂れるが、それでも、残った物をおいしそうにちびちび食らってます。あんた方は偉そうにラッパを吹きならしながらやってきて、羊を群れごと持ってくばかりか、そのついでに、かわいそうに百姓をひどく殴ってく。俺はラッパも持ってないし、そこいらの名もなき男でしかない。ごろつきで臆病者で、縛り首になるのももったいないくらいの――本気でそう思ってます。ですがね、旦那と俺とどっちが好きか、百姓に訊いてほしい。凍える夜にまんじりともせず、罵る相手はどっちだか、確かめてみてほしいね」

「われわれ二人を比べてみよ」と、領主は言った。「わしは年齢《とし》を重ね、権力もあり、尊敬を集めておる。もしも、明日、この屋敷から追い出されることがあれば、何百という人々が名誉と思い、わしに宿を貸すだろう。わしが独りになりたいような素振りを見せただけで、貧しい人々は子どもたちとともに家を出て、路上で一夜を明かすだろう。一方で、そなたは、寄る辺もなくほつき歩き、道端で息絶えた女から硬貨をくすねておる！　わしには、人であろうが何であろうが恐れるものはない。そなたは、ただの一言で、体を震わせ、平静を失った。わしはわが屋敷で、あるいは、今後、国王の思し召しがあるならば戦場《いくさば》で、神に召されるのを甘んじて待つ。そなたが向かう先は絞首台じゃ。希望も名誉もない、惨たらしい、瞬く間の死だ。われわれ二人に違いがないといえるかね」

「ここからお月さんまでの隔たりくらいありますね」ヴィヨンは素直に認めた。「ですがね、俺がブリズトゥーの領主に生まれ、旦那が貧乏文学者フランソワだったらどうだ。違いは縮まってたんじゃねえかな。俺がこの木炭をくべた鉄器で膝を温め、旦那が雪の中で硬貨を捜し回ってたんじゃねえかい。俺が戦士で、旦那が盗っ人だったんじゃねえかい」

「盗っ人とな！」老人は声を荒らげた。「わしが盗っ人！　自分の言ったことをちゃんと理解しておるなら、後悔することになろう」

ヴィヨンは横柄極まりない仕草で両手を突き出した。「領主様が俺に敬意を払って、俺の論法をちゃんと理解してくれたらなあ！」

「そなたを迎え入れただけで、敬意は払いすぎるほど払っておる」と、老騎士は言った。「身分の高い年長者と話すときは口を慎むことを覚えたまえ。わしより気の短い者なら、もっとずっと厳しく叱責しているであろう」そう言うと、老騎士は立ち上がり、怒りと嫌悪を抑えようと部屋の奥を行ったり来たりした。ヴィヨンはこそこそと酒杯を満たすと、脚を組み、頭を手の平に載せ、椅子の背にひじをついて、より楽な姿勢で座り直した。今や腹も満たされ、体も温まった。自分と人間性のまったく違うこの家の主《あるじ》を、できるだけ公平な目で品定めしたヴィヨンは、もはや彼をいささかも恐れていなかった。夜もだいぶ更けた。しかも、ふたを開けてみれば、居心地はかなりよかった。陽が昇ったら、何の心配もなくこの家を出ていくことができそうな気がする。

「一つだけ教えてもらおうか」老騎士は歩みを止めた。「そなたは本当に盗人なのか」

「客人としてもてなしを受ける神聖な権利は侵さないようお願いしますがね」詩人は言った。「領主様、そのとおりで」

「そなたは、まだ生い先長い」老騎士は続けた。

「この年齢《とし》まで生きられなかったでしょうね」ヴィヨンは自分の指を見せた。「この一〇の能力で食いぶちを稼げなかったら。この指が俺の養母であり養父なんだ」

「悔い改めるのは今からでも遅くないぞ」

「毎日、悔いてますよ」詩人は言った。「この文無しフランソワほど、年じゅう悔いてる人間はそういません。改めることについては、誰かに俺の境遇を改めてもらいたいね。悔い続けるだけにしたって、絶えず食えてこその話だ」

「まずは心を改めよ」老人はしかつめらしく言った。

「親愛なる領主様よ」ヴィヨンは答えた。「俺が遊びで盗みを働いてると本気でお思いですか。俺だって盗みなんかしたくない。仕事とか、命が危ういことなんかをしたくないのと同じにね。絞首台を見りゃ、歯がカタカタ鳴る。ですがね、食べなきゃならない。飲まなきゃならないし、ちょっとした仲間とも連《つる》まなきゃならない。人生つらいね！　人間は独りじゃ生きられない動物だ――そこで、主たる神は彼女を人のところへ連れてこられた《クィ・デウス・フェミナム・トラディット》（旧約聖書「創世記」第二章第二二節参照）。俺を王様の食料調達人にしてくださいよ――聖ドニの大修道院長にしてくださいよ。パタトラックのお代官様にしてくださいよ。そうすりゃ、改心します。けど、あんたが俺を、硬貨一枚持たない貧乏学者フランソワ・ヴィヨンのまま放っておくっていうんなら、やれやれ改心のしようもない」

「神の御加護に不可能はない」

「それを信じるかといったら、俺は異端者だ」フランソワ・ヴィヨンは言った。「神の御加護によって、あんたはブリズトゥーの領主とパタトラックの代官になった。神の御加護によって俺が与えられたのは、この頭の回転の速さと、両手の一〇の指先ってとこだ。葡萄酒を注いでも、かまいませんかね。心から感謝します。神の御加護によって、旦那はとんでもなく高級な葡萄酒をお持ちだ」

　ブリズトゥーの領主は両手を後ろで組み、行きつ戻りつしていた。盗人と兵士を比べた話が、まだしっくりきていないのかもしれず、自分の力説とは裏腹に憐憫の情が芽生え、ヴィヨンに興味を抱いたのかもしれず、聞き慣れぬ論理展開に頭が混乱しているだけかもしれなかった。だが、理由は何にせよ、老人は、どうにかこの若者がより良き方向へ考えを改めてくれないものかと切に思い、ふたたび彼を路上へ放り出す気になれないのだった。

「わしの理解を超えていることがある」ややあって、老人が口を開いた。「そなたの発言は、狡猾な言い回しに溢れておる。悪魔に導かれ、誤った道をずいぶん進んでしまったな。だとしても、神の真理の前では悪魔も無力に等しい。悪魔の狡猾さなど、真の道義を示す一言によって、夜明け間近の暗闇のようにたちまち消え失せる。わしの言うことに、もう一度耳を傾けなさい。紳士たるもの、神と、王と、守るべき女性に忠誠を尽くし、愛情深く生きるよう、わしは遥か昔に教えられた。理解に苦しむ行為もこれまでさんざん目にしてきたが、今なお、わしはその教えに従い、己《おのれ》の道を進むべく努力をしておる。この教えは立派な史書には必ず記されているばかりでなく、注意深く目を向ければすべての人間の心にも刻まれておるのだ。そなたは食べ物と葡萄酒の話しかせぬ。飢えが耐え難い試練であることは、わしもよくわかっておる。だが、そなたは、それ以外のものへの欲求を一切口にせぬ。道義、神との約束、他の人間との約束、礼儀、純粋な愛といったことを話さんではないか。わしがそれほど賢くないのかもしれん――そうは思わぬがね――が、そなたは道を見失い、人生において重大な過ちを犯しているようにしか、わしには思えんのだ。そなたの心を占めているのは取るに足らないものへの欲求ばかり。大いなる真の欲求については頭から完全に消えておる。まるで最後の審判の日に歯痛を治療しようとするようだ。道義や愛や信仰といったものは食べ物や酒より尊いだけでなく、現実にわれわれは、食べ物や酒以上にそれらを欲し、それらをもたなければ、食べ物や酒がないより苦しいのではなかろうか。そなたなら、難なく理解すると思えばこそ、わしは話しておるのじゃ。そなたは腹を満たすことばかりに気を取られ、心に潜むそれ以外の欲求をなおざりにしておるのではないかね。そのせいで、生きる歓びを失い、己《おのれ》を絶えず惨めな有様にしておるのではないかね」

ここまでくどくど説教され、ヴィヨンは苛立った。「俺には道義心の欠けらもねえと思ってるんですかい！」と、彼は声を荒らげた。「こっちは、うそ偽りない文無しなんだ！　手袋をはめた金持ちなんぞ見たくもねえ。街のみんながふうふう息を吹きかけて手を温めてるところもね。たいしたことでもないようにあんたは言うが、腹が減るっていうのはつらいんだ。俺と同じくらい経験すれば、あんたも態度が変わるだろうよ。ともあれ、俺は盗っ人だ――存分に盗みを働いてる。だがな、地獄から来た悪魔じゃないってことは、この首を賭けてもいい。俺にだって、あんたに負けず、それなりの道義心があるのをわからせてやりたいところだが、神の起こした奇跡のおかげみてえに言いながら一日じゅうぺちゃくちゃ無駄話するなんぞ、ごめんだよ。俺にとったら奇跡でもなんでもないからな。道義心なんてもんは、必要になるまで専用の箱に入れて取っとくさ。それにしても、俺はもうどのくらい、旦那と一緒にこの部屋にいますかね。旦那、屋敷に独りきりとおっしゃいましたかい。見てくだせえよ、旦那のその数々の黄金の食器！　あんたは権力者って話だが、それでも年寄りだし丸腰だ。俺には短剣がある。俺が何をしたかったかって、この肘をぐいと伸ばしたかったのさ。そしたら、旦那はここで腹に冷たい短剣を突き刺したままで、俺は両手いっぱいに黄金の杯を抱えて街なかを軽やかに歩いてたでしょうよ！　俺がそんなことも気づかない馬鹿だと思ってましたかい。でもな、それをやったら恥だ。旦那のご立派な酒杯は教会の中にしまってるのと同じくらい安全だよ。旦那にしたって、心臓は新品同様ドキンドキンと音を立ててる。この俺は、来たときと同じ文無しのまま、もうお暇しようじゃないですか。旦那がなじった銀貨《ホワイト》一枚持ってね！　そして、あんたは、俺に道義心の欠けらもないと思ってる――欠けらもないことあるもんか！」

老人は右腕を突き出し、「そなたのなんたるかを教えよう」と言った。「ごろつきだ、青年よ。生意気で邪悪な、ごろつきの宿なしだ。一時間ものあいだ共に過ごしたが、ああ、辱めを受けた心地じゃよ！　しかも、わしの食卓で飲み食いしおった。もう一緒にいるのは耐えられん。夜が明けてきたな。夜鳥はねぐらに戻るがいい。玄関まで、わしの先を行くかね。それとも、わしのあとについてくるか」

「どうぞ、お好きなように」詩人は立ち上がった。「旦那は非の打ちどころのない道義心をおもちでしょうからね」ヴィヨンは思案ありげな面持ちで葡萄酒を飲み干した。「それに物わかりもいい、と言えたらよかったが」彼は指の関節で自分の頭をこつこつと叩いた。「年齢《とし》だな、年齢《とし》のせいだ！脳みそが硬くなってリウマチになっちまったんだ」

老人は自尊心を示すべく、ヴィヨンを先導した。ヴィヨンは両手の親指を腰帯に引っかけ、口笛を吹きながら、あとについた。

「神のお慈悲がありますように」ブリズトゥーの領主は玄関口まで来ると、そう言った。

「さよなら、親父さん」ヴィヨンはあくびをしながら返事した。「羊の冷肉、恩に着ます」

ヴィヨンの背後で扉が閉まった。白くなった屋根の上で、夜が明けようとしていた。冷え冷えした不快な朝が訪れ、新たな一日が始まろうとしていた。ヴィヨンは道の真ん中で、思い切り伸びをした。

「まったく頭の鈍い爺さんだ」ヴィヨンは心の中で言った。「あの酒杯はどのくらいの値打ちだったのかな」


【訳者より】

一〇七頁に出てくるブリズトゥー（Brisetout）は架空の地名で、「全部（tout）壊す（briser）」の意。パタトラック（Patatrac）は「がちゃん」「がらがら」といった破壊音、または、「けたたましい音を立てて落下、転落すること」（patatras）の意だが、ここでは役職名を表すと思われる。いずれも作者の遊び心である。

マレトロワ邸の扉

岩崎たまゑ訳

ドニ・ド・ボーリューはまだ二十二歳にもなってはいなかったが、自分は一人前の大人で、しかも秀でた騎士だと思っていた。あの過酷な戦《いくさ》の時代では、若者は早くに鍛え上げられる。一度は大規模な会戦を経験し、敵陣への襲撃は数知れず、敵兵の一人を名誉ある戦い方で倒しもし、戦略や人間というものをある程度心得ている者であれば、多少は偉そうに歩いても大目に見てもらえるのは確かだ。ドニは当然の注意を払って馬を馬小屋に入れ、当然ながらあわてずに夕食を済ませていた。やがて彼は上機嫌で夕暮れの薄い闇の中、ひとを訪ねに出かけた。当の若者の側にすれば、それはあまり賢い行動ではなかった。炉端にとどまるか、おとなしく床についたほうが良かっただろう。というのも、町には混成軍の指揮下にあるブルゴーニュとイングランドの兵士たちが溢れていたからで、ドニはその町では通行の安全が保証されてはいたが、予期せず兵士と出会った場合は、通行証もほとんど役には立ちそうもなかった。

それは一四二九年の九月のことで、天気は俄に身を切るような寒さになっていた。ピューピューと吹きゆく風が急な雨とともに町のいたるところに打ちつけ、枯葉が通りを乱舞した。そこかしこの窓には明かりがすでに灯り、中で夕食をとりながら浮かれ騒ぐ重騎兵たちの大声が、時折どっと沸き上がっては風に飲み込まれてさらわれた。またたく間に夜のとばりが下りた。尖塔の頂きではためいているイングランドの国旗が、飛び去る雲を背にみるみる霞んだかと思うと、ついには黒い点になり、荒れ狂う鉛色の空を飛ぶツバメのように見えた。夜になるとともに勢いを増した風がアーチ下の道に轟き、町の下に広がる谷の梢で唸りだした。

ドニ・ド・ボーリューは足早に歩き、ほどなく友人の家の扉を叩いていた。ところが、ほんの少し留まって早く戻ろうと決めていたものの、心から温かく迎えられて、つい長居をしてしまい、戸口で別れを告げるころには真夜中をとうに過ぎていた。凮はそのあいだに止んではいたが、夜の闇は墓場のように暗く、星はもとより、かすかな月明かりさえ、空を覆う雲から漏れ見えることはなかった。ドニはシャトー・ランドンの入り組んだ小道には不案内で、昼間でも道をたどるのにいくらか苦労していたが、その真っ暗な闇の中では、やがて完全に道に迷ってしまった。ただ一つ確かなのは、丘を上り続ければよいということだった。友人の家はシャトー・ランドンの低いほうの端、つまり最下部にあり、ドニの宿は最も高いところ、つまり教会の大きな尖塔の下にあったからだ。それを頼りに、彼は覚束ない足取りで手探りをしながら進み、頭上の空がかなり広い開けた場所では息もいくらか楽になり、窮屈な細い路地では壁伝いに手探りをした。こうして知らないも同然の町で光の差さない闇に包まれる状況は、薄気味悪く、謎めいているものだ。静けさは、何か危険をはらんでいるかもしれず恐ろしい。探る手に触れた窓の桟の冷たさには、ヒキガエルに触れたかのようにぎょっとし、歩道の凹凸にも心臓が口から飛び出しそうになる。細い道で闇がなお深い場所では、待ち伏せする者がいたり、大きな割れ目ができていたりする恐れがあり、あたりが明るい場所では家々が、行くべき道からさらに遠のかせようとするかのように、人を戸惑わせるよそよそしい姿を見せる。ドニは人目を引かずに宿に帰り着かねばならず、そんな彼には、単なる歩きづらさに加えて、本当に危険な事態も起こり得た。彼は慎重かつ果敢に歩を進め、曲がり角では常に立ち止まって、あたりをうかがった。

しばらくのあいだ、彼は両側の壁をそれぞれの手でさわれるほど狭い路地を縫うように進んでいたが、やがて前方が開け始め、道が急な下りになった。その道がもはや宿の方角へ向かっていないのは明らかだ。しかし、もう少し明るいところに出られるのではという期待が、彼を探索に向かわせた。小道は張り出し櫓の壁のある高台で行き止まり、そこからは高い家と家とのあいだに、城の銃眼から眺めるように数百フィート（シャトー・ランドンの標高差は五〇メートルであるため、それよりも少ないことになる）下の暗くぼんやりと広がる谷が見えた。ドニが谷を見下ろすと、揺れる数本の梢と、堰《せき》を越える川の流れがわずかにひとところ輝いているのが見てとれた。雲が切れ始めていた。空は明るくなり、まだ垂れ込めている雲の輪郭や丘陵の黒ずんだ山の端《は》が見えるまでになっていた。そのかすかな頼りない光で見ると、ドニの左側にある家は、かなり立派な建物のようだ。小尖塔や小塔の先端が幾つかそびえ、礼拝堂の半円形の後部は周囲に飛び梁《ばり》（ゴシック建築に見られる、控え壁へ渡したアーチ形の梁）が巡らされ、母屋から目立つほどに張り出している。玄関の扉は奥行きのあるポーチの陰に隠れ、彫像の飾りが施されたポーチからは長いガーゴイル（ゴシック建築の屋根などにある怪獣の形をした吐水口）が二つ突き出ていた。礼拝堂の窓はどれも複雑なトレサリー（ゴシック式の窓上方の網目模様の飾り格子）を通してたくさんの小ろうそくらしき光できらめき、空を背にひときわ濃い闇の中に、控え壁や尖った屋根を際立たせた。明らかに、このあたりでは名家の邸宅だ。ドニはブールジュにある自分の町屋敷を思い出し、しばしその邸宅を見上げながら、心の中で建築技師たちの技量と両家の家柄を測っていた。

その高台に出る道はドニがたどってきた小道以外にはないようで、彼は後戻りするほかはなかったが、自分の居場所の見当は多少ついていたために、後戻りすれば大通りに出て、すぐに宿に帰り着けるだろうと思った。これから予期せぬ出来事が続いて、その夜が自分の生涯でとりわけ忘れられない夜になろうとは考えてもいなかった。発端は、彼がまだ百ヤード（約九〇メートル）ほどしか戻らないうちに自分のほうへ向かってくる明かりが見え、小道が狭まって音がよく響くあたりで話す大きな声が聞こえたことだ。それは、松明《たいまつ》を手にした夜回りの重騎兵たちだった。ドニは考えた。彼らはみな酒を飲んでどんちゃん騒ぎをしており、通行証やら騎士道にかなった戦いやらにいちいちこだわる気分ではないに違いない。おそらく自分を犬でも殺すように殺して、その場に放っておくのではないだろうか。奮い立つ場面ではあったが、不安を禁じ得ない状況でもあった。彼らには、手元の松明のおかげで自分の姿は見えないだろうとドニは思った。足音も、彼らの馬鹿話の声でかき消されるかもしれない。そっと素早く動きさえすれば、まったく気づかれずにすむだろう。

だが、運悪く、踵《きびす》を返そうとしたとたんにドニは小石を踏んでよろけ、思わず声を上げて家の壁に倒れかかり、壁に当たった剣が大きな音を立てた。そこにいるのは誰だと――ある者はフランス語、ある者は英語で――問い詰めるような二、三人の声がした。しかし、ドニは答えずに、さらに急いで小道を走った。高台に着いたところで、彼は立ち止まって振り返った。兵士たちは、なおも声を上げながら追ってくる。しかも、ちょうど追う速度を倍加し始め、甲冑がガチャガチャと大きな音を立て、脇への狭い入口ごとに、松明の火が大きくあちこちに揺れ動いた。

ドニはあたりをさっと見まわし、ポーチに駆け込んだ。ここならば彼らの目にはつかないだろう。あるいは――万一そこまでは期待できないにせよ――談判するにしろ防戦するにしろ、またとない態勢を取れそうだ。そう考えた彼は剣を抜き、背を屋敷の扉にぴたりと付けようとした。すると驚いたことに、扉が彼の重みに押されて動いた。彼はすぐに振り返ったが、扉は油が効いて軋まない蝶番で奥へと開き続け、ついには真っ暗な屋敷内に向かって開ききった。物事は、当の本人にとって結果が好都合であれば、それがなぜどのようにして起きたか当人はあまりあれこれ考えないもので、本人の当面の便宜は、この世のどれほど奇っ怪な出来事や大変革でも、それが起こる十分な理由に思えるものだ。こうしてドニは一瞬のためらいもなく屋敷の中に足を踏み入れ、身を隠していることを悟られないように、後ろ手に扉をいくらか閉めた。扉を完全に閉めようとは、まるで考えていなかった。しかし、どうしたわけか――おそらくは、ばねか重りかの仕掛けで――どっしりしたオークの塊はドニの手からすっとはずれて閉じられ、恐ろしいほどの轟きに続いて、自然にかんぬきが降りたような音がした。

夜回りの兵士たちはちょうどその瞬間に高台に姿を現し、あたりに向かって出てこいと怒鳴ったり罵ったりし始めた。ドニの耳に彼らが暗い隅を捜しまわる音が聞こえ、彼の面前の扉の外側に槍の柄がぶつかってゆく音さえした。しかし、酔って上機嫌な彼らは長居をせず、やがて、ドニが見落としていた螺旋状の小道を通って急ぎ足で立ち去り、町の銃眼つき胸壁伝いに姿が消え、物音も聞こえなくなった。

ドニは、あらためて一息ついた。念のために数分は動かなかった。それから、どうにかして扉を開けてまたそっと外へ出ようと、手探りをした。ところが、扉の内側の表面は真っ平らで、取っ手もなければ刳《く》りもなく、いかなる突起もなかった。扉の縁に指の爪を入れて引いてみたが、オークの塊は動かなかった。扉を揺すってもみたが、岩のようにびくともしない。ドニ・ド・ボーリユーは顔をしかめ、ほとんど音のしない口笛を漏らした。この扉はどうなっているのだろうと、彼は不思議に思った。なぜかんぬきが掛かっていなかったのだろうか？　入ったあと、なぜあれほど造作なく上手い具合に閉まったのか？　すべてにどこか不可解で陰険なところがあり、それが若者にはどうも気に入らなかった。罠のように思えた。とはいえ、このような静かな脇道で、しかも外から見たところ裕福で威厳さえある屋敷に罠が仕掛けられていようなどと、誰が思うだろうか？　しかし――罠であろうがなかろうが、故意であろうがなかろうが——現にこうして閉じ込められたのは明らかで、外に出る方法がどうしても分からなかった。暗闇が彼に重くのしかかり始めた。彼は耳を澄ました。外は静まりかえっていたが、屋敷の中の、それもすぐ近くで聞こえるような気がした。かすかな溜息、むせび泣くような衣擦れのかすかな音、ひそかな小さい軋み——まるで彼のそばに大勢の人がいて、身動き一つせず、息さえ押し殺しているかのように思われた。とたんに衝撃が体中を走り、彼は自分の命を守ろうとするかのように突如うしろを振り向いた。そのとき初めて彼は、自分の目の高さほどで屋敷の中の少し離れた所に、光が見えるのに気がついた。それは一筋の縦の光で、下に行くほど広がっており、部屋の出入り口に翼状に掛かっている二枚のアラス織り（美しい絵模様のあるつづれ織り）のあいだから漏れる光のようだった。何であれ目にすることは、今のドニにとって救いだった。沼地で難儀している人間にとっての、わずかな固い地面のようなものだ。ドニの心は、その光にひたすらすがった。彼はその場でじっと光を見つめ、まわりの状況に対する理にかなった解釈をつなぎ合わせようとした。彼のいる場所からその明るい出入り口の高さまで、上る階段があるのは明らかだ。さらに、光がもう一筋見える気がした。針のように細く、青白い燐光のようにかすかな光で、おそらく磨かれた木の手すりに沿って反射している光に違いない。自分のほかに誰かいるのではないかと思い始めてから、心臓が息苦しいほど激しく鼓動し続け、何か行動を起こしたいという耐え難い欲求が、彼の心を占めていた。自分は命にかかわる危険にさらされている、と彼は思った。ここは当然、すぐさま階段を上って垂れ布を上げ、困難に対峙するほかはないだろう。そうすれば少なくとも、形有るものを相手にできるだろうし、ともかく、これ以上わけのわからぬ状況にいなくてすむ。彼は両手を伸ばしてゆっくり歩を進め、やっと階段の最下段に足が当たった。あとは素早く階段を上りきり、しばしその場で表情を和らげてから、アラス織りの垂れ布を上げて、中に足を踏み入れた。

そこは、つややかな石造りの広い部屋だった。出入り口は三つ、部屋の三面に一つずつあり、どれも同じようにつづれ織りが掛かっている。部屋の四つ目の面は広い二つの窓と石材の大きなマントルピースで占められ、マントルピースにはマレトロワ家の紋章が彫られていた。その盾形の紋に見覚えがあったドニは、なんの心配もない状況にあると知って、ほっとした。部屋は煌々と照らされていたが、家具といえば、どっしりしたテーブルが一つと椅子が一つ二つ置いてあるぐらいで、暖炉にはまるで火の気がなく、石の床に敷かれたイグサはほんのまばらで、明らかに敷いてからかなり日が経っていた。

暖炉のそばの高い椅子に、しかも部屋に入ったドニのちょうど正面に、毛皮の肩掛けをはおった小柄な老紳士が座っていた。足を組み、手も組んでいる。香料入りの葡萄酒の杯が、壁の張り出し棚に載せた彼のひじの近くに置かれていた。老紳士の顔立ちは、いたって男らしかった。人間の顔というよりは、雄牛か山羊、あるいは雄豚に見る顔立ちだ。どこか胡散臭く甘言を弄しそうで、貪欲で残忍で危険な何かが感じられた。上唇は異様に盛り上がり、まるで殴られたか歯痛のせいで腫れあがったかのようだ。彼の笑みや尖った眉、小さな鋭い目に現れるものは、奇異でほとんど滑稽なまでに邪悪だった。美しい白髪が、聖者のように彼の頭のまわりにまっすぐ垂れたのちに、一房の巻き毛となって肩掛けの上に掛かっている。あごひげと口ひげはといえば、威厳のある優美さの極致だった。長い年月は、おそらく尋常ではないほど気を遣ってきた結果だろうが、老紳士の手に何も影響を残してはこず、その手はマレトロワの手として有名だった。これほど肉付きがよいと同時に作りが繊細なものは、想像しにくいだろう。先のほっそりした官能的な指はレオナルド（レオナルド・ダ・ヴィンチ。一四五二〜一五一九）が描く女性に見られる指のようで、親指の股は閉じると小さなくぼみのある膨らみになり、爪は形が完璧で驚くほど真っ白だった。こういう手をした人物が、処女の殉教者のように両手をずっと慎み深く膝の上で組んでいると――これほど印象の強い、ひとをぎょっとさせる顔つきの人物が、神か神の彫像のように、辛抱強く座って瞬きもせずに相手を見つめていると――十倍おそれおおく見えた。彼がじっと動かずにいることは、皮肉たっぷりで二心あるように思われ、容貌にはまるでそぐわなかった。

マレトロワ侯のアランとは、そういう人物だった。

ドニと彼は、一、二秒、黙ったまま互いの顔を見合った。

「どうぞ、入りたまえ」マレトロワ侯が言った。「一晩中、きみを待っておった」

彼は座ったままではあったが、言葉に微笑みとかすかながら礼儀正しい会釈を添えた。一つにはその微笑みのせいで、一つには言葉を発する前の調子の良い奇妙でかすかな音のせいで、ドニは嫌悪から背筋がぞっとした。嫌悪感やら、正直なところ気持ちが混乱していたやらで、ドニは答えの言葉に、ほとんどまとまりがつかなかった。

「思いますに」とドニは言った。「偶然が重なったのではないかと。ぼくは、あなたがお思いになっておられる人物ではありません。あなたはどなたか客人をお待ちになっていたようですが、ぼくとしてはまったく思ってもみなかったのです――そうするつもりなど、まるでなく――こんなふうにお屋敷に立ち入るなど」

「なるほど、なるほど」と老紳士は鷹揚に応じた。「だが、きみは現にここにおる。それが肝心なのだ。まあ、座りたまえ。遠慮なく、くつろぐといい。ほどなく我々の些細な用件の手はずを整えよう」

ドニは、何か誤解があって事態はまだもつれたままだと気づき、急いで説明を続けようとした。

「お屋敷の扉が……」とドニが言いかけた。

「屋敷の扉とな?」と相手は尖った両眉を上げて問い返した。「あれは、ちょっとした仕掛けでね」そう言って、老紳士は肩をすくめた。「手厚いもてなしを思いついてな! きみの話によれば、きみはわしと近づきになるのを望んではいなかった。我々のような老人は時折、ついついこうして疎んじられてしまうのだが、それで我々の名誉が傷ついたときには、名誉を回復する方法をなんとかして見つけるものだ。きみは招かれざる客だ。だが、本当に、ようこそおいでになった」

「あなたは、まだ思い違いをなさっています」とドニは言った。「あなたとぼくとのあいだに関わりのある問題はあり得ません。ぼくは、この地方ではよそ者です。名前はドニといい、ボーリュー家の跡取りです。ぼくがあなたのお屋敷にいるのは、それはただ――」

「いいかね、お若いかた」と相手がさえぎった。「その点に関して、わしにはわしの考えがあることを許していただこう。それはおそらく今は、きみの考えとは異なるだろう」そして、狡猾な目つきで、こう続けた。「だが、わしたちのどちらが正しいか、時が経てば分かる」

ドニは、狂人を相手にしなければならないのだと悟った。彼は肩をすくめて腰を下ろし、しかたなく結末を待った。話が途切れた。そのあいだにドニは、すぐ向かいのアラス織りの陰から、祈りのような早口のせかせかした声がすると思った。一人の声に聞こえるときもあれば、二人の声に思えるときもあった。低い声ではあったが、その熱のこもりようは、慌てているか心に苦悩を抱えているかの現れのようだ。ドニはふと、このつづれ織りは屋敷の外で目に留まった礼拝堂の、その入り口に掛かっているのだと気がついた。

そうしているあいだも、老紳士は笑みを浮かべながらドニを頭から足先までしげしげと見ては、時折、鳥かハツカネズミのような小さな声を発したが、その声は大きな満足感を示しているように思われた。そのままでいるのがたちまち耐えられなくなったドニは、その状況を終わらせようと、風が弱まりましたねと儀礼的に口にした。

急に老紳士が声を立てずに笑いだし、あまりに長く激しく笑ったために、顔が真っ赤になった。ドニは即座に立ち上がり、これみよがしに帽子をかぶって言った。

「閣下、あなたが正気ならば、あなたはぼくをはなはだしく侮辱なさった。もしも正気でないのなら、ぼくは、狂ったかたと話すよりもましな頭の使い道を見つけられると、自負しています。ぼくの心に、やましいところはありません。あなたは初めからずっとぼくを馬鹿にし、ぼくの説明を聞こうともなさらなかった。もう誰がどうしようと、断じてぼくはここを出てゆきます。ごく普通に出てゆけないのなら、扉を剣で粉々に打ち砕く所存です」

マレトロワ侯は右手を挙げて人差し指と小指だけを立て、ドニに向かってその手を振りながら、相手の言葉を一蹴した。

「わしの親愛なる甥よ」と老紳士が言った。「腰を下ろしたまえ」

「甥！」ドニが言い返した。「そのようなたわごとを」ドニは、蔑むように相手の目の前で指をはじいた。

「座りたまえ、この悪たれが！」老紳士が不意に、犬の吠え声のような荒々しい声で叫んだ。「きみはだだね」と彼は続けた。「わしが扉にあの仕掛けをしたときに、それだけで思いとどまったと思うかね？　骨にまで食い込むほどきつく手足を縛られたいのなら、立ち去ってみるがいい。自由で威勢のいい若者のまま老人と愉快に話をするほうがよければ――それなら、そのままおとなしく座っておるのだ。さすれば、神のご加護があらんことを」

「つまり、ぼくは囚われの身ということですか？」ドニは強い口調で尋ねた。

「事実を述べたまでだ」相手が答えた。「どうするかは、きみ次第だ」

ドニは座り直した。うわべはどうにか落ち着き払っていたものの、内心は怒りで煮えくりかえったかと思えば、不安におののきもした。狂人を相手にしているとは、もはやとても思えなかった。老紳士が正気ならば、一体全体、自分はこれからどうなるのか？　どんな理不尽な、もしくは悲劇的な危難が、自分の身に降りかかってしまったのか？　どんな顔をしていればいいのだろう？

ドニが不愉快にもこうして思いを巡らせていると、礼拝堂の出入り口に掛かっているアラス織りが上げられて式服姿の背の高い司祭が現れ、しばらくドニを鋭い視線でじっと見てから、マレトロワ侯に何やら小声で話しかけた。

「あの娘《こ》は落ち着いてきたかね？」マレトロワ侯が尋ねた。

「いくらか諦めのお心持ちになられたようです、閣下」と司祭が答えた。

「困ったことに、あの娘《こ》は気むずかしくてな！」そう言って、老紳士は鼻で笑った。「見込みのある青年で――生まれも悪くはなく――しかも、あの娘《こ》が自分で選んだのではないか。まったくあの娘《こ》ときたら、それ以上、何が望みだというのだ？」

「若いお嬢さまにとっては慣れないことですし」と司祭が言った。「恥じ入られるほど、いくらかお辛い状況なのでしょう」

「そういうことは、事を始める前に考えるべきだったのだよ。決してわしが相手を選んだわけではない、断じてな。だが、始めたからには、聖母マリアに誓って、最後までやりおおさせねばならん」そう言ってから、老紳士はドニに向かって話しかけた。「ボーリュー君、きみをわしの姪に引き合わせてもよいかな？　姪は、きみが現れるのをずっと待っておったのだ。おそらく、わしよりもずっと首を長くして」

　ドニは、すでに潔く諦めていた。願いはただ一つ、できるだけ早く最悪の事態を知りたかった。そこで、即座に立ち上がり、頭を下げて承諾した。マレトロワ侯もドニにならってから、礼拝堂付きの司祭の腕を借り、片足を引きずりながら礼拝堂の出入り口に向かった。司祭がアラス織りの垂れ布を寄せ、三人は中に入った。建物は、かなり立派な作りだった。繊細で優美な交差穹窿《こうさきゅうりゅう》（中世のキリスト教の教会に多く見られるアーチ形の天井様式の一種）が六本の頑丈な柱からそびえ、穹窿の中心から華麗な二つの吊り飾りが下がっている。部屋は半円形の端にある祭壇の後ろで終わっていたが、過剰なまでの浮き彫り模様で隅々まで飾られ、星や三つ葉や車輪をかたどった小さな窓が幾つも穿《うが》たれていた。それらの小窓はガラスがぴったりはまっていなかったせいで、夜風が礼拝堂の中を自在に流れていた。小ろうそくは、そのうちの五〇本は祭壇に灯されていたに違いないが、無情にも風に翻弄され、光はまばゆく輝いたかと思うと消えそうになるなど、様々な姿を見せた。そして、祭壇の前の踏み段には、華やかな花嫁姿の娘がひざまずいていた。その衣裳を目にした瞬間、ドニは全身が寒気に襲われた。彼は、否応なく思い浮かぶ結末を必死に打ち消そうとした。それはあり得ない――そうなるはずはない――自分の単なる思い過ごしだ。

「ブランシュや」とマレトロワ侯が笛の音《ね》のような精一杯の柔らかい声で言った。「おまえに会いに見えたご友人をお連れしたよ。こちらを向いて、おまえのかわいらしい手を差し出してやりなさい。

信心深いのもいいが、礼儀正しいことも必要だからね」

娘は立ち上がり、入ってきた三人のほうへ向き直った。すきのない身のこなしだが、いかにも若々しい体つきのいたるところに、羞恥心と激しい疲労が現れている。彼女は頭を垂れ、視線を床に落としたまま、ゆっくり前に進み出た。歩を進めている途中で、彼女の視線がドニ・ド・ボーリューの足元に注がれた。ついでながら、その足元はドニが自慢に思うのももっともで、旅先でさえ優雅きわまりない武具で装われている。娘は、はたと立ち止まり――びくりとした。ドニの黄色い深靴が、何かぞっとする事実を伝えたかのようだった。娘は不意に、靴の履き手の顔を上目遣いに見やった。ふたりの目が合い、彼女に現れていた羞恥心は、嫌悪と恐怖に取って代わられた。唇から血の気が失せ、耳をつんざく叫びを上げながら両手で顔を覆い、彼女は礼拝堂の床にくずおれた。

「この方ではないわ！」彼女が大声で言った。「おじさま、この方ではありません！」

マレトロワ侯は、にこやかに鳥のさえずりに似た音を発した。「もちろん違うだろう」と彼が言った。「わしも、そうだろうとは思っていた。おまえが相手の名前を思い出せなくて実に残念だった」

「本当なのよ」彼女が大声で言った。「本当に、この方とはこの瞬間までお会いしたことはないの――お見かけしたことすらないし――またお会いしたいという気もありません。あのう」と今度はドニに向かって言った。「あなたが紳士でいらっしゃるなら、わたしの言葉を証明してくださいますわね。わたし、あなたにお会いしたことがあるでしょうか――あなたはわたしにお会いになったことがおありですか――今の今まで！」

「ぼく個人について言えば、その光栄に浴したことは一度もありません」とドニは答えた。「これが初めてです、閣下。愛らしい姪御さんにお会いするのは」

老紳士は肩をすくめた。

「それは本当に残念だ」と老紳士が言った。「だが、始めるのに遅すぎることは決してない。わしとて、死んだ家内のことを結婚前に知らなかった点では、きみと大差なかった。それが良い例で」彼は顔をしかめて言葉を継いだ。「今回のような急ごしらえの結婚も、長い目でみれば、往々にして素晴らしい絆が生まれるものだ。花婿はこの件に言い分があって然るべきだから、式を進める前に、花婿には遅れを取り戻すべく二時間の猶予を与えよう」そう言い終えて、彼は出入り口のほうへ向かった。司祭があとに続いた。

娘が、すぐさま立ち上がって言った。「おじさま、本気ではないわよね。神さまにかけて、はっきり申し上げます。この方に押しつけられるぐらいなら、わたし、我が身を突いて死にます。押しつけられるなど耐えられません。神さまは、このような結婚をお許しにはなりません。ご立派な白髪のおじさまが、こんなことをなさるなんて。ああ、おじさま、わたしを哀れとお思いください！　この世に、こんな結婚をするぐらいなら死んだほうがよいと思わない女性など、一人もおりません。もしや」と彼女は口ごもりながら言葉を続けた。「もしや、おじさまは、わたしの言葉を信じていらっしゃらないとか――おじさまは、まだこの方が」――彼女は怒りと侮蔑に震えながら、ドニを指差した――「おじさまは、まだこの方がそうだと思っておいでなの？」

「はっきり言えば」と老紳士は出口で足を止めて答えた。「そう思っておる。だが、一度だけ、ブランシュ・ド・マレトロワ、おまえに説明させてほしい。この件に関するわしの考えをな。おまえが愚かにも我が一族の名誉と、わしが平時、戦時ともに六〇年以上ものあいだ名乗り続けてきた家名の名誉とを汚そうとしたとき、おまえは、わしのもくろみをとやかく言う資格のみならず、わしの顔をまともに見る資格も失ったのだ。おまえの父親が生きておれば、おまえに唾を吐きかけ、おまえを屋敷から追い出したことだろう。おまえの父親は、鉄のように厳しい人間だった。今はビロードのような優しい人間を相手にすればいいだけ幸運なことを、神に感謝するがいい。滞りなくおまえを結婚させるのが、わしの務めだった。ただただ良かれと思って、わしはおまえのために、おまえが思いを寄せておる紳士を見つけようとしてきた。そして、わしは見つけたと思っておる。ただし、神とすべての聖なる天使たちに誓って言うよ、ブランシュ・ド・マレトロワ。見つけたというのは思い違いにしろ、いっこうにかまわない。だから、我々の若き友人には礼儀正しく振る舞ったほうがいい。間違いなく、次の花婿のほうが、おまえの気をそそらないだろうからな」

そう言うと、老紳士は司祭を引き連れて部屋を出てゆき、アラス織りの垂れ布がふたりの背後で降りた。

娘が目に強い光をたたえながらドニのほうを向き、厳しい口調で尋ねた。

「それで、これはいったいどういうことですの?」

「見当もつきません」とドニは陰気に答えた。「ぼくはこのお屋敷に囚われた身で、どうも、ここは狂った方々ばかりのようですね。それ以上は知りませんし、何がなんだか分かりません」

「では、どういういきさつで、ここにいらしたのでしょうか?」彼女が尋ねた。

ドニは、できるだけ手短に説明をした。「そのほかについては」と彼は付け加えた。「おそらく、あなたがぼくにならって、このわけの分からぬ判じ物の答えを教えてくださいますよね。一体全体、どういう結末になりそうなのか」

彼女はしばらく黙って立っていたが、唇は震え、瞳は涙も浮かんでいないながら熱っぽくキラキラ輝いているのが、ドニには見てとれた。やがて、彼女は両手で頭を抱えた。

「ああ、頭が痛いわ！」彼女は疲れきった様子で言った――「わたしの哀れな心が痛むのは言うまでもありません！　でも、あなたにはお話ししませんと。はしたない話に聞こえるに違いありませんが。わたしの名は、ブランシュ・ド・マレトロワと申します。父と母はもうすでに――悲しいことに、わたしが物心つくころにはすでにおらず、実は生まれてこのかた、わたしはとても不幸せでした。今から三カ月前のこと、一人の若い士官のかたが教会の礼拝で、毎日わたしのそばに立つようになりました。わたしをお気に召したのだと分かりました。わたしがみな悪いのですが、誰かに愛していただけることがとても嬉しゅうございました。その方からお手紙を渡されたとき、わたしはそれを家に持ち帰り、胸をときめかせて読みました。それ以来、度々お手紙をいただいております。その方はお気の毒にも、わたしとぜひ話がしたいと思ってくださったのです！　そして、いつか夜に戸口で二言三言、言葉を交わせるように、扉を開けたままにしておいてほしいと、再三のお頼みがありました。その方は、おじがどこまでわたしを信じているかご存じだったからです」そう言うと、彼女はすすり泣きのような声を立て、しばらく言葉を続けられずにいた。「おじは頑固ですが、とても聡い人なのです」と、ようやくまた彼女は口を開いた。「おじは戦《いくさ》で多くの手柄を立て、宮廷では重んじられ、昔は王妃イザボーさま（イザボー・ド・バヴィエール。フランスのシャルル六世の王妃。在位一三八五～一四二二）に厚く信頼されていました。おじがどうしてわたしを怪しむようになったのか、それは分かりませんが、おじに隠し事をするのは難しいのです。そして、今朝、ミサからの帰り道に、おじはわたしの手を取って無理に手を開かせ、わたし宛の短い手紙を読んでしまったのです。ずっとわたしのかたわらを歩きながら。そして、読み終えると、とても丁重に手紙を返してくれました。そのお手紙にも扉を開けておいてほしいと、また書いてあったのです。それで、すべてが終わりました。おじは夜までわたしを部屋から一歩も出させてくれず、夜になると、ご覧のような姿に装うように、わたしに命じたのです。若い娘にしてみれば、いい笑いものです。そうは思われませんか？　おそらく、おじはわたしからその若い士官のかたのお名前を聞き出せなかったので、その方に罠を仕掛けたに違いなく、それが神さまのお怒りを買ったために、あろうことか、あなたがその罠に掛かってしまったのです。わたしは、大変な混乱を招いてしまいました。というのも、こんなずるいやり方をして、その方が喜んでわたしを妻に迎えてくださるかどうか、わたしにどうして分かりましょう。その方は初めから、わたしを弄んでいたのかもしれませんし、ご本人の目には、わたしが安っぽく見えていたのかもしれません。でも本当に、わたしはこのような恥ずべき罰を受けねばならないようなまねは、しておりません！　神さまが若い娘に、若い殿方の前でこれほど恥ずかしい思いをさせるとは。これですべてをお話しいたしました。さぞや、わたしをお蔑みでしょうね」

ドニは、彼女に向かってうやうやしく頭を下げてから言った。

「光栄にも、あなたはぼくにすべてを打ち明けてくださった。あとはぼくが、その栄誉に恥じないことを証明する番です。マレトロワ卿は近くにおいででしょうか？」

「外の広間で書き物をしていると思います」

「そこへあなたをお連れしてもよろしいですか？」ドニはそう言いながら、とっておきの上品な物腰で手を差し出した。

彼女はその手を取った。そして、ふたりは礼拝堂を出た。ブランシュはすっかりうなだれて恥じ入った様子だったが、一方のドニは、使命感とその使命を立派に果たせるという青くさい確信から、誇らしげな気取った様子で歩いていった。

マレトロワ侯は立ち上がり、皮肉たっぷりにうやうやしくお辞儀をして、ふたりを迎えた。

「閣下」とドニはできるかぎり堂々とした態度で言った。「この結婚に関して少しお話をすべきだと思いまして、早速ですが言わせていただきますと、ぼくは、この若きご婦人への無理強いに与《くみ》するつもりはありません。もしも無理矢理にではなく、この方から結婚を望まれたのであれば、ぼくはお受けすることを光栄に思ったでしょう。お美しいばかりか、お優しいかたとお見受けしますので。けれども、こういう状況では謹んで、閣下、お断りいたします」

ブランシュは感謝の気持ちを目に込めて、ドニの顔を見た。しかし、老紳士は、ただ笑みを浮かべ続けるだけだ。しまいに、ドニは吐き気がするほど、その笑みが不快になった。

「もしや」と老紳士が口を開いた。「ボーリュー君、きみは、わしが提示しておる選択肢をよく分かっておらぬようだ。こちらの窓辺まで一緒に来てくださらんか」そう言って彼は先に立ち、夜の闇に面した大きな窓の一つに近寄った。「見えると思うが」と彼は続けた。「この上の石造りの部分に鉄の輪があり、その輪にはとても重宝な縄が通っておる。さて、よく聞きたまえ。万一、きみがわしの姪にどうしても気乗りがしないということなら、日が昇る前に、きみをこの窓の外に吊るすことになる。そういう事態にまで至るとすれば、わしにとってそれほど残念なことはない。本当だ。なぜなら、わしの望みは、べつにきみが死ぬことではなく、姪が結婚して家庭をもつことだからだ。かといって、きみが頑として考えを改めない場合は、やむを得ん。きみのご一族は、ボーリュー君、それなりにご立派なものだが、たとえきみがシャルルマーニュ（フランク王国の王。在位七六八～八一四）の血を引いていようと、マレトロワ家の者との結婚を拒めば、ただではすまん——その娘が、パリの通り並みに品がなかったにせよ

——我が屋敷の戸口の上に突き出ているガーゴイルほどに、見るも恐ろしい顔であったにせよ。姪やきみやわし個人の気分によって、この件でのわしの考えが変わることはない。我が一族の名誉は傷つけられ、その罪はきみにあるとわしは思うぞ。少なくとも、きみはもう秘密を知っておる。きみに汚点を拭い去るよう求めても、不思議はなかろう。きみがやらんのなら、汝の流しし血は汝の頭《かしら》に返れり！（「サムエル記」下 第一章一六節）屋敷の窓の下で風がそよぐ中、きみの人目を引きそうな亡骸をぶら下げて放っておいても、たいして、わしの気は済まないだろう。だが、格言いわく、半分のパンでも無いよりはましと。名誉を回復できないのなら、せめて、悪い噂が立つのだけは、なんとしても止めるつもりだ」

話が一瞬とぎれた。

「紳士同士のこのようなごたごたに決着をつける方法は、ほかにもいろいろあると思います」ドニが言った。「あなたは剣を身につけておいでだ。伺ったところでは、その剣でめざましい働きをなさっておいでだとか」

マレトロワ侯は、司祭に合図した。司祭は音をたてずに大股で部屋を横切ると、三つのうちの三番目の出入り口に掛かっているアラス織りを上げた。司祭はまたすぐにその布を降ろしたが、その一瞬のあいだに、ドニには、薄暗い廊下に甲冑を身につけた男たちが溢れているのが見えた。

「わしがもう少し若ければな、ボーリュー君、きみの申し出を喜んでお受けしただろう」とマレトロワ侯が言った。「だが、わしはもう歳をとりすぎた。老人には忠実な家臣たちが頼みの綱でな。わしは、その頼みの綱を使わざるを得ん。これは人間が年を経るにつれて生じる受け入れがたい事柄の、最たるものの一つだ。だが、しばらく辛抱すれば、それにも慣れてくる。きみと姪は、きみに残された二時間のあいだ、この広間を使いたいようだね。それをだめだという気はさらさらないから、大いに喜んで使わせてあげよう。あせることはない！」と老紳士は制するように片手を挙げながら、最後の言葉を付け加えた。ドニ・ド・ボーリューの顔に険しい表情が浮かんだからだ。「吊るされるのが不愉快なら、今から二時間もあれば十分に、窓から身を投げるなり、わしの家臣たちの槍の先に身を投じるなりできるだろう。人生における二時間は、いつでも二時間に変わりなし。その程度のほんのわずかなあいだでも、いろいろなことが起こるものだ。それに、姪は様子から察すると、きみにまだ話があるらしい。ご婦人への礼を失して、この世でのきみの最後の時間に汚点を残すつもりではあるまい？」

ドニがブランシュのほうを見ると、彼女は哀願するような身振りで応じた。

老紳士は、そんな心の通い合う兆しにいたく満足したのか、ふたりに微笑みかけ、優しく言葉を継いだ。「もしも、きみがわしに誓ってだね、ボーリュー君、二時間後にわしが戻るまで無茶なことをせずにいると言うのなら、家臣たちを引きあげさせて、きみに姪ともっと内々に話をさせよう」

ドニがまたブランシュのほうをちらりと見ると、彼女は応じてほしいと切に願っているかに見えた。

「そう誓います」とドニは言った。

マレトロワ侯は会釈をし、足を引きながら部屋を回り始めたが、そのあいだずっと、ドニの耳にはすでにとても苛つく音になっていた、あの調子の良い鳥のさえずりに似た奇妙な音を立てながら、咳払いをしていた。老紳士は、まずテーブルに置かれていた書類を手に取ってから廊下への出口までゆき、アラス織りの陰にいた家臣たちに立ち去るよう命じたようだった。そして最後に、ドニが入ってきた出入り口から足を引きながら出るときに、扉口で振り向いて若い二人に微笑みながら最後の会釈をし、ランプを手にした司祭を従えて出て行った。

二人きりになるや、ブランシュは、両手を差し出しながらドニに歩み寄った。頰はのぼせて赤く染まり、目は涙で光っていた。

「死んではなりません！」彼女が叫んだ。「とにかく、わたしと結婚なさるのです」

「あなたはどうも、ぼくが死をひどく恐れているると思っておいでのようだ」とドニが言った。

「まあ、いいえ、違います。あなたが決して臆病者でないことは、分かっております。わたし自身のためなのです。あなたが、わたしへのご配慮ゆえにお命を奪われでもしたら、わたしはとても耐えられないでしょうから」

「あなたは、ことの難しさを見くびっておられるようだ。おそらく、お心が広いあなたが断れずにいることを、気位の高すぎるぼくがお受けできないのでしょう。ぼくに対して気高い気持ちをお持ちのあまりに、あなたは、ほかのかたがたから受けているかもしれない恩義を忘れていらっしゃる」

ドニは、そう言うあいだも言い終わってからも、礼儀をわきまえて、相手の戸惑う様子を探り見ることのないよう視線を床に落としたままでいた。彼女は少しのあいだ黙って立っていたが、やがて不意に歩いてゆくと、おじの椅子に倒れ込み、急に誰はばからず、すすり泣きし始めた。ドニは、すっかりうろたえた。いい手立てを探し求めるかのようにあたりを見まわし、途方に暮れながら、目にした椅子に倒れるように腰をおろした。彼はそこに座ったまま、携えている剣のつばをいじりながら、自分は万死に値する男だ、フランスのどんな汚い生ゴミの山に埋もれてもいいとまで思った。彼の視線は部屋中をさまよったが、目を引くものは何もなかった。家具と家具とのあいだが実に広く空き、部屋中がとても薄暗く陰気で、夜の外気が窓からあまりに冷たく忍び込んできたために、教会といえどこれほど広い教会も、墓所といえどこれほど悲しげな墓所も、見たことがないとドニは思った。ブランシュ・ド・マレトロワの規則正しいすすり泣きが、掛け時計の秒を刻む音のように時を刻んだ。ドニは、マントルピースの盾形の紋の銘句を幾度も読み返しているうちに目が霞み、部屋の暗い隅々をじっと見ているうちに、恐ろしい獣《けもの》たちがその場にうようよしている気さえしてきた。そして時に、はっと我に返り、人生最後の二時間が刻々と過ぎて死が迫りつつあるのを思い出した。

時が経つにつれて、ドニの視線がブランシュその人に注がれることが増えていった。彼女はうなだれた顔を両手で覆い、時折、深い悲しみから急にしゃくりあげ、体を震わせている。そのようなときでも、彼女を目にして思いを巡らすのは、不快ではなかった。彼女はとてもふくよかで、なおかつなんとも美しく、肌は暖かみのある褐色で、髪がこれほど美しい女性は世界中を探してもいないだろうとドニは思った。手はおじの手に似ていたものの、彼女の若い腕の先にあるほうがふさわしく、その手は、限りなく柔らかで優しそうに見えた。ドニの頭に、自分を見る彼女の青い瞳が、怒りや哀れみや純真さに満ちて輝いた様子が浮かんだ。そして、彼女の申し分のなさに思いを馳せれば馳せるほど、死は醜く思われ、彼女の止めどない涙を前に、後悔の念がいっそう深くなった。どんな男にも、これほど美しい女性が存在する世を去る勇気はないだろうと、ドニには思えた。今の彼は、先刻のむごい話を口にしなかったことにできるなら、人生最後の四〇分を放棄しただろう。

不意に、時をつくる雄鶏のしわがれた耳障りな声が窓の下の暗い谷から、ふたりの耳に轟き聞こえ、辺り一帯の静けさを打ち破るその声は、暗闇に差す一筋の光に似て、ふたりをそれぞれの物思いから、はたと我に返らせた。

「ああ、あなたをお助けするためにわたしにできることは、何もないのかしら?」彼女はそう言いながら顔を上げた。

「お嬢さま」ドニは、なんら問いに関わりのない返答をした。「ぼくがあなたのお気持ちを傷つけるようなことを言ったのであれば、それは本当に、あなたのためを思ってであって、ぼく自身のためではありません」

　彼女は、涙ながらに礼を言った。

「あなたのお立場は痛ましく思います」とドニは続けた。「世の中はずっと、あなたにひどく厳しかった。おじ上は、人間の風上にも置けません。いいですか、ぼくのように束の間でもあなたのお役に立てて死ねる機会を得て、それを喜ばぬ若い男など、フランスのどこにもおりません」

「あなたが事にあたって、とても勇敢で寛大なことは、すでに存じております」と彼女が言った。「わたしが知りたいのは、あなたのお役に立つことが出来るかどうかなのです——今か、あるいは、のちほどにでも」最後に彼女は震える声で、そう付け加えた。

「もちろん出来ますとも」ドニは微笑みながら答えた。「あなたのそばに腰を下ろさせてください。愚かな侵入者ではなく、友人であるかのように。どうか、ぼくたちが置かれている厄介な状況は忘れるよう心がけて、ぼくに残された時間を楽しいものにしてください。そうすれば、何よりも役に立ってくださる結果になります」

「あなたは、本当に勇気がおありですわ」彼女は、なお一層深い悲しみをたたえていた……。「本当に勇気がおありで……それが、なぜか辛いのです。でも、もっとこちらにお寄りになって。もしよろしければ。そして、わたしにおっしゃりたいことが見つかったなら、ともかくも心から喜んで耳を傾ける者は、間違いなくここにおります。ああ！　ボーリュー様」と彼女は突然声を高めた——「ああ！　ボーリュー様。どうしてあなたのお顔をまともに見られましょう」そう言うと、彼女は思いの丈もあらたに、再び泣きだした。

「お嬢さま」と、ドニは両手で彼女の手を取って言った。「どうぞお考えください、ぼくに残されたわずかな時間と、嘆いておられるあなたを見て、ぼくが陥る大きな苦しみのことを。人生最後のときに、ぼくが命を捧げてさえ癒やせないものを見せつけないでいただきたい」

「わたしは、とても自分本位ですわね」とブランシュが言った。「もっと勇気をもちますわ、ボーリュー様、あなたのために。ただ、本当に、この先わたしがあなたにしてさしあげられることは何もないのか――わたしがあなたのお別れの言葉をお伝えできるご友人はいらっしゃらないのか、お考えください。できるだけ多くの務めを申し付けていただきたいのです。どの務めであれ、それを果たすことで、あなたから受ける計り知れないご恩をほんのわずかでもお返しできましょう。涙を流すよりも、もっと何かあなたのためにさせてください」

「ぼくの母は再婚し、まだ世話の必要な幼い子らがいます。弟のギシャールが、ぼくの領地を継ぐでしょう。ぼくの思い過ごしでなければ、ぼくが死ねば、弟も胸をなでおろすでしょうね。聖職にある人々が言うように、人の生は、やがて消えゆく霧にすぎません（「ヤコブの手紙」第四章一四節参照）。前途有望で、どのような人生も思いのままという男は、自分がひとかどの人物になるような気がするものです。愛馬は彼にいななき、らっぱが鳴り響いて娘たちが窓から見守る中、彼は一行を引き連れて町に馬を乗り入れ、地位信頼と尊敬の証の言葉をあまた身に受ける――時には特使によって書状で――時には相対して、地位ある人々が彼を親しく抱擁したおりに。しばし彼が有頂天になっても、不思議ではありません。だが、死んでしまえば、ヘラクレスのように勇ましくても、ソロモンのように賢くても、彼はすぐに忘れ去られます。ぼくの父が激しい戦いで、まわりの多くの騎士とともに命を落としてから、まだ十年にもなりませんが、彼らのことも、その戦いの名前すらも、もう憶えている人はいないでしょう。いいえ、近づくほどに死は暗く埃にまみれた片隅だと分かるもので、人はそこで自らの墓に入り、最後の審判の日まで墓の扉は閉ざされるのです。今も友人がほんのわずかしかいないぼくですが、死んでしまえば、友人など一人もいなくなるでしょう」

「まあ、ボーリュー様！」と彼女が叫んだ。「ブランシュ・ド・マレトロワをお忘れです」

「あなたは、優しいお心をお持ちだ。ぼくがほんの少しお役に立てることに、これほどまでに恩義を感じてくださる」

「そうではありません。自分自身に関わることで、わたしがたやすく心を動かされる人間だとお思いなら、それは誤解です。なぜそう申し上げるかと言えば、あなたこそわたしにとって、今までお会いした中で最も気高いおかたで、地位のない人でもこの国に名を馳せるほどに尊いお心が、あなたにおありだと分かるからです」

「それでも、ぼくはここで、ねずみ捕りの罠にかかって死ぬのです――キーキー鳴く以外に、なんの不満も言わずに」

　苦悩の表情が、彼女の顔をよぎった。彼女は、しばらく黙っていた。やがて瞳をぱっと輝かせ、笑みを浮かべながら、また話し始めた。

「わたしを守ってくださるお方に、ご自分を卑下させるわけにはまいりません。他人のために命を捧げるお方は、天国で主なる神の先触れや天使たちに総出で迎えられることでしょう。あなたが首をうなだれるいわれはないのです。なぜなら……あの、わたしを美しいとお思いでしょうか？」彼女は不意に、頬を真っ赤に染めて尋ねた。

「もちろん、そう思っています」とドニは答えた。

「それを伺って、嬉しく思います」彼女は心からそう言った。「美しい娘から、しかも娘自身の口から結婚を求められて、きっぱり断ったことのある殿方は、フランスに大勢おいでだとお思いですか？ そのようなことで得意がるのを、あなたがた殿方が半ば蔑むのは存じております。でも、間違いなくわたしたち女性は、愛の何が尊いのか殿方よりもよく分かっております。愛ほどその人の価値を高めるものは、ほかにありません。わたしたち女性にとって、愛より尊いものはないのです」

「あなたは、とても善良な方だ。だが、あなたがどうおっしゃろうとも、ぼくは憐れみから結婚を求められたのであって、愛のためにではないことは忘れようがありません」

「それはどうでしょうか」彼女は頭を垂れたまま言った。「わたしの話を最後までお聞きください、ボーリュー様。あなたはわたしをとても蔑んでいるに違いないと、承知しております。それはごもっともだと思います。わたしは取るに足らない人間ですから、あなたのお心のほんの片隅さえ占めることもできません。それなのに、ああ！ あなたは朝になれば、わたしのために死ななくてはならないなんて。でも、わたしがあなたに結婚してほしいと頼んだのは、本当に、うそではなく本当にあなたを敬い称え、心の底からあなたを愛していたからでした。おじに逆らって、わたしに味方してくださったその瞬間から。あのときに、あなたがもしもご自身の姿をご覧になり、どれほど気高く見えるかお分かりになっていたら、わたしを蔑むよりはむしろ憐れんでくださることでしょう。そして今」と彼女は、何か言おうとするドニを急いで片手で制しながら、言葉を続けた。「慎みをかなぐり捨てて、あなたにあれこれと申し上げましたが、わたしに対するあなたのお気持ちはもう存じ上げていることを、お忘れにならないで。わたしも貴族の生まれですから、しつこくお願いしてあなたを根負けさせ、受け入れていただくつもりなど毛頭ありません。わたしにも、わたしなりの誇りがあります。聖母マリア様に誓って申し上げます。もしもあなたが今、すでになさったお約束をなかったことになさるなら、おじのしもべとは結婚しないのと同じく、あなたとは決して結婚いたしません」

ドニは、苦笑めいた笑みを浮かべた。

「つつましい愛なのですね」彼は言った。「ささやかな誇りに引き下がるとは」

彼女は答えなかったが、おそらく彼女なりの考えがあったのだろう。

「こちらの窓辺にいらしてください」とドニは溜息まじりに言った。「夜が明けてきました」

確かに夜がすでに明け始めていた。天穹《てんきゅう》は色のない清々しい本来の日の光に満ち、その下に広がる谷には灰色の反射光が溢れている。淡い霧が数カ所、森の奥に降りているか、曲がりくねった川の流れに沿って立ち込めていた。光に満ちたその眺めは静けさの驚くべき働きを消し去り、雄鶏たちがそこかしこの農場でまた時をつくり始めても、およそ静けさのじゃまにはならなかった。三〇分足らず前に暗闇であれほど恐ろしい大声を鳴り響かせたあの雄鶏も、今は、これから始まる一日を喜び迎え、この上なく陽気な歓声を上げたことだろう。わずかにそよぐ風が窓の下の梢で葉を揺らし、渦巻きながら吹きすぎた。日の光は今も東から気づかぬほどに少しずつ満ち続け、やがては東の空がまばゆいほど輝いて、あの灼熱の火の玉たる朝日が姿を現すのだ。

ドニはかすかに身震いしながら、目の前の眺めを見渡した。彼女の手を取り、ほとんど無意識にその手を握り続けていた。

「もう、今日という日が始まったのでしょうか？」と彼女が言った。そして、状況とはまるでつじつまの合わない言葉を続けた。「夜の長かったこと！　ああ！　おじが戻ってきたら、どのように言いましょう」

「おっしゃりたいように」とドニは答え、彼女の手を強く握りしめた。

彼女は黙っていた。

「ブランシュ」とドニが素早く、ためらいがちながら熱っぽく言った。「ぼくが死を恐れているかどうか、あなたは見てこられた。あなたがご自分の意思で心から同意なさるのでないならば、あなたにほんの少しでも触れるときと同じように、喜んで、ぼくがあの窓から宙に身を投げることも、あなたは十分ご承知に違いありません。ただ、仮にもぼくに好意を抱いてくださっているのなら、思い違いをなさったまま、ぼくを死なせないでください。ぼくには、この世であなたほど愛している人はいません。あなたのために死ぬのは心浮き立つ思いですが、生き長らえて生涯あなたのために生きられたなら、それはこの上ない喜びでしょう」

ドニが言葉を切ると同時に、屋敷の中に鐘の音が大きく響き渡り始め、廊下で甲冑が立てる大きな音に、家臣たちが持ち場へ戻ってきたのが分かった。二時間が経ったのだ。

「今までいろいろお聞きになったのに？」彼女は顔をドニに寄せながら、小声で尋ねた。

「ぼくは、何も聞いてはいません」と彼は答えた。

「士官のかたのお名前は、フロリモン・ド・シャンディヴェールでした」彼女がドニの耳元で言った。

「何も聞こえません」彼はそう言って、彼女のしなやかな体を両腕に抱き、涙に濡れた彼女の顔じゅうに口づけをした。

背後で調子の良い鳥のさえずりに似た音が聞こえたあと、クスクスと上品に笑う声に続いて、新たな甥に「おはよう」と挨拶するマレトロワ侯の声がした。

神慮はギターとともに

赤星美樹訳

第一章

ムッシュー・レオン・ベルテリーニは身なりにたいそう気を配っており、そのときどきの服装に合わせ、ふるまいまでも念入りに変えていた。どことなくスペイン人の雰囲気を醸し出してみたり、くつろいでいるレンブラント（レンブラント・ファン・レイン。一六〇六～六九。オランダの画家）を思わせる無頼者風を気取ってみたり。本人の体形はというと、どう見ても背は低く、どちらかといえばずんぐりむっくりで、顔は上機嫌を絵に描いたようだった。表情たっぷりの黒い瞳からは、心根の優しさや快活さ、生来の朗らかさや、尋常ならぬ不屈の精神が見てとれた。もし、この男が当世風の服をまとっていたなら、理髪師と宿屋の主人と気さくな調剤師を足して割ったような新種の人間かと、冷ややかな目が向けられたかもしれない。けれども、別珍の上着につばを引き下ろした帽子、肌色タイツと呼んだほうがよさそうなズボンを身に着け、白いハンカチーフを騎士よろしく首で結び、オリュンポスの神のごとき巻き毛を一房、額に垂らし、足は雨が降っても日が照っても極端に細いモリエールの戯曲風の靴といった突拍子もなく派手な出で立ちをしていたとしたら――誰もが、視線は釘付けになり、偉大なる人物を目の当たりにしている気になった。この男は外套を着るとき、袖に腕を通すのを潔しとしなかった。肩に羽織ってボタンを一つだけ留め、マントのようにひらりと背中に落とすと、足取りも身のこなしもアルマヴィーヴァ伯爵（ボーマルシェの一七七五年の戯曲『セビリアの理髪師』および一七八四年の『フィガロの結婚』の登場人物）そのものになった。ムッシュー・ベルテリーニは齢《よわい》四〇にもなろうかとわたしは思っているが、少年の心をもち、華美な装いを歓びとし、芝居がかったふるまいをいつまでも止めない子どものように人生を歩んでいた。結局のところ、アルマヴィーヴァ伯爵になれていないとしても、なりきるのが下手だったからではない。そこについては、役者としての素養が補って余りあった。どうしてもアルマヴィーヴァ伯爵になれないとしても、アルマヴィーヴァ伯爵のように幸せなときもあった。

わたしは、この男のこんな姿をいく度か目にしている。神様がご覧になっている以外、周囲に誰もいないと本人は思い込んでいるのだが、たいそう陽気に、騎士さながらにふるまって、思いやりと良心に溢れた役柄を演じているところを。そうしてわたしは、演技とわかっていながらも惹きつけられ、この見せかけの偉大なる人物が実在していると盲目的に信じてしまうのだった。

しかし、ああ、哀しいかな！　このような主義を貫いて完璧な人生を送るのは不可能だ。人はアルマヴィーヴァ伯爵風だけで生きるものではない（新約聖書「マタイによる福音書」第四章第四節参照。「人はパンだけで生きるものではない」）。この偉大なる人物はいくつかの劇場でへまをやらかし、一晩ごとに一段ずつ高みから下り、やがて、おどけた歌を五曲から一〇曲ほど披露したり、ギターを掻き鳴らしたり、片田舎の観客をご機嫌にしたり、締めにわくわくどきどきのトンボラ（景品や賞金の当たる回転ドラム式の福引）を執りおこなったりする羽目になった。

これらの格式高いとはいえぬ労働の一端を担うマダム・ベルテリーニは身分の点ではおそらく夫より上にいて、生まれながらの品位も備えていた。しかし、このところ心の安定を保っているといえず、保つのは無理なようだった。いつでも少々塞ぎ込み気味で、それはそれで艶めかしくもあったけれど、元気いっぱいで人目を惹き、少年の心をもつ夫と比べると、見ていて楽しいとはいえなかった。

なるほど、夫のほうは順風に乗った凧のように、世俗のごたごたの遥か上空を泳いでいた。旅回り先で癇癪を起こすことも珍しくなかったが、陰気な顔で当惑したり、意気消沈して涙ぐんだりといった類いとは縁がなかった。これ見よがしに小卓を叩いてみたり、メラングやフレデリックといった名優をまねて気位高くふるまってみたりして、仇討ちさながら憂さを晴らした。この世に終わりが来ようとも、自分の役を上手に演じられたならば、ベルテリーニはそれで満足だった！　この男が模範でないにせよ、彼の醸す空気は妻に影響を与えていた。というのは、二人は心から愛し合っていて、異なる世界を歩んでいるかに思えたかもしれないが、それでも、手に手を取って歩んでいたのである。

　ある日、こんな出来事があった。ベルテリーニ夫妻は箱二つとずんぐりしたケースに入れたギターを持って、小さな町カステル＝ル＝ガシ（架空の地名。「ごった返した城」という意）の停車場に降り立った。乗合馬車は、二人を荷物とともに〈鈴鴨荘《ブラックヘッド》〉という宿屋へ運んだ。狭い通り沿いの薄汚い修道院のような建物で、門を閉ざしてしまえば包囲攻撃にも耐えられそうで、中からは藁《わら》とチョコレートと女ものの古着の妙な臭いがした。ベルテリーニは嫌な予感がして、入り口の敷居で立ち止まった。以前にも、似たような臭いの宿屋を訪れたとき、ひどい扱いを受けた気がしたからだ。

　宿屋の主人は大きなフェルト帽をかぶった悲しげな顔の男で、鍵棚の下の受け付け台から立ち上がると、両手で帽子を脱ぎながら歩み出た。

「ご主人、ごきげんよう。舞台芸術家は一泊いかほどでしょうかな」ベルテリーニは慇懃に訊ねた。堂々たる態度だったが、同時に媚びるようでもあった。

「舞台芸術家？」主人は返事した。表情が曇り、客を歓迎する笑みが消えた。「ほう、舞台芸術家ね！」と品のない声で主人は続け、「一泊四フラン」と告げると、このどうでもいい客に背を向けた。

　宿泊の割引は旅商人にもある——しかし、彼らは歓迎され、最上のもてなしを受ける。それに引き換え、旅芸人は、アルマヴィーヴァ伯爵の立ち居ふるまいをしようとも、栄華を極めたソロモン王の装いをしようとも、イヌのように扱われ、おどおどした一人旅の女と同等の待遇しか受けられない。

　この職業ならではの苦労には慣れていたとはいえ、ベルテリーニは主人の態度に気分を害した。

「エルヴィラよ」ベルテリーニは妻に言った。「このことを憶えておきなさい。カステル＝ル＝ガシは惨めなひどい町だ」

「どれだけ稼げるか確かめてから決めましょうよ」エルヴィラが答えた。

「儲けなどあるまいよ」ベルテリーニは言い返した。「もらえるものといったら罵声くらいだろう。わたしの目に狂いはないよ、エルヴィラ。わたしには予知能力があるからね。この町は呪われている。宿屋の主人は無礼だし、きっと警察署長も横柄に違いない。観客は、ケチなくせにやかましく騒ぐばかりだろう。おまえはきっと風邪をひいて喉を痛める。ここへ来たとは、どうかしていた。だが、賽は投げられた――この町はきっと第二のセダンになる」

　セダンはベルテリーニ夫妻が大嫌いな町だった。二人が国を愛していたから（一八七〇年、普仏戦争にてナポレオン三世がセダンで捕虜となった）だけでない。ちなみに、夫妻は二人ともフランス人で、舞台を下りると、どことなくあか抜けないデュヴァルという名で生活していた。二人はセダンの町でひどく悲惨な敗北感を味わっていた。宿代を払えずに三週間も宿に留め置かれ、たった一度、奇跡的に舞台が大当たりしていなければ、今も人質になっていたに違いない。セダンという名を口にするだけで、ベルテリーニ夫妻は天変地異の中に頭を突っ込んでいく心持ちになった。アルマヴィーヴァ伯爵は絶望を表現して帽子を前に引き下ろし、エルヴィラさえも、自分一人に災難が降りかかった気分になっていた。

「朝食をいただきましょうよ」エルヴィラが女性らしい機転を利かせて言った。

カステル＝ル＝ガシの町の警察署長は、吹き出物だらけで大量に汗をかく、大柄で赤ら顔の警察署長だった。わたしが彼の役職を二度くり返して言ったのは、この男が、一人の人間である以上に多分に警察署長だったからだ。貫禄は体の一部になっており、あたかも職務上、必要であるように太鼓腹を抱えていた。一般市民を罵倒しては、直接的でないとしても、うまいこと政府に取り入っている気になっていた。貫録が存分に示せないときは、思い上がった義務感から残忍になった。警察の署長室はまるで野獣の棲む穴で、たまたま前を通りかかると、署長が法の知識でなく、言いたい放題に乱暴な台詞を並べたてているのが聞こえてきた。

ムッシュー・ベルテリーニはこの日、夕刻の演芸会に必要な許可書をもらいに、合わせて六回、急ぎ足で警察署へ赴いた。六回とも署長は外出中だった。そのあいだに、レオン・ベルテリーニはカステル＝ル＝ガシの町のお馴染みさんになっていった。界隈で彼を知らない人はなく、「警察署長を捜している男」と指差された。遊んでいた子どもたちはベルテリーニの足元にまとわりつき、彼のあとについて宿屋と警察署のあいだを小走りで行ったり来たりした。レオンはどんなふうにふるまうこともできた。巻きタバコを作るもよし、仁王立ちになるもよし、一〇通りもの粋な角度に帽子の縁を傾けるもよし——しかし、この状況では、アルマヴィーヴァ伯爵を演じるのは難しかったが。

七回目、出かけることにして、町の市場《いちば》を通り過ぎたとき、誰かが彼に警察署長を指差してくれた。署長はチョッキのボタンをはずした格好で、両手を後ろで組み、バターの量り売りの店であれこれ指図しているところだった。ベルテリーニは市場の露店や籠のあいだを縫って進み、まさに演技力の勝利といえるおじぎとともに、この地位の高いお役人に呼びかけた。

「お目にかかれまして」ベルテリーニは言った。「光栄でございます。警察署長殿でいらっしゃいましょう」

　その品位ある呼びかけに、警察署長は興味を示した。署長の挨拶は軽やかで優雅とはいかなかったが、奥深さの点ではベルテリーニに勝っていた。

「わたしのほうこそ光栄ですぞ！」

「わたくしめは」旅回りの芸人は言った。「わたくしめは舞台芸術家でございまして、失礼ながら、商売のことでお話しさせていただきたく存じます。今宵、料理屋の〈鋤《すき》の勝利亭〉でささやかな音楽会を催す予定でございます。失礼ながら、こちらのつまらない演目一覧をどうぞお受け取りくださいまし。そこで、ぜひとも認可をいただきたく参ったしだいでございます」

「舞台芸術家」と聞くや、警察署長は帽子をかぶり直した。ずいぶん謙《へりくだ》ってしまったけれど自分の地位が果たすべき義務を不意に思い出した、とでもいうように。

「もう行った、行った」署長は言った。「わしは忙しいんだ。バターを量ってるところだから」

「神をも恐れぬ不埒者！」レオン・ベルテリーニは心の中で言った。そして、「失礼ながら、署長殿」と今度は声を出した。「わたくしめはもう六回も――」

「ビラでも貼ってきなさい」署長はベルテリーニの言葉を遮った。「一時間ほどしたら、署であんたの書類に目を通すから。今はあっちへ行った。忙しいんだ」

「バターを量るのにか！」ベルテリーニは心の中で言った。「おお、フランスよ、あの九三年（フランス革命時、一七九三年にルイ一六世とマリー・アントワネット妃が処刑された）を経て、この有様か！」

　演芸会の準備は直ちに進められた。ビラが貼られ、演目一覧が町のすべての宿屋の夕食用の卓に置かれ、〈鋤《すき》の勝利亭〉の隅っこには舞台が設けられた。ところが、レオン・ベルテリーニが警察署にふたたび足を運ぶと、署長はまたもや外出中だった。

「まるでブノワトン夫人（フランスの劇作家ヴィクトリアン・サルドゥの一八六五年の作品『ブノワトン一家』の登場人物）だな」ベルテリーニは心の中で言った。

「忌ま忌ましい警察署長《フィシュ・コミッセール》め！」

と、目の前に署長がいるではないか。

「警察署長殿」ベルテリーニは言った。「これが書類でございます。確認のお印《しるし》をいただけましょうか」

ところが今度は、署長は夕食のことで頭がいっぱいだった。

「必要ない」署長は答えた。「必要ない。わしは忙しいんだ。不足な点はない。演芸会をやりたまえ」

署長は足早に去っていった。

「忌ま忌ましい警察署長《フィシュ・コミッセール》め！」ベルテリーニは心の中で言った。

第二章

客の入りは上々で、料理屋の店主はビールの注文でしこたま儲けたが、ベルテリーニ夫妻の奮闘は虚しかった。

レオン・ベルテリーニは、別珍の服をまとい、輝くばかり。曲の合間にタバコを吹かす仕草さえ粋で、金を払って見る価値があった。笑うべきところでは大袈裟な振りをつけたので、カステル＝ル＝ガシの町一番のぼんくらでも、どこで笑えばいいのかわかった。レオンはギターも独特に弾きこなした。いや実に、彼のギター演奏は、恋愛劇を一本見るのと同じくらいすばらしかった。勢いがあり、華麗で、豪快だった。

エルヴィラのほうは、いつにも増して情感たっぷりに愛国の歌や色恋の歌を披露した。人を惹きつけ、訴えかける歌声だった。レオンは妻を見つめていた。肩から腕が露わになった栗色のドレスに身を包み、赤い花を挑発的にコルセットに刺した姿に、この世で一番かわいい女だなと、もう何百回目になろうか心の中でくり返していた。

だが、哀しいかな！　エルヴィラがタンバリンを差し出し、客のあいだを巡ると、カステル＝ル＝ガシの町の働き盛りの若い連中は冷たく顔をそむけるではないか。そこここで投げ入れられるのは半ペニー硬貨（作品の舞台はフランスだが、作者は数カ所で英国の貨幣単位を使っている）一枚きり。全部合わせても半フランを超えない。町長ですら、こちらがあの手この手で七回も働きかけたすえに、投げ入れてくれたのはきっかり二ペンスだった。芸人二人はしらけた気分になり始めた。ナメクジに向かって歌いかけているも同然だ。こんな聴き手しかいなければ、アポロンであってもがっくりくるに違いない。ベルテリーニ夫妻はどうにかこの雰囲気を変えようと奮闘し、芸に全霊を打ち込んだ。歌声はますます大きく、ギターは生きているかのように曲を奏でた。そして、ついに、レオンは力のかぎり、誰にもまねできない説得力で、十八番《おはこ》の曲を歌いだした。「誠実な人間はどこにでもいるはずさ《イ・ア・デ・ゾネット・ジャン・パルトゥ》！」彼が芸術の才をここまで見せつけたのは初めてだった。自分が今、歌に乗せて訴えかけていることはカステル＝ル＝ガシの町では通用しない慣例で、ここの住人はもっぱら盗っ人とごろつきなのだと、心の奥では強く確信していたものの、それでも、レオンはまるで果たし状を叩きつけるように歌い、その歌詞を信仰個条のごとく朗々と唱えたのは、わたしが述べているとおりだ。歌っている彼の顔は輝きを放っていたので、長椅子に座っていた連中を、よもや改心させるのではないかと思うほどだった。

　体をのけぞらせ、口を思い切り開けて、一番高い声を張りあげていたそのとき、料理屋の扉が荒々しく開き、新たに二人組の客がどかどかと入ってきた。警察署長と、お伴の農村監視官だった。ちっとやそっとではひるまないレオン・ベルテリーニは、「誠実な人間はどこにでもいるはずさ《イ・ア・デ・ゾネット・ジャン・パルトゥ》！」と、なおも主張し続けた。すると、その訴えに、客のあいだからくすくすと忍び笑いが漏れた。ベルテリーニは、はてなと思った。農村監視官の前歴を知らなかったし、郵便切手にまつわるちょっとした逸話も耳にしたことがなかったからだ。だが、町民はみな、郵便切手の一件を知っていて、この偶然に大喜びだった。

　警察署長は、残部議会（清教徒革命時、長老派が追放され、独立派のみが残った議会。一六五三年にクロムウェルに解散させられた）に現れたクロムウェルかと思う態度で空いていた椅子にどっかと腰を下ろし、その背後に行儀よく立っている農村監視官にときおりひそひそ声で話しかけた。二人の視線は、なお訴え続けるベルテリーニに注がれた。

「誠実な人間《イ・ア・デ・ゾネット・ジャン・パルトゥ》はどこにでもいるはずさ！」をちょうど二〇回目、唱えたとき、警察署長が立ち上がり、歌い手に向かってステッキを乱暴に振った。

「わたくしめにご用でしょうか」レオンは歌をやめ、訊ねた。

「きみだ」町の権力者は答えた。

「忌ま忌ましい警察署長《フィシュ・コミッセール》め！」レオンは心の中で言うと、舞台から下りて役人のもとへ近づいた。

「きみ、どういうことかね」腹を突き出し、警察署長は言った。「わしの許可なく、町民の集まる料理屋でいかさま興行をするとは」

「許可なくですと？」憤慨したレオンは大声を出した。「失礼ながら、先ほど署長殿は――」

「いや、いや、きみ！」警察署長は言った。「言い訳など聞きたくない」

「署長殿が聞きたいかどうかは知りませんがね」歌うたいは言い返した。「説明させていただきますよ。黙っちゃいられません。わたくしめは舞台芸術家。この類まれなる才能、署長殿にはわかりますまい。署長殿の許可を得て、その効力のもと、わたくしめはここに立っておりますよ。誰がわたくしめを邪魔できましょう」

「わしの署名を持っておらんだろう」警察署長は怒鳴った。「わしの署名を見せてみなさい！　わしの署名はどこだ」

　それは問題だった。署長の署名はどこだ。どうにも身動きが取れないことにレオンは気づいた。だが、こんなときこそ勇み立ち、レオンは巻き毛を後ろに払うと堂々と抗議した。警察署長はレオンのために、暴君役を買ってでた。一方が詰め寄ると、一方はのけぞる――〝権力〟対〝怒り〟の闘いだ。この新たに始まったショーに、客の注目は集まった。警察官を前にしているとなると、すべてのフランス人がそうであるように、みな静粛に傾聴した。エルヴィラは腰を下ろしていた。こんなふうに邪魔が入るのには慣れていて、今エルヴィラを苦しめているのは恐怖というより浮かない気分だった。

「あと一言でも口に出してみなさい」警察署長は声を荒らげた。「逮捕する」

「逮捕ですと」レオンも怒鳴った。「できるものですか！」

「わしは警察署長だ」と、お役人。

レオンは冷静になって、なかなかの皮肉を言った。

「お見かけは、たしかにね」

この皮肉は、カステル＝ル＝ガシの町民には高尚すぎた。一人として、にやりとした者はいなかった。警察署長はただ一言、署までご同行願おうと歌うたいに命じると、威張りくさった足取りで店の出口に向かっていった。これでは従うほかにない。レオンは投げやりな態度を上手にパントマイムで演じながらついていったが、ニラネギを生で食べさせられた気分なのは否めなかった。

こっそり料理屋を出ていた町長が、早くも警察の署長室の扉の前で待っていた。このご時世、フランスでは、町長たるもの、虐げられた市民を保護する立場にあるからだ。町長とは、自らの人民と手荒で厳しい警察とのあいだに割って入るものなのである。両者の訴えを正しく理解する町長もたまにはいるし、地位が高いからといって、必ずしもひどく高慢な態度に出ることもない。旅行者は、これを憶えておくといいだろう。万策は尽きたように思え、不当な扱いも受け入れるしかないとあきらめたとしてもなお、中世の物語の英雄のように帯につけた小さな角笛を吹く（フランスの叙事詩『ローランの歌』参照。十一世紀末ごろの成立と推定される。主人公ローランは角笛を吹いて援軍を呼ぶことになっていた）という手が残っている。そうすれば、慰めの機械仕掛けの神《デウス・エクス・マキナ》（古代ギリシア・ローマ劇場で、困難な事態を強引に解決するために舞台上方から機械仕掛けで下りてくる神）たる町長が降臨し、法の手下どもから救ってくれるかもしれない。カステル＝ル＝ガシの町長は、ベルテリーニ夫妻が商売にしているような音楽の魅力には通じていなかったけれど、事の真相の追求となると躊躇はなかった。激しい言葉を浴びせて瞬く間に警察署長を敵に回し、侮辱されてカチンと来た署長は、事実を盾に挑戦を受けて立った。議論は攻防戦となり、しばし続いたが、ついに署長側の勝利が見えてくると、町長はやむなく権力を振りかざし自分の見解を主張するのみとなった。言い負かされても町長であることには変わりない。そういうわけで議論の相手に背を向けた町長は、今すぐ音楽会に戻りなさいと、手短に、しかし、誠意を込めてレオンに言った。

「夜も更けてしまったから」と、町長はつけ加えた。

町長に重ねて言われるまでもなく、レオンは全速力で〈鋤《すき》の勝利亭〉に戻った。すると、ああ、哀しいかな！　自分の居ぬまに聴衆が消えているではないか。エルヴィラは、それはもうやるせなさそうにギターケースに腰かけていた。客たちが三三五五散っていくのをずっと見ていたものだから、そのだらだら続いた光景になんとも気が滅入ってしまっていた。一人また一人と、わたしの稼ぎの一部をポケットに入れたまま去っていってしまうわ、とエルヴィラは思った。今夜の宿代、明日の汽車代、そして明日の夕食代さえも次々と、料理屋の扉を抜けて夜の闇に消えてしまうのを彼女はただ眺めていた。

「どうだったの」エルヴィラはけだるそうに問うた。

だが、レオンは黙っていた。敗北の光景を見回しているところだった。残っている客は二〇人足らず。しかも、期待できそうもない連中ばかり。時計の長針はすでに上を目指していて、まもなく一一時だった。

「負け戦だな」レオンは言うと、投げ銭箱を持ち上げ、ひっくり返した。「三フランと七五サンチームだと！」彼は大声を上げた。「宿代四フラン、汽車賃は六フランだぞ。おまけにトンボラをやる時間もなかった！　エルヴィラ、ここはまるでワーテルロー（ベルギー中部の町。一八一五年にナポレオン一世が英国・プロセイン連合軍に大敗した）だな」レオンは腰を下ろすと、両手を巻き毛の中に滑り込ませ、絶望を表現した。「ああ、忌ま忌ましい警察署長《フィシュ・コミッセール》め！」レオンは叫んだ。「忌ま忌ましい警察署長《フィシュ・コミッセール》め！」

「荷物をまとめて、もう出ましょう」エルヴィラが言った。「あと一曲歌ってもいいけど、この店にはもう半ペニー硬貨六枚もありゃしないわよ」

「半ペニー硬貨六枚？」レオンは声を荒らげた。「悪魔は六〇万もいるのにな！　この町には人間が一人もいないとは――ブタとイヌと警察署長だけとはな！　無事に眠りにつけるよう祈ろうじゃないか」

「いやなこと考えないでちょうだい！」エルヴィラは身震いしながら悲鳴を上げた。そんな会話をしながら、二人は帰り支度にかかった。トンボラをやったとしたら賞品になるはずだった刻みタバコ入りの壺と、紙巻きタバコ用のパイプと、シャツの飾りボタンの台紙三枚一組を楽譜とともに一つにまとめ、ギターはずんぐりしたケースにしまい、エルヴィラが薄手のショールを首から肩にかけると、二人は料理屋を出て、〈鈴鴨荘《ブラックヘッド》〉へと向かった。

市場《いちば》を横切ったとき、教会の鐘が一一時を打った。月のない穏やかな夜で、街路には人っ子一人いなかった。

「ここまでは、よしとしよう」レオンは言った。「でも、嫌な予感がする。夜はまだ終わっていない」

第三章

〈鈴鴨荘《ブラックヘッド》〉からは、通りに一条の光さえ漏れていなかった。表門も閉ざされている。

「これは前代未聞だな」レオンは言った。「宿屋が一一時五分に閉まっているとは！　あの料理屋にも、旅商人が何人か、遅い時間までいただろう。エルヴィラ、胸騒ぎがする。呼び鈴を鳴らしてみよう」

呼び鈴は力強く鳴った。アーチ門の下で揺れるのに合わせ、がらんがらんと無愛想に、建物の上から下まで音を響かせた。この音に、建物はますます修道院を思わせた。エルヴィラの心は人けのない寂しさと、祈りと、屈辱に囚われていた。レオンはといえば、脚本の終幕の悲惨な場面のト書きを読んでいる気分だった。

「あなたのせいよ」エルヴィラが言った。「不吉なこと言うから現実になったじゃないの！」

レオンはもう一度、呼び鈴の引き紐を引っ張った。またも、厳かな鐘の音が宿屋にこだました。音が余韻を残すなか、表門の向こうにちらちらと光が見え、怒りに震える凄まじい絶叫が飛んできた。

「なんの騒ぎだ」門の縦格子の向こうから、悲しげな顔の主人が怒鳴っていた。「一二時になろうっていうのに、一流宿の玄関先で、プロセイン人みたいに騒ぎたてるとは。おや！」主人は声を張りあげた。「ああ、あんたたちか！　名もない歌うたいさんたちだ！　警察と悶着を起こしてる二人だろ！　あげくに貴族気取りで真夜中にご登場かね。とっとと失せとくれ！」

「失礼ながら」レオンは声を震わせ言い返した。「こっちはおたくの客ですぞ。ちゃんと宿帳にも記入したし、四〇〇フランもの価値の荷物も預けておりますよ」

「こんな時間に、中に入れるわけにはいかん」主人は言った。「ここは泥棒相手の宿じゃない。モホーク団（十八世紀に夜のロンドンを荒らし回った貴族出身の悪党団）相手でも、夜遊び好きの放蕩者相手でも、手回しオルガン弾き相手でもないんだよ」

「けだもの！」エルヴィラがわめいた。手回しオルガン弾きの一言が癇に障ったからだった。

「ならば、荷物をお渡しいただこう」レオンは相も変わらず威厳たっぷりに言った。

「あんたの荷物なんて知ったことか」主人は返した。

「わたしの荷物を渡さないというのか。荷物を抑え留めるつもりなのか」歌うたいは怒鳴った。

「あんた、いったい何様だね」宿の主人は言った。「暗いもんでね——顔がわからんよ」

「ならば、よかろう——わたしの荷物を渡さないということで」レオンは話を結んだ。「それならば、おたくはのちに、ひどい目に遭いますぞ。しつこくつきまとって人生をボロボロにしてやりますからな。裁判所から裁判所へ引きずり回しましょうぞ。フランスに正義というものがあるなら、わたしとおたくのあいだではっきり示されるべきでしょうな。おたくを物笑いの種にしてやろう——歌にするのもいいな。下品な歌、破廉恥な歌——町のみんなが歌う歌だ。きっと、子どもたちが道でおたくに歌いかけるでしょうよ。真夜中に、この門の格子越しに大合唱するでしょうよ！」

　一言しゃべるごとに、レオンは声を張りあげた。そのあいだに、宿屋の主人は静かに引っ込んでいった。そして、ちらちらしていた光がついにアーチ門から見えなくなり、最後の足音も建物の中に消えてしまうと、レオンは勇ましい表情で妻のほうに振り返った。

「エルヴィラ、今、わが人生に、果たすべき務めが舞い込んだ。ウージェーヌ・シュー（一八〇四～五七。フランスの小説家。『パリの秘密』など）が門番を破滅させたように、わたしはあの男を破滅させるぞよ。直ちに憲兵隊のところへ行って、復讐にかかろうではないか」

レオンが塀に立てかけてあったギターケースを手に取ると、二人は復讐心を燃やし、静まり返って明かりの消えた街のなかを進んでいった。

憲兵の詰め所は、一部が公園になった広大な空地のはずれに建つ電信局の隣にひっそりとあった。羊であるところの市民の牧羊者たちは、みなここで鍵をかけてぐっすり眠っていた。さんざん扉が叩かれて、一人が目を覚ました。ようやく戸口に姿を現した憲兵は、「それは、わたしの仕事でない」と言うほか言葉が見つからなかった。レオンはこの憲兵を説き伏せようとしたり、威嚇しようとしたり、泣き落とそうとしたりした。「ここにいる」と、レオンは言った。「夜会服に身を包んだマダム・ベルテリーニは、か弱き女性です――子どもを宿しておりまして」最後のくだりは、いっそうの同情を引くために、とっさに加えられたのだろうとわたしは思っている。これだけ言っても、武装した兵の応答は同じだった。

「それは、わたしの仕事でない」

「よろしかろう」レオンは言った。「ならば、わたしどもは警察署長のもとへと参りましょう」こうして二人は、その場をあとにした。警察署は閉まって暗かったが、署長の自宅がすぐそばだったので、レオンはすぐさま自宅の呼び鈴の引き紐を狂ったように揺らした。警察署長夫人が窓際に姿を見せた。夫人はひょろりとした人で、夫はまだ帰宅していないと言った。

「町長さんのお宅でしょうかね」レオンは迫った。

夫人は、そういうこともあるかもしれないと答えた。

「町長さんのお宅はどちらにあるのでしょう」

これについての夫人の説明は、ひどくわかりづらかった。

「エルヴィラ、おまえはここにいなさい」レオンは言った。「わたしと署長が行き違いになるといけないからね。わたしがここへ戻ってきたとき、もし、おまえがいなければ、すぐに〈鈴鴨《ブラックヘッド》荘〉へおまえを追いかけるから」

こうしてレオンは、町長の家を捜しに出発した。いくつもの袋小路のあいだを一〇分ほどさまよい、ついに見つけたときは、真夜中を三〇分も過ぎていた。こんもり葉の茂る庭の栗の木が覆いかぶさった長く続く白塀と、郵便受けのある門と、呼び鈴の鉄製の取っ手。町長の家で目に入るものは、これがすべてだった。レオンは呼び鈴の取っ手を両手で握ると、歩道の上で、踊るように猛烈に体を揺らした。呼び鈴そのものは塀の向こう側についていて、レオンの動きに合わせ、がらんがらんと驚くばかりの音を夜の町に遠く広く響かせた。

通りの向かいの家の窓が勢いよく開き、こんな時間になんの騒ぎだと問いかける声がした。

「町長さんに会いたいんですがね」レオンは言った。

「こんな時間は寝てるよ」声は言った。

「ならば、もう一度起きていただこう」レオンは言い返して、またもや呼び鈴の取っ手を引っつかんだ。

「町長さんには聞こえやしないよ」声は言った。「その家の庭はとんでもなく広くて、住まいは一番奥にあるからねえ。それに、町長さんも女中さんも耳が遠いんだ」

「ほう！」レオンは手を止めた。「町長さんは耳が遠い？　それで合点がいった」今夜の演奏会を思い返し、一瞬だが救われた心地がした。「ああ！」レオンは続けた。「つまり、町長さんは耳が遠くて、庭は広くて、住まいは一番奥にあるというわけですな」

「だから、呼び鈴を一晩じゅう鳴らしても」声は言った。「何もいいことないってわけ。こっちが眠れなくなるだけだ」

「それはどうも、ご近所さん」歌うたいは答えた。「どうぞお眠りください」

レオンは全速力で警察署長の家に戻った。エルヴィラは相変わらず、玄関先で行ったり来たりしていた。

「あの男は、まだ帰らないか」レオンは問うた。

「まだよ」

「よし」レオンは言った。「あの男は家の中にいるぞ。ギターケースを取ってくれ。包囲攻撃といこう、エルヴィラ。わたしは立腹している。憤怒している。手荒な解決策に出たい気分だが、わたしがまだ遊び心をもっているのを神に感謝しようではないか。不当な判断をする者は、セレナード責めにしてやろう、エルヴィラ。戦意を喪失させよう――戦意を喪失させようじゃないか」

早くもギターケースを開けさせていたレオンは、二つ、三つ和音を掻き鳴らすと、否応なしにスペイン人と化した。

「さあ」レオンは続けた。「声の調子を確かめなさい。用意はいいかい。わたしに続いて！」

ギターが掻き鳴らされ、二つの声は調和して息を呑むほど高らかに響き、懐かしのベランジェ

（ピエール＝ジャン・ド・ベランジェ。一七八〇～一八五七。フランスの歌謡作者）の曲の合唱が始まった。

《警察署長《コミッセール》さん！　警察署長《コミッセール》さん！
コランが、おかみさんを殴ってます《コラン・バ・サ・メナジェール》》（"Le Bon Ménage" の冒頭の一節）

　この大胆な試みに、カステル＝ル＝ガシの町じゅうの石ころがかたかたと震えた。これまで夜というものは、寝るためとナイトキャップをかぶるために捧げられてきたのに、これはいったい何ごとだ。窓が次々と開いた。マッチが擦られ、蠟燭の炎が揺らめきだし、むくんだ眠そうな顔がいくつも星明りのなかを凝視した。警察署長の家の前に二つの人影があるではないか。二人とも直立し、頭を反らせ、星空に問いかけるような目をしている。ギターの音色《ねいろ》があるときは悲しく、あるときは激しく、あるときは管弦楽団が半分集まったかのように響いた。張りのある生き生きした二人の声は、この状況にぴったりのリフレーンを警察署長の家の窓に投げつけた。彼の役職名がこだまとなって、ひたすらくり返されている。その光景はカステル＝ル＝ガシの町の日常の一幕というよりも、モリエールの笑劇のなかの幕間劇を思わせた。

　警察署長はこの界隈で歌声に屈した最初の住民ではなかったにしても、最後の住民でもなく、寝室の窓をものすごい剣幕で開け放った。怒りにわれを忘れ、窓枠から大きく身を乗り出し、身振り手振りをつけ、わめきたてた。白いナイトキャップの房がまるで生きもののように踊っている。これまで開けたこともないほど口を大きく奥まで開けたが、出てくるのは威勢のいい怒鳴り声というよりも、喉の詰まったような途切れ途切れの甲高い声だった。あと少しセレナードを聞かされようものなら、彼は卒中の発作についてもっと詳しくなったはずだ。

警察署長が何を言ったか、ここでふたたび語るのはやめておく。内気な語り手にとっては軽々しく口にできない内容が多すぎたからだ。強烈な言い回しを思いのままに操ってまくしたてることで知られた署長だったが、この夜はことのほか冴えていて、セレナードを聴こうとやはりベッドから起き出してきたうら若き乙女は、彼の二言目で窓を閉ざす羽目になった。すでに耳にしてしまった言葉にさえ、彼女の良心は搔き乱され、次の日、この乙女は、もはや自分は乙女でないと思うと言ったほどだった。

レオンのほうは、自分の窮状を訴えようとしていたのだが、聞こえてくる返答は、逮捕するぞという威嚇ばかり。

「もしそっちへ下りていったらな！」署長は吠えた。

「ええ、そうしていただきましょう！」と、レオン。

「いや、行かん！」と、怒鳴る署長。

「意気地なし！」と、レオン。

ここで署長は窓を閉めた。

「終わったな」歌うたいは言った。「セレナード作戦はうまい手と言えなかったようだ。田舎者にはユーモアのセンスなんぞないのだ」

「もう行きましょう」エルヴィラはぶるぶる震えていた。「みんなが見てるわ――なんて失礼で下品なんでしょう」そして、ここでもまた、彼女は感情を抑えられなかった。「けだもの！」蠟燭を手にした観客に、エルヴィラは大きな声で叫んだ。「けだもの！　けだもの！　けだもの！」

「さあ、逃げろ《ソーヴ・キ・プー》」レオンは言った。「おまえ、今のはまずいぞ！」

ギターを片方の手に、ケースをもう片方の手に、レオンはこの無謀な企ての現場から、ただ大慌てでと言うにはあまりにも大慌てで立ち去った。

第四章

カステル＝ル＝ガシの町の西側には菩提樹の老木の並木が四列あって、この星明りの夜に、中央の大通りはほのかに明るく、両脇には真っ暗な側道が伸びていた。木の幹のあいだのところどころに、石造りの長椅子が置かれていた。風はそよとも吹かない。樹木の濃厚な芳香が、並木道一帯を包んでいる。枝についた葉は一枚として、ぴくりともしない。一、二軒の宿屋の扉を叩いたが虚しく、ベルテリーニ夫妻はずいぶん歩いて、一夜を明かすためにここへたどり着いた。微笑ましい言い争いをしたあと、レオンは自分の外套を無理やりエルヴィラに着せ、二人は最初にあった長椅子に黙ったまま隣り合って腰を下ろした。レオンは紙巻きタバコを作ると、木々のほうに顔を上げ、その向こうの星座を眺めながら吸い切った。星座の名前を思い出そうとしたものの、徒労に終わった。教会の鐘が静寂を破った。ちりんちりんと軽やかな一五分ごとの鐘のあと、ゴーンと一つ低音が響き、振動とともにゆっくり消えると、ふたたび静寂の支配が始まった。

「一時か」レオンは言った。「陽が昇るまで四時間だな。暖かいし、満天の星空だ。マッチもタバコもある。深刻に考えすぎるのはやめよう、エルヴィラ――実におもしろい経験じゃないか。わたしの心の中は幸福感で満たされているよ。生まれ変わった気分だ。これこそ、人生という詩の一場面。クーパー（ジェイムズ・フェニモア・クーパー。一七八九～一八五一。米国の小説家。開拓時代の辺境生活を扱った作品などを描く）の小説を思い出してごらん」

「レオン」エルヴィラは憤慨した。「どうしてそんな馬鹿げた悪ふざけが言えるのよ。外で一晩過ごすなんて――悪夢だわ！　死んでしまうかも」

「そんなにかっかしないで」レオンは妻をなだめた。「ここは、それほどひどい場所じゃない。機嫌が悪いのはおまえだけだ。さあさあ、舞台の練習でもしようじゃないか。アルセストとセリメーヌ（モリエールの一六六六年の戯曲『人間ぎらい』の主人公の男女。アルセストはセリメーヌに恋している）はどうかな。いやかい。『ふたりの孤児』（アドルフ・デヌリーとウジェーヌ・コルモンの合作による戯曲。一八七四年にパリで上演）の一節にするかい。ほらほら、気が紛れるから。おまえのために、これまでにない演技をしてみせよう。芸術家魂が目を覚ましてきたぞ」

「黙ってちょうだい」エルヴィラは声を張りあげた。「黙ってくれなきゃ、わたし、気がおかしくなる！　どうしたらまじめになってくれるの――こんなに悲惨な有様だっていうのに」

「悲惨だって！」レオンは反論した。「悲惨というのは当たらないな。ならば、きみはどこに行きたいんだい。〝教えておくれ、美しい娘よ《ディット、ラ・ジューヌ・ベル》。きみの望む地はいずこ《ウ・ヴレヴ・アレ》〟（テオフィル・ゴーティエの一八三八年の詩集『死の喜劇』のなかの「舟歌」の冒頭部分。一八六〇年にオッフェンバックが作曲）」レオンは生き生きと歌った。「そうだ」ギターケースを開けながら彼はしゃべり続けた。「いいことを思いついたよ――歌おう。〝教えておくれ、美しい娘よ！〟を歌おうじゃないか。そうすれば気持ちも落ち着くよ、エルヴィラ。きっと落ち着く」

返事を待たずに、レオンはギターの和音をじゃらじゃら鳴らし始めた。最初の和音が鳴るや、近くの長椅子で眠っていた若者が目を覚ました。

「こんばんは！」若者は大きな声で言った。「どなたですか」

「どの王に仕えるものぞ、卑しき者よ（ウィリアム・シェイクスピア『ヘンリー四世』第二部第五幕第三場参照）」芸人は大仰に言った。「答えるか、さもなくば死を！」

いや、正確にはこのとおりでなかったかもしれないが、だいたい同じような台詞をフランスの悲劇から引用して言った。

若者は、薄明りのなかを近づいてきた。背が高くがっちりして、育ちの良さそうな男だった。どちらかといえば丸顔で、鼠《ねずみ》色のツイードの三つ揃いに身を包み、同じ布地の鳥打帽をかぶっている。近くまで来ると、片方の腕にナップザックをかけているのがわかった。

「あなた方もここで野宿ですか」強いイギリス訛りだった。「仲間がいるのも悪くないな」

レオンは今回の災難を話して聞かせた。すると、若者のほうは、自分は徒歩で旅をしているケンブリッジ大学の学生で、持ち金が底をつき始めて宿代が払えなくなり、すでに二晩、野宿しているが、少なくともあと二晩はこの方法を続けねばならないかもしれないと言う。

「天気が良くてよかったですよ」と、若者は話を終えた。

「聞いたかな、エルヴィラ」レオンは言った。「ここにいるマダム・ベルテリーニは、呆れたことに、この、どうということのない事態にご立腹なのですよ。わたしからすれば、ロマンに満ち、これっぽっちも心地は悪くない。というか」石造りの長椅子の上で体を横に移動させながらレオンは続けた。「思ったほどは悪くない。どうぞ、お座りください」

「どうも」大学生はそう言って腰を下ろした。「一度慣れてしまえば、ほかで寝るよりいいものですよ。まあ、体を洗うのにひどく苦労するくらいで。新鮮な空気やこの星やなんかも悪くない」

「ほう！」レオンは言った。「ムッシューは芸術家でしょう」

「芸術家？」若者はぽかんとした顔でレオンを見つめた。「ありえない！」

「お言葉ですが」役者の男は言った。「たった今、夜空の天体についておっしゃったでは――」

「なんだ、馬鹿馬鹿しい！」イギリス人青年は声を張りあげた。「星がきれいと言ったからって、芸術家でなくてもいいでしょ」

「きみには芸術家としての素質がありますぞ。しかしながら、ミスター――まことに失礼ながら、お名前を伺ってもよろしいかな」レオンは言った。

「スタッブズです」イギリス人青年は答えた。

「ありがとう」レオンは言った。「わたしはベルテリーニ――レオン・ベルテリーニです。かつて、モンルージュとベルヴィルとモンマルトルの劇場で舞台芸術家をしておりました。今は情けない姿ですが、並々ならぬ大役を一度ならず演じて大喝采を浴びたこともありましてね。『咆哮する山の悪魔』では同名の役を演じ、新聞がこぞって賞賛したものです。これから紹介するこちらのマダムも舞台芸術家でして、夫より優れた芸術家と言わぬわけにはいかない。同時に創作家でもあるのですから。パリの有名な演芸場の一つで、二〇近くもの歌を作って大成功を収めておりますよ。話は戻りますが、きみには芸術家の素質があるとわたしは言っているのです、ムッシュー・スタッブズ。失礼ながら、この手の問題は、わたしめに判断をお任せください。ご自分の天分を裏切ってはなりません。芸術家としての道を歩まれることを心からお願いします」

「それはどうも」スタッブズ青年はくすくす笑った。「ぼくは銀行家になるつもりなんです」

「いいや」レオンは言った。「そんなことをおっしゃってはいけない。いけません。きみのような素質をおもちの人がそこまで堕落してはいけない。高く尊い目標に向かって努力するかぎり、目先のちょっとした不自由なんぞ、どうということないでしょう」

「この人、頭がおかしいぞ」スタッブズは心の中で言った。「でも、女の人のほうはかなりの美人だし、男のほうも、おもしろいかどうかっていったら、なかなかおもしろいほうだ」だが、若者の口から出てきた言葉はこうだった。「たしか、あなたは役者とおっしゃいましたね」

「いかにも、そう言いましたよ」レオンは答えた。「ええ、役者です。いや、哀しいかな！　役者でした」

「ということは、ぼくに役者になってほしいんですね」大学生は言った。「でもなあ、覚えなけりゃならないものすら覚えられないだろうなあ。ぼくの物覚え、まるで篩《ふるい》なんですよ。それに演技の知識だって、ネコと大差ない」

「舞台だけが道ではありませんぞ」レオンは言った。「彫刻家におなりなさい。舞踏家におなりなさい。詩人や小説家におなりなさい。心の声に従うのです。詰まるところ、天に召される前にその道を極めればいいのです」

「そうしたもの全部が芸術なんですか」スタッブズは問うた。

「ええ、いかにも！」レオンは答えた。「どれもみな、芸術という一本の幹から出ているでしょう」

「へえ！　知らなかったなあ」イギリス人青年は返した。「芸術家って絵を描く人だと思ってました」

歌うたいは、目を丸くして相手を見つめた。

「言語の違いでしょうな」というのが、レオンの結論だった。「バベルの塔のせいか。われわれは、いつになったらその代償を払い終えるのだ。わたしに英語が話せたら、もっとおわかりいただけるでしょうなあ」

「ぼくとあなたじゃ、どうだろ」大学生は答えた。「あなたは、こうしたことについて、ずいぶんといろいろ考えてきたみたいですね。ぼくはね、星はきれいだと思うし、輝いていてほしいと思う――

楽しい気分になるからね。けど、芸術と関係あるなんて夢にも思わなかった！　ぼくはそんな柄じゃないから。ぼく、頭が悪いんです。いつも苦労して、ぎりぎりで試験に合格してるんですよ。ほんとの話！　でも、性根はそんなに不真面目じゃないですよ」このぼんやりした星明りのなかでさえ、相手ががっかりしているのがわかったので、大学生はこうつけ加えた。「それに、芝居や音楽や、ギターなんかも好きなほうです」

ちゃんと理解してくれていないようだと感じたレオンは、話題を変えた。

「それで、きみは徒歩で旅しているのですね。なんというロマンチスト！　なんと勇ましい！　わが国はお気に召しましたかな。われらが荒涼たる丘陵地帯に囲まれて、きみはこの風景をどのようにお感じかな」

「ええと、そうですね」スタッブズは口を開いた――風景なんて興味もないと言うつもりだったが、これは本心でなく、元気な盛りの大学生によくある、ただの強がりだった。けれども、彼は、ベルテリーニが飛びつきたいのはそうした答えでないだろうと思い始め、代わりにこう言うことにした。「そうですね、すばらしいと思いますよ。たいしていいところじゃないって、みんなに言われたし、旅行案内書にさえ、そう書いてあったんです。なんでだろうなあ。とんでもなくきれいだと、ぼくは思います――いや、嘘じゃないです」

そのとき、出し抜けにエルヴィラが泣きだした。

「声が！」彼女は叫んだ。「レオン、このままここにいたら、わたし、声が出なくなるわ！」

「おまえを、もう、ここにはいさせないよ」役者である夫は声を張りあげた。「扉を叩き壊すことになろうとも、この町を焼き払うことになろうとも、おまえの休む場所を探してみせよう」

こう言いながらレオンはギターをしまうと、妻を落ち着かせようと優しくさすりながら、彼女の腕を引き寄せ、自分の腕と絡ませた。

「ムッシュー・スタッブズ」レオンは帽子を取りながら言った。「ろくなおもてなしもできませんが、このあともご一緒していただければ、これ以上の喜びはありません。目下、少々お金にお困りとのこと。まことに失礼ながら、必要なだけお貸しさせていただきますよ。わたしくからお願いしているのです。不思議なご縁で出会ったのですから、あっさりお別れするのは忍びない」

「うーんと、それは」スタッブズは言った。「あなたのような人に――」どことなく自分の考えがまちがっている気がして、彼はここで口をつぐんだ。

「脅すつもりはありませんがね」レオンはにっこり笑った。「拒まれたなら、敵意を感じますぞ」

「どうやら断れそうもないな」大学生は思った。そして、しばしの沈黙のあと、不愛想に声を張りあげた。「わかりました。実に――実にありがたい話です、いや、ほんとに」そして、二人のあとについて歩いたが、心の中ではこう思っていた。「それにしても、こっちに礼を言わせるなんて、やっぱり失礼な男だな」

第五章

　レオンはまるで行く先が決まっているかのように、ずんずんと大股で歩を進めた。妻のすすり泣きはまだ微かに聞こえていて、口を開く者はいなかった。通りかかった家の中庭でイヌが激しく吠えた。すると教会の時計が二時を打ち、それとわずかに前後して、あちこちの家の中の時計が鳥の鳴きまねをした。ちょうどそのとき、レオンが光を見つけた。町はずれの小さな家に灯る明かりだった。一行の足は直ちにそれを目指した。

「幸運はどこにでも転がっているものだ」と、レオンは言った。

　家は、通りから奥まったところに建っていた。一部が公園、一部がカブ畑になった開けた土地の裏側で、家の正面から直角に突き出た左右の翼棟の前に小屋がいくつか建っていた。そのうちの一つは、手直しされて間もなかった。巨大な窓が北向きに壁から屋根にかけて設えられ、これはアトリエではないかとレオンは期待に胸を膨らませた。

「画家を生業としているなら」レオンは含み笑いした。「十中八九、申し分ない手厚いもてなしが受けられますぞ」

「絵描きなんて、だいたい貧乏なものだと思ってましたよ」と、スタッブズは言った。

「ああ！」レオンは叫んだ。「きみは、わたしほど世慣れていませんな。貧しければ貧しいほど、われわれにとってはありがたいのですよ！」

三人はカブ畑を突っ切った。

明かりは一階で灯っていた。皓皓《こうこう》と明るいのは一つの窓だけで、あとの二つはそれより暗かったので、大きな部屋の片隅にランプが一つだけ置いてあるに違いない。いくぶん揺らめいたり、ときおり弱くなったりしているので、実際に火が燃えている証だろう。すると、声が聞こえてきた。不法侵入者たちは立ち止まり、耳をそばだてた。上ずった、腹を立てているような調子だったが、それでも善良そうな、潤いのある男らしい響きだった。話し方は淀みなく、淀みがなさすぎて一語一語が聞き取れない。言葉は高く低く流れたが、ときおり一つの語句が放り出され、話し手がその語句のもつ力を頼みにしているかに思われた。

不意に、別の声が入ってきた。今度は女だった。もし男が腹を立てているとすれば、女のほうは烈火のごとく激昂していた。苦労した経験のある男たちなら知っている、感情をまったく出さない低い声。相手を殺したいところだが辛うじて逆上に留まっているのがわかる、抑揚のない不自然な話し方。模範的な女が、ときおりこんな語気で、最愛の相手にとんでもなく惨《むご》い言葉を吐く。空想上の地下埋葬所の屍が話す能力を与えられたとしたら、こんなふうに語りだすに違いない。レオンは勇ましい男であり、ローマカトリック教の国で教育を受けたにもかかわらず、わたしが思うに、どことなく宗教的教義を疑うきらいがあった。そんな彼が、子どものころの癖で神妙に十字を切った。これまでにも仕事で何人もの女性を見てきており、直感が自分を裏切らないのはわかっていた。そう、男が爆発し、いきなり大声を発したのである。

大学生は女の何がいけなかったのか理解できずに、変化した男の語調に耳を傾けた。

「こりゃ、殴り合いになるな」大学生は自分の見解を述べた。

女のほうが、さらに言い返した。相変わらず抑えた口調だったが、わずかに甲高くなっていた。

「癇癪もちなのかね」レオンは妻に訊ねた。「それとも、ト書きに従っているのかな」

「知るわけないじゃない」エルヴィラは少々辛辣に返した。

「ああ、女よ、女！」と言いながら、レオンはギターケースを開け始めた。「わたしの人生のリフレーンの一つなのですよ、ムッシュー・スタッブズ。女は女同士で支え合う。いつだって謀《はかりごと》なんぞないふりをする。自然の成り行きよ、などと言う。舞台芸術家たるマダム・ベルテリーニでさえね！」

「冷たい人ね、レオン」エルヴィラは言った。「この女性《ひと》、つらい思いをしてるのよ」

「それは男もだろう、僕の天使さん」レオンはギターの吊り帯を肩に通しながら言った。「それは男もだろう、ぼくの愛する人《マムール》よ」

「でも、男なんだし」と、エルヴィラは返答した。

「お聞きかな」レオンはスタッブズに言った。「きみにとってはまだ遅くない。今の口調は憶えておくといいですぞ。さて」レオンは続けた。「あの二人に、何を聴かせてさしあげようか」

「歌うんですか」と、スタッブズ。

「わたしは吟遊詩人ですからな」と、レオン。「わが芸術の手腕によって、そして、わが芸術の手腕と引き換えに、この家に迎え入れてもらいましょう。わたしが銀行家だったら、こうはいきませんぞ」

「ええ、迎え入れてもらう必要もないでしょうけど」大学生は答えた。

「いやはや」レオンは言った。「おっしゃるとおり。エルヴィラ、おっしゃるとおりだな」

「わかりきったことだわ」エルヴィラは答えた。「そんなこともわかってなかったなんて」

「やれやれ」レオンは感慨深そうに言った。「わたしは、歓びを与えてくれるもの以外のことはわからなくてね。わたしには、人生についての知識すら、みごとに完成された芸術作品だから。それにしても、あの二人に何を聴かせてさしあげようか。この状況にぴったりの歌はないものか」

大学生が思い浮かべたのは、『イヌは好きにさせておけ』（英国の賛美歌作者アイザック・ワッツ〔一六七四～一七四八〕作の"Let dogs delight to bark and bite"か）だったが、歌詞は英語だったし、旋律も覚えていないのに気づき、黙っていることにした。

「わたしたちに宿がないってことを歌いたいわ」エルヴィラが言った。

「あるぞ」レオンは大声で言うと、ピエール・デュポン（一八二一～七〇。フランスの歌謡作者）の歌をいきなり歌いだした――。

《知ってるかい、宿りの場所を《サヴェ・ヴ・ウ・ジット》
この麗しき五月の《メ、ス・ジョリ・モワ》》（"Le mois de mai"の一節）

エルヴィラが加わった。スタッブズも加わった。スタッブズは音感も声もよかったが、その歌をあまり知らなかった。ギターを奏でるレオンは、この場に動じずみごとだった。役者であるレオンは惜しみなく情熱を込めて、喉の奥から声を出した。黒い巻き毛を払いながら、英雄のように天を仰ぎ、星々が自分の熱演に無言の賞賛を送ってくれているような、宇宙がその静寂を合唱のために貸し与えてくれているような気分になっていた。一人ひとり、みんなのものであること、これが天体のすばらしいところだ。そして、誰にも鼓舞されずともやっていける永遠のエンデュミオン（ギリシア神話で、月の女神に愛され、永遠の若さを保って眠り続ける美少年）たるレオンのような人間は、いつでも自分が世界の中心にいる。
歌と演奏に心から真剣に取り組み、このセレナードを芸術的観点から高く評価していたのはレオン一人だった――特筆すべきは、三人の中で彼が一番、歌が下手だったことだが。一方で、エルヴィラの頭の中を占めていたのは、この家に迎え入れてもらえるかどうかだけ。そして、スタッブズはといえば、この一切をまったくの笑い話だと思っていた。

「知ってるかい、宿りの場所を、この麗しき五月の」三人の声がカブ畑に響き渡った。

この家の住人は、明らかに狼狽していた。灯火が一つの窓で明るくなったかと思うと、別の窓で暗くなって、右往左往していた。そして、玄関扉が勢いよく開き、スモック姿の男がランプを手に戸口に現れた。胸元をはだけ、もじゃもじゃの髪と髭の、たくましい青年だった。スモックには、油絵具の染みが不規則なまだら模様についている。ベルトで締めたズボンはだぶついて垂れ下がり、どことなく田舎臭い。

青年のすぐ後ろで、というより肩越しに、女の顔が外の暗闇を見つめていた。青白く、少々やつれているようだったが、だとしても若さがあった。その顔の、失われつつあり、やがて消えゆく可憐さは、じきに跡形もなくなるに違いない。表情は柔和でもあり不機嫌そうでもあり、どことなく、何かの薬の味を思い起こさせた。それでも、嫌悪を覚える顔ではない。可憐さが消えてしまったあとは、ある種のはかなげな美しさが取って代わるのだろうと思わせた。優しさと不愛想は若さの特徴だったから、歳月を重ねて二つが混じり合い、揺るぎない意志の強さと思いやりになってくれるのを願うばかりだ。

「いったい、なんの騒ぎです」男のほうが声を上げた。

第六章

レオンは直ちに帽子を片手に取り、いつものように優雅に前へ進み出た。これが舞台の上なら、ひとしきり拍手喝采を浴びる瞬間だ。エルヴィラとスタッブズは、アポロンのあとを歩くアドメトスの羊（アポロンは罰を受け、一年間アドメトス王の羊飼いとなった）二匹よろしくレオンの後ろについて歩み出た。

「ご主人」レオンは言った。「このような許されるはずもない遅い時間に、われわれのささやかなセレナードはなんとも無礼でございましょう。実は、これはお願いなのでございます。お見受けするところ、ムッシューは芸術家でいらっしゃる。ここにいるわれわれは、行き暮れて、宿のない三人の芸術家でございます。一人は女――か弱き女です。夜会服のままで――子を宿しておりまして。同じ女性としてマダムのお心を必ずや揺さぶるのではないでしょうか。ご主人様の後ろでぼんやりとしか拝見できませんが、そのお顔が、清い心をおもちなのを雄弁に語っておりますよ。ああ！　ムッシュー、マダム――たった一度の寛大なお計らいで、三人の人間を幸せにできるのです！　二、三時間、暖炉のそばに置いていただけないかと。ムッシュー、〝芸術〟の祝福のために願いを聞いてくださいまし。マダム、女性の尊厳のために願いを聞いてくださいまし」

二人は暗黙の了解で、扉の後ろへ下がった。

「入ってください」男が言った。

「お入《アントレ》りになって、マダム」女が言った。

玄関扉が開くと、いきなり台所になっていて、どう見ても、そこが居間でもあった。ほとんどない家具は質素だったが、美しく額装された風景画が二枚ほど壁にかかっていた。展覧会の審査員室に一度持ち込まれ、そのあと弾き出されてきたように見える。レオンは絵に歩み寄ると、それぞれを前に、いつものように役者としての洞察力と気迫で鑑定家を演じた。家の主《あるじ》が引きつけられないはずはなく、彼はランプを手にカンバスからカンバスへとレオンのあとを追った。エルヴィラはすぐに暖炉へ案内され、さっそく体を温めた。スタッブズは部屋の真ん中に突っ立って、少々呆れた目でレオンの動きを追った。

「自然光のもとで見ていただきたい」絵描きは言った。

「必ずや、そうさせていただきましょう」レオンは答えた。「失礼ながら感想を言わせていただきますと、極めて正確な構図を描く技術をおもちですな」

「ありがとうございます」絵描きは返した。「それより、もっと暖炉の近くへ行きませんか」

「ぜひとも」レオンは言った。

やがて一同は食卓を囲み、慌ただしく用意された、趣があるとはいえない冷たい夜食を、ごく少量の水っぽい葡萄酒で流し込んだ。誰一人おいしいと思っていなかったが、誰一人文句を言わなかった。みな満足そうな顔で、やたらにナイフとフォークをかちゃかちゃいわせた。レオンが冷えた腸詰めにかぶりつくところなど、まさに勝利宣言を見るようだった。食べ終わるころには、あたかもサーロインステーキを二枚平らげて満腹になったかのような、みごとなパントマイムをやってのけ、そののち、食い散らかしたあとのだらしない表情を浮かべた。

エルヴィラは当然のようにレオンの隣に座り、スタッブズは、特に意識していなかったとわたしは思っているが、これまた当然のようにエルヴィラの隣に座ったので、家の主《あるじ》と妻は二人一緒に座る羽目になった。それでも、互いに一言も交わさなかったし、目を合わせようともしなかったことは述べておこう。小競り合いは中断したとはいえ、悪感情が消えたわけではない。客人が出ていったとしたら、その瞬間、さらに激しい争いが始まったに違いない。会話はとりとめもなく続いた——全員一致で、寝るには遅すぎるということになったからだ。それでも、二人は互いへの態度を和らげなかった。姉妹でいがみ合ったゴネリルとリーガン（ウィリアム・シェイクスピア『リア王』に登場するリア王の長女と次女。一人の男をめぐって争った）ですら、ここまでの敵意は見せていない。

その夜の、気持ちの昂《たかぶ》る小事件の連続に、エルヴィラはたいそう疲れてしまい、人前では屈託なく行儀のいい彼女だったが、はからずも一度だけ礼儀作法を怠り、ごくごく自然にレオンの肩に頭をもたせかけた。それと同時に、疲れが愛情を目覚めさせ、エルヴィラは右手の指を夫の左手の指に絡めた。そして、目を半分だけ閉じて、夢うつつの幸せなまどろみに入っていった。それでも、そうしているあいだも、まわりで何が起こっているか気づいていないわけではなかった。絵描きの妻が軽蔑半分、羨望半分といった眼差しで、こちらを観察しているのはわかっていた。

レオンは体がタバコを欲しているのに気づき、巻きタバコを作るためにエルヴィラの指を解いた。優しい仕草だった。自分の愉しみのために妻の体勢を崩してしまわぬよう気をつけた。この様子は、絵描きの妻の目に特別な意味をもったらしい。彼女はしばし、まっすぐ前を見つめていたが、そのあと、食卓の下で、こっそりと、すばやい動きで夫の手を握ったのだ。ああ！　そんなふうに、こっそりやってのける必要などなかったものを。かわいそうなのは夫のほうで、この愛情表現にすっかり動揺し、何かを言おうとして口を開けたまま動けなくなった。その表情は、心が穏やかな流れのほうへ分岐していったのを、ここにいる全員にはっきりと宣言していた。

微笑ましいと思えないとしたら、馬鹿馬鹿しいかぎりの茶番だったろう。絵描きの妻はすぐに手を離そうとしたが、いくぶん力を込めなければならなかったのは誰の目にも明らかだった。すると、年若い絵描きは頬を赤らめ、束の間だが美しかった。

レオンもエルヴィラも、脇役たちのくり広げた一幕をじっと見守っていた。すると、一方の心が弾み、もう一方へと伝わった。この二人は、男女のあいだを取りもつのが根っから好きだった――とりわけ結婚している男女の。

「まことに失礼ではありますが」レオンが唐突に言いだした。「知らぬふりをしてもしかたない。こちらにお邪魔する前に、不協和音――そう表現してよろしければ――を思わせる声を聞きました」

「いや――」男のほうが口を開きかけた。

ところが、女がそれに先んじた。

「そのとおりですわ」女は言った。「恥じるつもりはありません。もし夫の頭がおかしいなら、それが招く結果を精いっぱい食い止めなければなりませんから。想像してみてください、ムッシュー、マダム」と彼女は続けたが、スタッブズについては素通りだった。「この哀れな人、へぼ絵描きで、才能もなくて、看板屋にも向かないんですけど、この人に今朝、おじがすばらしい仕事の口の話をもってきてくれたんです。わたしの母方のおじなんですけど、とても優しい人で。年収一五〇ポンド近くにもなる事務の仕事です。それが、この人、想像してみてください！　いやだと言うんです！理由？〝芸術〟に身を捧げるため、ですって。この人の芸術、ご覧になって。ご覧になってください！　見るべき代物ですか？　この人に訊いてください。売れるような代物ですか？　こんなもののために、ムッシュー、マダム、わたしはこの人に、とんでもなく惨めな思いをさせられてるんです。贅沢もできない、安らぎもない、貧乏たらしい田舎町のはずれに住んで。ああ、いやだ《オオ・ノン》！」彼女は声を荒らげた。「いやだわ《ノン》――言わずにはいられない《ジュ・ヌ・ム・テレ・パ》。止めようとしても無理よ《セ・プリュ・フォール・ク・モワ》！　二人の紳士と奥様に決めていただきたいわ――これ、思いやりがあるんでしょうか。まともなんでしょうか。男らしいんでしょうか。この人と結婚してしまったわたしは、この人の手でもっといい暮らしをさせてもらえる価値はないの――」彼女は言葉に詰まった。「この人のためになんでもやってきたのに」

食卓を囲んでこんなに決まり悪そうな一団がこれまでにあっただろうか、とわたしは思う。全員が呆けた顔になっていた。なかでも夫は。

「でも、ムッシューの作品は」沈黙を破ったのはエルヴィラだった。「個性という点ではすばらしいわ」

「ええ、誰にも買ってもらえない個性でしたらね」絵描きの妻は答えた。

「ぼくが思うに、事務の仕事は――」と、スタッブズが言いだした。

「芸術とは、〝芸術〟にほかならない」レオンが割り込んだ。「わたしは〝芸術〟を称えます。芸術は美しいもの、神聖なもの。この世の息吹であり、人生の誇り。けれども――」役者はここで口をつぐんだ。

「事務の仕事は――」スタッブズが口を開いた。

「聞いていただきたい」絵描きが言いだした。「ぼくは芸術家です。そして、こちらの紳士がおっしゃるように、〝芸術〟はすばらしく大切なものだ。そして、言うまでもなく、妻が、一日じゅう地獄にいるような人生をぼくに送らせようとするなら、ぼくは身を投げたほうがましだ」

「そうなさいよ！」絵描きの妻は言った。「見てみたいものだわ！」

「ぼくも言わせてもらうと」スタッブズがまた口を開いた。「事務員になっても、絵は存分に描けるんじゃないかな。銀行に勤めながら、みごとな水彩のスケッチを描く男を、ぼく、知ってますよ。七シリング六ペンスで一枚売れたことさえありましたよ」

二人の女にとって、これは安全策に思われた。それぞれが期待を込めて、自分のご主人様の表情をうかがった。エルヴィラなど自分自身も芸術家だというのに！　だが、女には生来、商売根性のようなものが備わっているに違いない。二人の男は互いの目を見た。悲愴感に溢れた目だった。苦難の一生のすえに、なお弟子たちに理解されていないと気づいた哲学者二人も、こんな会釈をしたかもしれない。

レオンが立ち上がった。

「芸術とは、〝芸術〟にほかならないのです」レオンは悲しい顔でくり返した。「水彩のスケッチでも、ピアノの練習でもない。芸術とは人生そのものなのです」

「そうこうするうちに、みんな飢え死にしてしまいます！」絵描きの妻は言った。「そんな人生、わたしはまっぴらごめんだわ」

「さあさあ」レオンがいきなり声を張りあげた。「マダム、あなたはほかの部屋へ行って、うちの妻とこのことについて論じ合ったらどうでしょう。わたしめはここにいて、あなたのご主人と論じ合いましょう。解決にならないかもしれないが、そうしませんか」

「ええ、ぜひとも」年若い妻は答え、蠟燭を灯した。「どうぞ、こちらへ」こうして、彼女はエルヴィラを階上の寝室へと案内した。「ほんとうのところ」彼女は腰を下ろしながら言った。「夫は絵が描けないんです」

「うちの夫だって、演技ができやしない」エルヴィラは言った。

「できると思ってましたわ」絵描きの妻は言った。「なんでも上手にこなしそうですもの」

「ええ、そうね。それに、男のなかの男だわ」エルヴィラは答えた。「でも、演技はだめ」

「少なくとも、うちの夫みたいに根っからのペテン師じゃないでしょう。歌はお上手じゃないですか」

「あなたはレオンをわかってないわ」レオンの妻は熱っぽく語った。「歌えるふりさえしやしない。好みが細かすぎるの。あの人は生活のために歌ってるのよ。ねえ、聞いて、あの男たち、二人ともペテン師なんかじゃない。使命を負った人たちなのよ――決して果たすことのできない使命をね」

「ペテン師でないとしたって」絵描きの妻は返した。「あなたは畑のなかで一夜を明かすところだったじゃないですか。わたしについて言えば、飢えの恐怖のなかで暮らしてる。妻のことを真剣に考えるのが男の使命だと思ってました。けれど、そうではなさそうね。男の使命って、ただ道化を演じることなのね。ああ！」絵描きの妻はいきなり大きな声で言いだした。「うちの夫のことを考えると、なんだかやるせなくなりませんか。あの人が絵さえ描けたら、誰も何も気にしないのに。でも、だめ――だめなんです。わたしと同じくらいしか描けないんだから！」

「お子さんはいらっしゃるの」エルヴィラは訊ねた。

「いいえ、でも、そのうち」

「子どもができれば、ずいぶん変わるわ」エルヴィラはため息とともに言った。

そのとき、階下の部屋から不意にじゃらんと一つ、ギターの和音が聞こえてきた。そうして、次々と和音が掻き鳴らされ、やがてレオンの声が加わった。旋律が奏でられ、歌が始まると、二人の女のおしゃべりは止まった。絵描きの妻は立ち上がり、身じろぎ一つしなかった。エルヴィラは彼女の瞳を見つめた。歌の一節ごとに、ありとあらゆる美しい思い出や優しい気持ちが彼女の魂の中に入っては、またそこから出てゆくのが、その瞳に映っていた。絵描きの妻の前を流れてゆくのは、青春の一場面だった。フランスの青々とした平原、リンゴの花の香り、遥か遠くに輝く川のうねり。愛の言葉、愛の実感。

「レオンたら、ちょうどいいときにうまいこと始めてくれたわ」エルヴィラは心の中でつぶやいた。

「どうして、頃合いがわかったのかしら」

理由は簡単だった。結婚前の楽しかった時期を思い出す曲はないかと絵描きに訊ね、期待どおりの答えが聞けると、しばらく間を置いたのち、声高らかに歌い始めたのだった。

《ああ、わたしの愛する人よ《オー・モナマント》
ああ、わたしの求める人よ《オー・モン・デジール》
味わおうじゃないか《サシヨン・クィイール》
この魅惑のときを！《ルール・シャルマント》》（ピエール・デュポン「水上の散歩」の一節）

「こう言っては失礼かもしれませんけど」絵描きの妻は言った。「あなたのご主人、ほんとうに歌がお上手ですわ」

「この歌は、いつも感情を込めて歌うのよ」エルヴィラは批評家ぶって答えたが、彼女自身もいくぶん心を動かされていた。つまり、この歌は階上の部屋で、二倍の効果を発揮したのである。「でも、これは役者として歌っていて、音楽家としてではないわね」

「人生って、とても悲しい」絵描きの妻は言った。「指のあいだから、するすると消えていってしまう」

「わたしはそんなふうに思ったことはないわ」エルヴィラは答えた。「人生って、すばらしいところだけが続いて、しかも、それが日ごと大きくなっていくと思ってるわ」

「わたしはどうすればいいか、正直なところを助言してくれませんか」

「正直に言えば、わたしなら夫を好きなようにさせておくわね。あなたのご主人がとても愛情深い絵描きさんなのはまちがいないわ。事務員になったとして、そのあとのことはまだ誰にもわからない。でもね、これから父親になることだけを考えても、今は彼を輝かせておいてあげるほうがいいわ」

「あの人、とてもすてきな人なんです」絵描きの妻は言った。

みなで仲良く歌ったり、あれこれ楽しんだりするうちに夜が明けた。陽が昇り、なお穏やかに晴れ渡っていた空のもとで、彼らは互いの幸福を心から祈り、戸口で別れた。カステル＝ル＝ガシの町では、黄金に輝く東の空を背景に煙が立ちのぼり始めていた。教会の鐘が六時を打った。

「わたしのギターは神の遣いなのさ」宿までの近道をエルヴィラとともにたどりながら、レオンは言った。「警察署長の目をふたたび開かせたし、イギリスからの旅行者と出会わせてくれたし、一組の夫婦を仲直りさせた」

一方で、スタッブズは朝に向かって歩を進めながら、自分なりにいろいろと思い返した。「あの二人、とんでもなく頭がおかしいぞ」心の中でつぶやいた。「とんでもなくおかしいっていうのに、すばらしく心優しいんだよなあ」

寓話

大下英津子訳

寓話その一　沈む船

「艦長」副長が艦長室に飛び込んできた。「この船が沈みかかっております」

「了解だ、スポーカー君」と艦長が言った。「しかしながら、ひげを剃りかけたまま、うろつくという法はなかろう。少しは頭を働かせたまえ。哲学的観点からすれば、我々の状況は目新しいものではない。本艦は（そもそも沈みつつあるとして）進水したときから沈み続けていると言えるのではないかな」

「猛烈な速度で沈んでおります」と副長が言った。ひげを剃り終えて戻ってきたのだ。

「猛烈な速度で？」と艦長が応じた。「何とも不可思議な表現ではないか。時間は（考えてみれば）相対的な存在でしかないのに」

「艦長、我々が海の藻屑になろうかというときに、このような議論に終始するのは、ほとんど価値がないのではないかと愚考いたします」

艦長は穏やかに返事をした。「類推するに、重要な問いかけはいつも価値がない。議論に決着がつく前に、我々が間違いなく死ぬ確率が圧倒的に高いのだから。君は人間が置かれている状況を考えておらん」そう言って艦長は苦笑し、かぶりを振った。

「私はこの船が置かれている状況を考えることのほうに専心しております」とスポーカー氏。

「一人前の士官のような口ぶりだ」艦長は副長の肩に手を置いた。

二人が甲板に出ると、乗組員たちが酒庫に入り込み、たちまち泥酔状態になっているのが目に入った。

「諸君」艦長が言った。「そんなことをしても意味がないではないか。本艦はあと一〇分で沈むから、と諸君は言うのだろう。なるほど、だがそれがどうした？ 哲学的観点からすれば、我々の状況は目新しいものではない。生きているうちに血管が切れるかもしれないし、雷に見舞われるかもしれない。それも一〇分後どころか、一〇秒もしないうちに。だからといって、我々は夕食をとることも、銀行に金を預けることもやめはしない。まったく、諸君の態度は理解に苦しむ」

乗組員たちはすっかり酩酊していて、艦長の言うことなど聞く耳をもたなかった。

「正視に耐えない光景ではないかね、スポーカー君」

「とはいえ、哲学的観点からすれば、何であれ、彼らは乗船してからずっと酔っ払っていたと言えるでしょう」

「私の言ったことを、いつも呑み込んでいるとは限らないようだな」と艦長がやんわりと返した。

「とにかく先に進もう」

火薬庫ではベテラン乗組員がパイプを吸っていた。

艦長は驚いた。「いったい何をしているのか」

ベテラン乗組員はきまり悪そうに「いや、あいつらがこの船はもうすぐ沈むって言うもんで」

「だとしたら、どうだと言うのだ。哲学的観点からすれば、我々の状況は目新しいものではない。人生は、いつも、どんな観点からでも、沈む船くらい危険なものだ。しかるに、傘を携帯したり、ゴムのレインシューズを履いたり、畢生の大作に着手したり、何かにつけて不死の魂を授かったかのようにふるまったりするのが、立派な流儀になっているではないか。あえて言わせてもらえば、沈みゆく船の上で、どうせもうすぐ沈むからと、常用薬を飲まなかったり、時計のねじを巻かなかったりする人間を、私は軽蔑する。それは人間の態度ではなかろう」

スポーカー氏が言った。「お言葉ですが、沈みかけている船でひげを剃ることと火薬庫で喫煙することの違いは、厳密には何なのですか」

「もしくは想像し得るすべての状況で、何らかの行動を起こすことの違いかね」艦長が大声を出した。「決まっているではないか。シガーをくれたまえ！」

二分後、船は豪快に爆発して木っ端微塵となった。

寓話その二　二本のマッチ

　ある日、カリフォルニアの森に一人の旅人がいた。乾季で貿易風が強く吹いていた。旅人は長い道のりをやって来て、くたびれきって空腹だったので、馬から降りてパイプで一服することにした。ところが、ポケットを探ってみるとマッチが二本しかない。最初の一本を擦ったが、火はつかなかった。「こりゃまずい。一服したくてたまらないのに、マッチはあと一本。この一本だって火がつかないに違いない！　こんな運の悪い人間がいるだろうか。よしんば、この最後の一本に火がついて、パイプを吸えたところで、灰を草むらに捨てたら、草むらが燃えてしまうかもしれない。火口《ほくち》みたいに乾燥しているんだから。私が目の前の火を消しているあいだに、火の手が広がって後ろに回り、向こうのうるしの木立に移ってしまう。私が到着する前に、木立は炎に呑み込まれてしまうだろう。うるしの木立の向こうに、苔が生えた松の木が見える。あの木にもすぐに火が移って、てっぺんまで燃えてしまうだろう。炎に包まれた松の木が大きな松明《たいまつ》になって、そこに貿易風が吹いてその松明を捉えて振りかざし、燃えやすくなった森は、一面火の海になることだろう。またたく間に風と炎がともに唸り声をあげ、谷が叫ぶのが聞こえる。私は命からがら馬に乗って逃げるが、そこを炎が飛ぶように追いかけてきて、丘を抜けて私を包囲する。この心地よい森が何日間も燃え続け、牛が火あぶりになり、泉が枯れ、農民が破滅し、その子どもたちが世の中に放り出される。世界の運命は、今、この瞬間にかかっている！」
　そして旅人は最後の一本を擦った。火はつかなかった。
「よかった！」旅人はパイプをポケットにしまった。

寓話その三　病人と消防士

昔、燃えている家に病人が残された。そこに消防士が入ってきた。

「私を助けてくれるな」と病人が言った。「代わりに頑健な者を助けてやってくれ」

「理由を説明してくださいますか」と消防士が尋ねた。礼儀正しい男だったのだ。

「これ以上公平な理由はあるまい。頑健な者はいつでも優先されるべきだ。世の中の役に立つのだから」

消防士はしばし考えた。自分なりの哲学がある男だったのだ。「なるほど」とようやく言ったら、屋根の一部が崩れ落ちた。「ただ、会話の流れで伺いますが、頑健な者の正しい務めには何がありますか？」

「これ以上簡単な答えはあるまい。頑健な者の正しい務めは弱者を助けることだ」

再び消防士は思案した。この立派な相手には、どこも焦った様子が見られない。「あなたが病人なのは大目に見ますが」とようやく言ったら、今度は壁の一部が崩れ落ちた。「これほど愚かなのは容赦できません」消防士は自分の斧を振り上げた。彼は大いなる正義漢だった。そして一撃で老人をベッドに打ちつけた。

寓話その四　悪魔と宿屋の主《あるじ》

昔々、悪魔が宿屋に泊まっていた。そこでは悪魔のことを知っている者は誰もいなかった。その土地の住民は教育を受けていなかったのだ。悪魔は図に乗っていたずらし放題、そのせいで、しばらくは住民どうし、みな仲違いしていた。業を煮やした宿屋の主《あるじ》が悪魔に見張りをつけて、ついに捕まえた。

主《あるじ》がロープの端を持って言った。

「今からこれで貴様をぶつぞ」

「怒るなんて筋違いだ。悪魔たる者、悪さして当然だろ」

「そうか?」

「そうともさ」

「どうしても悪させずにはいられないって言うんだな」

「どうしてもさ。ロープでおいらみたいなのをぶつなんて、意味ないし残酷だよ」

「それもそうだな」と主《あるじ》は同意した。そして、ロープを輪縄にして悪魔を首から吊し上げた。

「一丁あがり!」

寓話その五　悔悟する者

ある男が、若者が泣いているところに出くわした。「どうして泣いているんだ」

「自らの罪に泣いているんです」

「よほど暇なんだな」

翌日、再び二人は出くわした。このときも若者は泣いていた。「今度はどうして泣いているんだ」

「食べるものがなくて泣いているんです」

「きっとそうなると思った」

寓話その六　黄色いペンキ

ある町に、黄色のペンキを売っている医者がいた。効き目はただ一つ、頭から爪先まで全身をそのペンキで塗りたくった者は、生命の危険から、罪悪の呪縛から、そして死の恐怖から、未来永劫解放される。医者はそう紹介していたし、その町の住民全員もそう言っていた。そしてみな、こぞって全身黄色に塗りたくり、周囲が全身黄色に塗りたくったのを見て喜んでいた。その町に、いい家柄の出なのに、やや無鉄砲な暮らしを送っている若者がいた。彼は一人前の大人になっていたが、ペンキなんか知るかという態度だった。「明日で十分間に合う」というのが彼の言い分だった。その明日になると、また一日先延ばしにする。おそらく、死ぬまでそうするつもりだったのだろう。ところが、彼には同じ年頃で似たような暮らしぶりの友人がいた。この友人が黄色いペンキを体にまったく塗らずに通りを歩いていたら、突然、給水車に轢かれ、なす術《すべ》もなく命を落とした。この悲報を知り、若者は心の底から震えあがった。体にペンキを塗ってほしいとこれほど切望する人間を、私は見たことがない。当日の晩、この若者は家族全員の前で、ふさわしい音楽を流し、涙も大いに流し、体に黄色いペンキを三度塗ってもらい、ニスで仕上げてもらった。例の医者は（彼自身も心を動かされて涙を流した）これほど完璧な仕事をしたことはない、と言い切った。

二ヵ月後、若者が担架で医者の家に運び込まれた。

「いったい、これはどういうことですか」ドアが開くなり、若者が大声で言った。「どんな生命の危険からも解放されるはずだったのに、あの給水車に轢かれて足の骨を折りました」

「おやおや、それは気の毒に。私のペンキの効能を説明しておかねばなるまい。骨折で済んだのは不幸中の幸いだ。骨折は私のペンキが効かない不慮の事故の部類になる。罪悪こそ、賢者が心配すべき唯一の惨禍だ。私が君にペンキを塗ったのは、君が罪悪を犯さないようにするためだ。もし罪悪の誘惑に駆られたら、ペンキの効き目について知らせてくれたまえ」

「なるほど！　それは知らなかった。がっかりだな。でも、きっとすべてうまくいくんでしょう。ところで、僕の足を治療してくださいませんか」

「それは私の仕事ではない。しかし、君を運んでくれた人たちに、そこの角の外科医まで連れていってもらったら、その外科医が治療してくれるだろう」

三年後、若者が慌てふためいて医者の家に駆け込んできた。「いったい、これはどういうことですか。罪悪の呪縛から自由になれるはずだったのに、偽造、放火、殺人を犯してきたばかりです」

「おやおや、それは深刻だ。すぐに服を脱ぎたまえ」若者が服を全部脱ぐと、医者は若者の頭のてっぺんから爪先まで確かめた。「ペンキは一片たりとも剝げ落ちておらん。元気を出したまえ。君のペンキは塗りたて同様だ」

「何ですって！　じゃあペンキはいったい何の役に立つんです」

「さては、私のペンキの効能の性質を説明しておかねばなるまい。これは厳密には罪悪を防ぐものではなく、その悲惨な結末を和らげるためのものだ。現世のためというよりは来世のためだ。生に対してではない。端的に言えば、私が君にペンキを塗ったのは、死に備えてなのだ。君が死ぬときが来たら、ペンキの効き目について知らせてくれたまえ」

「なるほど！　それは知らなかった。がっかりだな。でも、きっとすべてうまくいくんでしょう。ところで、僕が無辜の市民になした悪行を、なかったことにしてくださいませんか」

「それは私の仕事ではない。しかし、角を曲がったところにある警察に出頭して自首すれば、心が軽くなるだろう」

六週間後、医者は町の監獄から呼び出された。

「いったい、これはどういうことですか。僕は文字通り先生のペンキで覆われている。それなのに、足の骨は折るわ、ありとあらゆる犯罪をしでかすわで、明日絞首刑になります。怖さのあまり、この怖さを表現する言葉すらありません」

「おやおや、それは驚いた。とはいえ、もしペンキが塗られていなかったら、君はもっと恐怖に怯えていただろう」

寓話その七　老い《エルド》の家

言葉が話せるようになるとすぐに、子どもは片足に枷がはめられた。男の子も女の子も、遊ぶときに囚人のように足を引きずっていた。幼い子どものそんな姿を見るのは忍びないし、彼らがこの状態を我慢するのが辛いのは当然だ。さらに大人も、足がたいそう不便というだけでなく、枷のせいで、よく傷ができて苦しんでいた。

ジャックが一〇歳の頃、大勢の見知らぬ旅人がその国を通過するようになった。見ていると、長い道のりを往く足どりはどれも軽やかだ。ジャックは驚いた。「何故だろう。あの旅人たちはみな軽やかに歩いているのに、僕らは枷をはめられて足を引きずらなければならないなんて」

すると、教理問答の教師であるおじがこう言った。「枷に文句を言うでない。枷あればこそ、人は生きるに値するのだから。我々のように枷をしていない者は、誰も幸福でないし、善良でないし、尊敬されていない。それに、これだけは言っておくが、こういう話をするのは極めて危険だ。足にはまっている鉄具の不平不満を口にすると、幸運は巡ってこない。それを外せば即座に雷に打たれる」

「それじゃ、あの見知らぬ旅人たちに雷は落ちないの」とジャックが聞いた。

「天候の神ジュピターは、無知蒙昧の輩を耐え忍んでいらっしゃるのだ」とおじ。

「それなら、僕も幸運じゃないほうがよかった。無知なら自由になれるんだもの。この鉄具は何かと不便だし、傷は痛いし」

「これ、野蛮人を羨ましがってはいかん！　連中も哀れな運命だ。気の毒に、枷をはめられる喜びを知ってさえいれば。同情するよ。実のところ、連中は不道徳で、不快で、傲慢で、性質《たち》が悪く、鼻持ちならない輩だ。真の人間ではない。枷のない人間なんて。けっして連中に触ったり話しかけたりしてはならん」

　このやりとりのあと、ジャックは枷をはめていない人間の脇を通り過ぎるときには、必ずその人間に唾を吐き、悪態をつくようになった。これは当時、そこで暮らしていた子どもたちの常だった。

　一五歳のある日のこと、ジャックは森に入っていったものの、足の傷が痛くなった。好天で青空が広がり、鳥はみな歌を歌っていたが、ジャックは足の手当てをしていた。すると、別の歌が聞こえてきた。歌っているのは人間のようだが、ずいぶんと陽気だ。同時に、地面を打ちつける音がした。ジャックが木の葉をかき分けていくと、木々に囲まれた谷間で、同じ村の少年が一人で飛び跳ねて踊って歌っていた。傍らの草の上には、鉄の枷が置いてある。

　ジャックは仰天した。「おい！　枷を外しているじゃないか！」

「頼むから、お前のおじさんには黙っててくれ！」と少年が言った。

「おじさんのことが怖いんなら、雷は怖くないのか」

「そんなの迷信に決まってるだろ。聞かされるのは子どもだけ。僕たちみんな、夜になると森に来て踊ってるけど平気さ」

　これを聞いて、ジャックの心に新たな思いがあれやこれやと湧いてきた。彼は真面目な子どもだった。踊るなんて考えたこともなかった。男らしく枷をはめ、文句も言わず傷の手当てをした。だが、騙されたり、他人が騙されたりするのを見るのは好きではなかった。やがて彼は、日暮れ時に通りの目立たない場所に隠れて、野蛮な旅人たちを待ち構えるようになった。そうすれば姿を見られずに話ができる。旅人たちは道端で質問を投げかけてくる人間を大いに気に入り、重大なことをあれこれ教えてくれた。枷の着用は(旅人たちによれば)ジュピターの命令でもなんでもなく、老い《エルド》の森に住む白い顔の魔法使いの計略だ。魔法使いは、ギリシア神話の海神グラウコスのように、自由自在に姿かたちを変えることができるが、いつも見破られる。通り過ぎるときに、七面鳥のような声を出すからだ。魔法使いには三つの命がある。ただし、三つめの命が尽きるときがほんとうの最期だ。それとともに彼の魔法の家は消滅し、村人の枷は外れ、彼らは手を取りあって、子どものように踊る。

「では、あなたの国では?」とジャックが尋ねた。

それを聞かれると、旅人たちは例外なく話をはぐらかした。次第にジャックは、完全に幸せな土地など存在しないのだと考えるようになった。もしあるとすれば、住民がよその土地に行かないようなところに違いない。それは当然だ。

だが、枷のことは彼に重くのしかかった。子どもが足をひきずっている姿が目に焼きついて離れない。傷の手当てをするときのうめき声が耳にこびりついて離れない。そしてついに、このような人たちを解放するために自分は生まれてきたのだ、とジャックは思うに至った。

村には見事な模造の剣があった。鍛冶の神ウルカヌスの鉄床《かなとこ》で鍛造されたものだ。神殿以外で使われたことはなく、使われるのも平らな部分だけだった。教理問答の教師であるおじの家の煙突のそばの釘にかかっていた。ある晩早くに、ジャックは立ち上がり、剣を手に家を出て、村を抜けて、闇の中に入っていった。

彼は一晩中、闇雲に歩いた。太陽が昇ると、見知らぬ人々が畑に向かっていた。ジャックは老い《エルド》の森と魔法使いの家について尋ねた。ある者は北にあると言い、別の者は南にあると言った。そのうち、ジャックは彼らに騙されているのだと気づいた。それからは、道を聞くときに必ず輝く剣を抜いた。すると、相手の足の枷がじゃらじゃらと音を立てて、代わりに口を利いた。答えは「直進せよ」だった。だが、自分の枷が口を利くと、男はジャックに唾を吐いて殴り、ジャックが立ち去ろうとすると、石を投げつけた。ジャックは頭に怪我を負った。

ジャックは老い《エルド》の森にたどり着き、足を踏み入れた。低地に一軒の家が建っていた。低地では、きのこが育ち、木々が鬱蒼と茂り、沼から水蒸気が煙のように立ちのぼっていた。家は立派で、思い思いの方向に広がっていた。ある部分はひどく古びているかと思えば、別の部分はつい昨日できたばかりのようで、どれ一つとして完成していなかった。どの部分も端が開《ひら》いたままの状態になっていたので、どこからでも入れた。だが、手入れがゆき届いていて、すべての煙突から煙が出ていた。

ジャックは切妻部分から中に入った。部屋がいくつもあるが、どれもがらんとしていた。とはいえ、どの部屋も多少は家具が備わっていて、住めるようにはなっていた。それぞれの部屋の暖炉で火が燃えているので、暖をとることができた。テーブルもあって、そこで食事ができるようになっていた。ところが人っ子一人いない。あるのは詰め物がされた動物の剝製だけだ。

「ずいぶん手厚いもてなしだな。だけど下の地面はぬかるんでいるに違いない。一歩踏み出すごとに床がきしむ」

家の中でしばらく過ごしていたら、腹が減ってきた。食べ物に目をやったが、最初のうちは怖かった。とはいえ、剣を抜き、その光で食べ物を照らすと、問題なさそうに見えた。彼は腰を下ろし、食べようと腹を決めた。心も体も元気を取り戻した。

「魔法使いの家で食べ物が心配ないなんて、変な話だな」

ジャックが食べていると、そこにおじが入ってきた。剣を持ってきてしまったので、ジャックはびくびくしていた。ところが、おじはこれ以上ないほど優しく、一緒に座って食事をし、彼が剣を持ってきたことを褒めた。二人で一緒にいてこれほど楽しかったことはなく、ジャックの心はおじに対する温かな愛情でいっぱいだった。

「剣を携えて老い《エルド》の家にやって来たとは上出来だ」とおじが言った。「よい考えであり、勇敢な行いだ。さて、おまえも満足しただろう。一緒に家に帰って夕食にしよう」

「いや、まだ満足していません」

「なんと！　この火で体が温まらなかったのか。この食べ物では栄養が足らなかったのか」

「食べ物は問題ありませんでした。だけど、人間が右足に枷をしなければならない証がまだ見つかりません」

これを聞いて、おじの幻が七面鳥のような鳴き声を立てた。

「わっ！　さてはこれが魔法使い《ジュピター》か」とジャックが叫んだ。

おじに対する愛情が邪魔をして、ジャックの手は止まり、心は萎縮した。それでも、彼は剣を振りかざし、おじの幻の頭を斬りつけた。幻はおじの声で叫び、床に倒れた。すると、血の気のない小さな白いものが部屋から飛び去った。

その叫び声はジャックの耳の中で鳴り響き、彼の膝はがくがくと震え、良心が咎《とが》めてしかたなかった。けれど、力がみなぎり、魔法使いにとどめを刺すのだという決意がふつふつと湧いてきた。「枷を外すための通過儀礼だ。家に戻れば、きっとおじさんは踊っている」

ジャックは血の気のないものを追いかけた。途中で父親の幻に出くわした。幻は激怒しており、ジャックを罵《ののし》って、務めを果たすよう叱責し、家に戻れと命じた。まだ家に戻る時間はあった。「今なら日が暮れるまでに家に着けるだろう。そうしたら、すべて許してやる」

「父さんに怒られるのは嫌です。だけど、父さんが怒ったところで、人間が右足に枷をしないといけない証にはなりません」

これを聞いて、父親の幻が七面鳥のような鳴き声を立てた。

「なんてこった！　また魔法使いだ！」とジャックが叫んだ。

父親に対する愛情が邪魔をして、体の血が逆流し、関節は言うことを聞かなかった。だが、彼は剣を振りかざし、父親の幻の心臓に突き刺した。幻は父親の声で叫び、床に倒れた。すると、血の気のない小さな白いものが部屋から飛び去った。

その叫び声はジャックの耳の中で鳴り響き、彼の心はすっかり暗くなった。だが怒りがこみ上げてきた。「考えるのもおぞましいことをしてしまった。決着をつけるか、さもなくば自分が死ぬかだ。家に戻ったら、どうかこれが夢で、父さんが踊っていますように」

ジャックは逃げていった血の気のないものを追いかけた。途中で母親の幻に遭遇した。幻は泣いていた。「なんてことをしてくれたの。あんたの仕打ちがこのざま？　これ以上、私と私の大切な人たちを傷つける前に、家に戻っておいで（寝る時間には間に合うから）。おじさんと父さんを殺せば十分でしょう」

「母さん、僕が殺したのはおじさんと父さんじゃない。二人の姿をした魔法使いに過ぎません。それに、もし二人を殺したとしても、人間が右足に枷をしないといけない証にはなりません」

　これを聞いて、母親の幻が七面鳥のような鳴き声を立てた。

我知らず、ジャックは大きく片側に剣を振りかざし、母親の幻の胴体を切り裂いた。その幻は母親の声で叫び、床に倒れた。すると、彼がいた家が消え、彼は森に一人きりだった。枷も足から外れていた。

「やれやれ、魔法使いは死に、枷は外れた」とジャックは独りごちた。だが、耳にした叫び声が心の中でこだましていた。その日は、まるで夜のようだった。「まったく厭な仕事だった。森を出て、ほかの人のために僕がどんないいことをしたか、見てみよう」

　彼は枷を落ちた場所に置いていくつもりだったが、気が変わった。かがんで胸のところにその枷をつけた。歩くたびに鉄のざらざらした表面がこすれ、胸が出血した。

　森を抜けて大通りに出ると、ジャックは畑から戻ってくる人たちに遭遇した。出会った人たちは、誰一人右足に枷をつけていなかったが、なんと左足に枷をつけていた。ジャックはその枷は何の印なのか、彼らに聞いた。「新しい着用具です。古いのは迷信だとわかったので」という返事だった。ジャックが間近で見ると、彼らは左のくるぶしに新たに傷をつくっているばかりか、右のくるぶしの傷もまだ癒えていなかった。

「神さま、どうぞお許しください！　とうに家に着いていないといけない時間だ」とジャックは祈った。

　家に戻ると、おじが頭を断られて、父親が心臓を貫かれて、母親が胴体を切り裂かれて倒れていた。ジャックはたった一人になった家にへたり込み、死体の脇でさめざめと泣いた。

教訓

木は古く、果実はうまい
森は実に古く、鬱蒼としている
木こりよ、度胸は据わっているか
気をつけよ！　根は巻きついている
母の心臓、父の骨に
そしてマンドレイクのように、引き抜くとうめき声をあげる

（マンドレイクは根と茎の奇怪な形状から、人間のような動きをし、引き抜くと叫び声をあげるという伝説がある）

寓話その八　四人の改革者

四人の改革者が木苺の茂みに集まった。世界は変わらねばならないと、全員の意見が一致した。一人目が「私有財産を根絶しよう」とぶちあげた。

「結婚制度を根絶しよう」と二人目。

「神を根絶しよう」と三人目。

「労働を根絶できたらなあ」と四人目。

「現実の政治から逸れないようにしよう」と一人目が言った。「まずは人間を並の水準にすることだ」

「まずは、両性に自由を与えることだ」と二人目。

「まずは、その実現方法を見出すことだ」と三人目。

「そのためにはまず、聖書を根絶することだ」と一人目。

「まずは、法律を根絶することだ」と二人目。

「まずは、人類を根絶することだ」と三人目が締めた。

寓話その九　男とその友人

男が友人と口論になった。

「お前にはすっかり騙されていた」と男が言った。友人は男にしかめ面をして立ち去った。

しばらくして二人とも死に、天界の治安判事の前に並んだ。友人のほうは幸先悪くなりそうだったが、男はあっけらかんとしていて意気軒昂だった。

「ここに口論したという記録があるが」と治安判事が手元の記録を見ながら問うた。「悪いのはどちらか」

「こいつです」と男が答えた。「陰で私の悪口を言っていたんです」

「そうか。それでは、こやつは汝の近隣住人のことはどう言っていたのか」

「それはもう、悪口ばかりで」

「その上で、汝はこやつを友としたのか。我々は愚か者に用はない」

男は地獄に放り込まれた。友人は暗闇で呵々大笑し、別の罪で裁かれるために残った。

寓話その一〇　本を読む人

「こんな不信心な本は読んだことがない」そう言って、男は読んでいた本を床に投げつけた。

「私を傷つけなくてもいいだろう」と本が文句を言った。「古本で売るときに値が下がる。それに私が書いたんじゃない」

「たしかに。用があるのは君の作者だ」

「そうさ。彼の大ぼらを真に受けなくてもいい」

「たしかに。だが、彼は明朗な作家だと思っていた」

「私はそうだと思っている」

「君はきっと私とはつくりが違うんだな」

「ひとつ、たとえ話をしよう」と本が言った。「無人島に漂着した男が二人いました。一人は、そこが家だと信じるふりをしていました。もう一人は、実はそこが――」

「その類いの話なら知っている」と本を読む人が言った。「二人とも死んだんだろう」

「そう。間違いなく。そしてほかのみんなも」

「たしかに。今回はその先に話を進めよう。そして全員死んだら？」

「いつも通り、神の御許《みもと》に行きましたとさ」

「それじゃ大して威張れるもんでもないな」と本を読む人が言った。

「不信心はどっちだよ」

　本を読む人は本を火にくべた。

　臆病者は笞を避けて身をかがめ
　厳しき顔の神を厭う

寓話その一一　市民と旅人

「見回してみてください」と市民が言った。「ここが世界最大の市場《いちば》です」

「いや、それは違いますね」と旅人が応じた。

「まあ、世界最大ではないかもしれませんが、最高の市場《いちば》です」と市民が言った。

「そこが間違っているんです」と旅人が言った。「私がお教えしましょう……」

人々は、黄昏時にその旅人を地中に埋めた。

寓話その一二　立派な訪問者

昔々、近くの惑星からこの地球に訪問者があった。彼が地球に降り立つと、偉大な哲学者が出迎えた。この哲学者が、ほうぼう案内することになっていた。

最初に二人は森を通った。訪問者は木々を見上げた。「ここにいるのは誰ですか」

「ただの植物です」と哲学者が答えた。「生きてはいますが、まるで面白くありません」

「そうでしょうか。ずいぶん行儀がいいようですね。言葉を発することはないのですか」

「その才に欠けていまして」

「私には彼らの歌声が聞こえる気がします」

「風で葉がこすれているだけです。風の原理を説明しましょう。実に面白いですよ」

「彼らが何を考えているかわかればなあ」

「考えることなどできません」

「そうでしょうか」訪問者はそう言い、幹に手を当てた。「私はこの人たちが好きです」

「これは人なんかじゃありませんよ」と哲学者が言った。「さあ、行きましょう」

次に二人は草地を通った。そこに牛がいた。

「これはまた、ずいぶんと汚れた人たちですね」

「これは人なんかじゃありません」と哲学者が否定し、牛とは何かを専門用語を使って説明したが、その内容を私は失念した。

「私には同じことです。それにしても、どうして彼らは顔を上げないんですか」

「草食だからです。草を食べて暮らしていますが、草にはそんなに栄養もないし、食べるときは集中しないといけないので。考える暇も、話す暇も、景色を眺める暇も、体をきれいにする暇もないんです」

「まあ、それも一つの生き方でしょう。けれど、私は緑色の頭の人たちのほうが好きです」

二人は町にやって来た。通りは大勢の男女で溢れていた。

「ずいぶんと奇妙な人たちですね」

「彼らこそが、世界で最も素晴らしい国の民です」

「彼らが？　とてもそうは見えませんね」

寓話その一三　馬車馬と乗用馬

去勢された雄と雌の二頭の馬車馬が、サモア島に連れてこられた。そこで乗用馬と同じ野原に放たれ、自由に走り回っていた。二頭は乗用馬を怖れて近寄らなかった。なんといっても、相手は乗用馬だ。口も利いてくれないに違いない。いっぽう、乗用馬もこの二頭くらい大きな生き物を見たのは初めてだった。乗用馬は「どちらもさぞかし立派な長《おさ》に違いない」と考え、礼儀正しく近寄っていった。

「紳士淑女のお二方、植民地からいらしたと拝察します。心から歓迎いたします。ようこそいらっしゃいました」

植民地から来た二頭は、乗用馬に疑り深い眼差しを向け、相談を始めた。

「いったい、何者だろう」と雄が聞いた。

「いやに礼儀正しいわよね」と雌。

「大した相手じゃなさそうだ」

「どうせ土着の馬よ」

二頭は乗用馬のほうを向いた。

「失せろ！」と雄が言った。

「私たちのような立場の馬に話しかけるなんて、ずいぶん厚かましいこと！」と雌。

乗用馬はその場から退いた。「思った通りだ。あのお二方は立派な長《おさ》だ」

寓話その一四　おたまじゃくしと蛙

「恥を知れ！」と蛙が息巻いた。「私がおたまじゃくしだったときは、尻尾なんかなかった」

「やっぱり！」とおたまじゃくしが言い返した。「君がおたまじゃくしだったことなんか、一度もないんだ」

寓話その一五　くだらなくない話

原住民は彼にいろいろな話をした。とくに、黒い組紐で縛ってある黄色い葦の家には気をつけるようにと忠告した。それに触った者は一人残らず、すぐさまアカアンガ（ポリネシア南部の伝説に登場する悪魔）の餌食となる。赤ら顔のミル（ポリネシアの伝説の冥界の女神）の手でアカアンガに引き渡されると、死者のカヴァ酒を飲まされて、かまどに入れて焼かれ、死者を喰らう者どもに供されるのだ。

「くだらん」と伝道師は一笑に付した。

その島には入り江があった。実に美しい入り江だ。ところが原住民によれば、そこで泳ぐと命を奪われる。「くだらん」と伝道師は言い、入り江に泳ぎに行った。すると渦に体をさらわれ、暗礁の方向へ流された。「どうやら、くだらなくないらしい」と伝道師は思い、必死で泳いだが、逆に渦にますます体を運ばれてしまう。「こんな渦ごときに」と伝道師は抗った。そうこうしているうちに、材料を重ねてつくった海上の家に気づいた。材料は黄色い葦で、一本ずつつながっている。全体は黒い組紐でくくられていた。入り口へは梯子を登っていくようになっていて、家の周りにひょうたんがぶら下がっている。伝道師はそれまで、そんな家も、そんなひょうたんも見たことがなかった。渦は梯子へと向かってゆく。「これは奇天烈な」と伝道師は言った。「しかし、どうせくだらないに違いない」彼は梯子をつかんで登った。立派な家だった。だが誰もいない。伝道師が振り返ると、島は消えていた。あるのはうねりを上げる海ばかりだ。「妙だな」と伝道師は言った。「だが、誰が恐れるものか。私の物語こそが真実だ」伝道師は、ひょうたんに触れた。珍しいものが大好きだったのだ。ところが、ひょうたんに手を触れると、彼が手にしたもの、彼が目にしたもの、彼の足元にあったものが泡のように弾けて消え去った。そして夜の帳が、海が、網が彼を絡めとった。彼は魚のように、のたうち回った。

「こうなると、くだらなくなかったのではないか、と思えてくる。だが、もしこれらの物語が真実なら、私の物語はどうなんだ！」

そこに、アカアンガの松明《たいまつ》の光が、闇の中から近づいてきた。歪んだ形状の二本の手が、網の中をまさぐり、人差し指と親指で伝道師を持ち上げると、闇と沈黙に包まれ、水を滴らせている彼を無言でミルのかまどに運んだ。ミルはかまどの炎の光であかあかと輝いていた。その脇では、ミルの四人の娘たちが死者のカヴァ酒をつくっている。生者の島からやって来た者も座っており、水を滴らせ、嘆いていた。

ここに来てしまったのは、人間なら誰しも悪夢でしかない。なかでも伝道師が最も気がかりな様子だった。さらにまずいことに、隣にいるのは彼が改宗させた人間だった。

「おや」と改宗者が話しかけてきた。「みんなのように、あなたもここへ？　あなたの一連の物語はいったいどうなったんですか」

伝道師はわっと泣き出した。「どうやら私の物語はどれもくだらなかったようだ」

このとき、死者のカヴァ酒の用意が整い、ミルの娘たちが古風な流儀で吟唱を始めた。「なくなったもの、それは緑の島と輝く海、太陽と月と四〇〇〇万もの星、命と愛と希望。これからは、闇の中で座って、友が貪り食われるのを眺めているだけ。人生は偽りで、目隠しは外されたのだから」

吟唱を終えると、娘の一人がボウルを手に近づいてきた。あのカヴァ酒を飲みたいという切実な欲望が、伝道師に湧いてきた。陸を目指す泳者、花嫁を求める花婿のように、カヴァ酒が欲しかった。手を伸ばし、ボウルを取り、いざ飲もうとしたが、すんでのところで思いとどまり、元に戻した。

「お飲みなさい！」とミルの娘は歌った。「死者のカヴァ酒に勝るカヴァ酒はありません。一気に飲み干すのが生者の褒美です」

「ありがとうございます。実に芳《かぐわ》しい」と伝道師が言った。「ですが、私は酒を飲みません。聖職者のあいだで意見の相違があるのは承知していますが、私は酒を飲まないで、今まできました」

「なんと！」と改宗者が驚いた。「この期に及んで、まだタブーを守ろうと言うのですか。生前は、ご自身がタブーにいつも大反対していたではありませんか！」

「それは他人のタブーにであって、自分のタブーにではない」と伝道師が答えた。

「でも、あなたのタブーはすべて間違っていましたよね」と改宗者が言った。

「そのようだ」と伝道師は認めた。「しかたあるまい。自分の誓いを破る理由もない」

「こんなの聞いたこともないわ！」とミルの娘が言った。「あなたの狙いは何？」

「問題はそこじゃない。他者のためにこの誓いを立てたんです。自分のために、この誓いを破るつもりはありません」

ミルの娘は困惑した。母親に話したが、母親もお手上げだった。母娘はアカアンガに相談した。

「私もお手上げだ」とアカアンガも言った。彼は伝道師のところに行って諭した。

「そうは言っても、ものごとには善悪があります」と伝道師は言った。「これぱかりは、あなたのかまでをもってしても変えることはできません」

「カヴァを他の者に与えるんだ」とアカアンガはミルの娘に命じた。「私は屁理屈をこねるこいつを追い払う。さもないと、とんでもないことになる」

次の瞬間、伝道師は海にいた。彼の前には椰子が生い茂る島があった。彼は大喜びで泳いで海岸に戻った。心にはさまざまな思いが去来した。

「どうやら、いくつか誤った情報を与えられていたらしい。もしかしたら、最初に思っていた通り、大したことではなかったのかもしれない。だが、結局のところ、くだらなくはないのだ。それを喜ぶとしよう」

そして伝道師は礼拝を知らせる鐘を鳴らした。

教訓
枝は折れ、岩は砕け
永遠《とわ》の祭壇は傾き、崩れ
驚いている伝道師の周りで
道徳的な決まりごとと物語は霧のようにかすむ
彼は若くても歳をとっても、まったく動じない
小さなひとかけの真実を守っているから

寓話その一六　信心、半信心、無信心

昔々、男三人が巡礼の旅に出た。一人は司祭、一人は有徳の人、一人は斧を持った放浪者だ。

旅の途中で、司祭が信仰の根拠について話した。

「我々は、信仰の証拠を自然の営為に見出します」そう言って胸を叩いた。

「たしかに」と有徳の人が同意した。

「孔雀の鳴き声は耳障りです。我々の本には必ずそう書いてあります。なんと心強いことか！」と司祭が言った。まるで泣いているような声だった。「なんと慰められることか！」

「私はそんな証拠など要りません」と有徳の人が言った

「ということは、あなたには理性的な信仰がないのです」と司祭が応じた。

「正義は偉大で、最後に勝つ！」と有徳の人が大きな声で言った。「私の心の底には忠誠心があります。死神オーディンも、心の底には忠誠心がありますとも」

「そんなのは言葉を弄んでいるに過ぎません。そんなくだらない話など、いくら並べたところで孔雀と何の関係もありません」

ちょうどそのとき、彼らは田舎の農場を通りかかった。孔雀が柵の上で休んでいる。孔雀は口を開くと美しい声で歌った。

「あれを聴きましたかな」と有徳の人が問いかけた。「とはいえ、こんなことで私の心は揺らぎません！　真実は偉大で、最後に勝つ！」

「悪魔よ、孔雀もろとも飛び去れ！」司祭はそう言うと、しばらく俯《うつむ》いて歩いていた。

彼らは礼拝堂にやって来た。そこでは行者（イスラム教、ヒンドゥー教の修行者）が奇跡を披露していた。

「ほら！」と司祭が言った。「ここに信仰の真の根拠があります。孔雀はついでに過ぎない。これこそが、我々の信仰の基盤です」胸を叩き、差し込みで苦しんでいるような唸り声を出した。

「私にしてみれば、目的にとっては、どれもあの孔雀くらい、ささいなことです」と有徳の人が言った。「正義は偉大であり、最後に勝たねばならないと信じていますから。この行者は最後の審判の日まで手品を続けているでしょうが、私のような者は、これしきのことでは騙されません」

これを聞いた行者は激怒し、手がわなわなと震えた。するとどうだろう！　奇跡の真っ最中にカードが行者の袖から落ちた。

「あれを見ましたかな」と有徳の人が問いかけた。「とはいえ、こんなことで私の心は揺らぎません！」

「悪魔よ、行者もろとも飛び去れ！」と司祭が言った。「この巡礼の旅を続ける意義がわからなくなってきました」

「元気をお出しなさい！」と有徳の人が言った。「正義は偉大で、最後に勝つ！」

「それだけ自信があれば、そりゃ最後に勝つでしょう」と司祭が応じた。

「神賭けて誓いますとも」と有徳の人が言った。

司祭の気分もよくなり、巡礼の旅を再開した。

最後に、こちらに駆け寄ってきた者がいた。すべて失われたと伝えに来たのだ。闇の力が天を襲い、オーディンは死に瀕している。悪が勝ったのだ。

「すっかり騙された！」と有徳の人が嘆いた。

「何もかもなくなってしまいました」と司祭が言った。

「これから悪魔と仲直りしても、もう手遅れでしょうか」と有徳な人が言った。

「そうでないことを願います」と司祭が答えた。「いずれにせよ、やってみましょう。ところで、君はその斧でどうするつもりですか」司祭は放浪者に向かって尋ねた。

「オーディンとともに死出の旅に出ます」と放浪者が答えた。

寓話その一七　試金石

王は世の人気を得ていた。笑顔はスウィートクローバーのように甘いが、魂は豆粒のように小さかった。王には二人の息子がいた。王は、弟のことは気に入っているものの、兄のことは恐れていた。ある朝、まだ昼にもなっていないというのに、太鼓の音が城内に響いた。王は息子二人と一緒に馬に乗り、勇敢な兵士たちを背後に従えていた。馬に乗って二時間、勾配が険しい褐色の山の麓《ふもと》にやって来た。

「どこで馬を走らせるのですか」と兄が聞いた。

「この褐色の山を突っ切る」と王は言い、にんまりとした。

「父上はご自分の行動をご存知だ」と弟が言った。

彼らはさらに二時間馬に乗り、黒々と深い川の岸辺にやって来た。

「今度はどこで走らせるのですか」と兄が聞いた。

「この川を横断する」と王は言い、にんまりとした。

「父上はご自分の行動をご存知だ」と弟が言った。

彼らは、その日ずっと馬に乗っていた。日が沈む頃、湖のほとりにやって来た。大きな城がそびえていた。

「私たちはここで馬を走らせる」と王が言った。「向かう先は、王であり司祭である方の邸宅だ。お前たちは多くのことを学ぶだろう」

城の門では司祭たる王が出迎えた。真面目な人物で、脇には娘が控えていた。娘は暁のように美しく、微笑みを浮かべて目を伏せた。

「私の息子たちです」と最初の王が紹介した。

「私の娘です」と司祭でもある王が紹介した。

「素晴らしくお美しいお嬢さんですな。笑顔が気に入りました」

「素晴らしく立派な息子さんですな。真面目なご様子が気に入りました」

そう言って二人の父王は互いを見ると、口を揃えた。「あとは成りゆきに任せましょう」

息子たちは娘から目が離せなかった。片方の息子は真っ青に、もう片方の息子は真っ赤になって。娘は下を向いたまま、微笑みを絶やさない。

「この娘こそ私の結婚相手だ」と兄が宣言した。「彼女は私に微笑んでいると思う」

弟が王の袖を引っ張ってこう囁いた。「父上、お耳を拝借。私のことを気にかけてくださっているのなら、私はこの娘と結婚してもよろしいでしょうか。私に微笑んでいると思います」

「耳を貸しなさい」と父王が言った。「待つことこそよき狩りなり。口を噤《つぐ》んでいれば、舌はしかるべきところに収まる」

彼らは入城し、もてなしを受けた。城は素晴らしく、息子たちは度肝を抜かれた。司祭たる王が食卓の端に座り、沈黙を守っていたので、息子たちは畏敬の念に打たれた。娘は給仕しているときも笑みを浮かべ、俯《うつむ》いていたので、息子たちは期待に胸をふくらませた。

夜明け前に兄が目を覚ますと、娘は縫いものをしていた。勤勉だったのだ。彼は声をかけた。「お嬢さん、私は喜んであなたを妻に迎えましょう」

「まずは父に話していただきませんと」と娘が言った。相変わらず、顔を上げずに微笑んでいる姿は薔薇のようだった。

「彼女の心は私のものだ」兄はそう言うと、湖に行って歌った。

少しして弟が現れた。彼はこう話しかけた。「お嬢さん、お互いの父上が許してくだされば、私は喜んであなたを妻に迎えましょう」

「まずは父に話していただいたほうが」と娘が言った。相変わらず、顔を上げずに微笑んでいる姿は薔薇のようだった。

「親孝行な娘だ。きっと従順な妻になるだろう」と弟が思った。「さて、どうしようか」彼は、娘の父王が司祭なのを思い出し、寺院に行って、いたちと兎を捧げた。

ほどなく噂は広まった。二人の息子とその父王は、司祭たる王の前に呼ばれた。司祭たる王は玉座に収まっていた。

「私はほとんど身なりに構わない」と司祭たる王が口を開いた。「権力もどうでもいいと思っている。私たちはここで物質の陰になって生きているのに、本心ではそれを目にするのに辟易している。私たちはまるで乾きつつある服のように、風になびきながら、風に辟易している。私が唯一大切にしているもの、それは真実だ。私が何かと引き換えに娘を差し上げるとしたら、それは試金石だ。この石で照らせば、見せかけだけのものは消え、あるがままのものが現れ、そのほかはすべて無価値となる。そこでだ、若者たちよ、もし君たちが娘と結婚したいのであれば、旅に出て、その石を私に持ってきたまえ。それが娘を差し上げる対価だ」

「父上、お耳を拝借」と弟が父に囁いた。「そんな石がなくても、私たちはうまくいくと思うんですが」

「耳を貸しなさい」と父王が言った。「私も同じ考えだ。しかし、口を噤《つぐ》んでいれば、舌はしかるべきところに収まる」この王は司祭たる王に笑顔を向けた。

兄は立ち上がり、司祭たる王を父と呼んだ。「私はお嬢さんと結婚するしないにかかわらず、ご見識に敬意を表して、父上と呼ばせていただきます。今から馬に乗って、試金石を探しに世界に向かいます」そして暇《いとま》を告げ、世界に出発した。

「私も行こうと思います」と弟も言った。「お許しを頂ければ、ですが。私の心はお嬢さんのもとに向かっています」

「おまえは私と一緒に家に帰るのだ」と父王が言った。

こうして父と弟は馬で帰路についた。自分の城に着くと、父王は弟を宝庫に連れていった。「これが真実を示す試金石だ。ありのままの真実以外の真実はない。これを覗き込めば、ありのままのお前が見られる」

弟がそれを覗き込むと、自分の顔が見えた。髭のない若者の顔で、彼はいたく喜んだ。それは鏡だった。

「騒ぎ立てるほどの偉業でもないが、これであの娘と結婚できるなら不満はない。それにしても、馬に乗って世界に向かうとは、なんと愚かな兄上か。探していたものは、ずっとここにあったというのに！」

父と弟は再び司祭たる王の城に行き、鏡を見せた。司祭たる王が鏡を見ると、映し出されたのは自分自身だった。王のような自分、王の屋敷のような自邸、あらとあらゆるものが瓜二つであることが見てとれた。司祭たる王は大声をあげ、神を祝福した。「ついにわかった。ありのままの真実以外の真実はない。私はたしかに王だ。だが、自分の心のせいで疑いが生じたのだ」司祭たる王は寺院を壊し、新しく寺院を建てた。弟は娘と結婚した。

いっぽう、兄は世界に繰り出し、真実を映し出す試金石を探していた。宿に到着すると、試金石について耳にしたことがないか尋ねた。そのたびに聞かれた相手はこう答えた。「聞いたことがあるばかりではありません。全人類のうち、持っているのは私たちだけです。今も煙突の脇に掛けてあります」兄は喜び、一目見せてほしいと頼んだ。実際に見せてもらうと、あるときは鏡で、ものごとの表面を映していた。すると兄はこう言う。「これのはずがありません。見かけ以上のものがあるはずなのです」見せられたのが炭の束のこともあった。これは何も映さなかった。すると兄はこう言う。「これのはずがありません。少なくとも見かけくらいはあるはずです」見せられたのが試金石のこともあった。これは色あいが美しく、ぴかぴかに磨かれ、どの面も光を宿していた。兄は見つけるたびに、それをもらえないか頼んだ。頼まれた人々はみな気前がよかったので、彼にくれた。こうして、彼の旅の鞄は試金石でいっぱいになった。馬に乗るたびに、石どうしがぶつかり合って、カチンと鳴った。彼は道端に止まると、それらを取り出しては試していたので、しまいには彼の頭は風車の羽根のようにくるくると回った。

「いまいましいことだ！　赤い石も、青い石も、緑の石もある。私の目には、どれも素晴らしく見えるのに、互いに貶め合っている。いまいましい取引だ！　司祭であり、父上と呼んだ王のためでなければ、そして、その姿を見ると歌わずにはいられず、胸をふくらませずにはいられない、城に住むあの美しい娘のためでなければ、全部、塩の海にぶちまけて、屋敷に戻って、ほかの王と同じように王でいられるのに」

彼は山で雄鹿を見かけた狩人さながらだった。時は夜、火が熾《おこ》され、家に明かりがともった。だが、彼の心を占めていたのは、雄鹿を仕留めたいという一念だった。

長い年月を経て、兄は塩の海のほとりにたどり着いた。夜で、未開の地で、海のざわめきが大きく聞こえてきた。彼は一軒の家に気づいた。そこでは一人の男が、ろうそくの明かりを供に座っていた。炉火がなかったのだ。兄が近づくと、男は飲み水をくれた。パンがなかったのだ。男は話しかけられると、かぶりを振った。言葉をもたなかったのだ。

「真実を示す試金石をお持ちですか」と兄が聞いた。男はかぶりを振った。「それもそうですね。私が自分で袋いっぱいに持っているんだから!」そう言って兄は笑ったが、心は疲労困憊していた。

すると、つられて男も笑った。笑った勢いで、ろうそくが消えた。

「眠りなさい」と男が話した。「よくぞここまで来なさった。あなたの探求の旅は終わり、私のろうそくは消えた」

朝が来ると、男は兄の手に透明な小石を載せた。美しくもないし、色もない。兄は馬鹿にしたようにその小石を見て、かぶりを振った。そしてそこを立ち去った。大したものではないように思えたのだ。

その日は一日馬に乗っていた。彼の心は穏やかで、追求欲は収まっていた。「結局のところ、このちゃちな小石が試金石だったら」彼は馬から降りて、袋の中身を道端に空けた。試金石どうしを互いの光にさらすと、どれも色と輝きを失い、朝空の星のようにくすんだ。ところが、その小石の光にさらすと、どの試金石も美しさは損なわれなかった。そのうえ、その小石が最も輝いていた。兄は額を叩いた。「これが真実だったら？　つまり、どれも少しずつ真実を帯びているとしたら？」彼は小石を高々と掲げ、空にその光を向けた。すると彼の周りの空は、穴の中のように暗くなった。小石を丘に向けると、丘は寒々しく、ごつごつしていたが、表面を生き物が駆け回っていて、彼自身の生命も生き生きと弾んだ。小石を土埃に向けると、彼は土埃に喜びと恐怖の念を抱いて見つめた。そして小石を自分自身に向け、ひざまずいて祈った。

「神よ、感謝します。ついに試金石を見つけました。ようやく、王と、その姿を見ると歌い、胸をふくらませずにはいられない娘が住む城に向かうことができます」

兄が城に到着すると、門のそばで子どもたちが遊んでいた。そこは、かつて王が彼を出迎えてくれた場所だった。これが彼の喜びに水を差した。「ここは私の子どもたちが将来遊んでいるべき場所だ」と、内心思っていたからだ。大広間に入ると、弟が玉座に収まっており、傍らにはあの娘が控えていた。これを目にして、兄は怒りがこみ上げてきた。「そこに座っているべきは私で、娘は自分の脇に控えているべきだ」と、内心思っていたからだ。

「お前は誰だ」と弟が問うた。「なぜこの城にいる」

「私はお前の兄だ」と兄が答えた。「その娘と結婚するために参上した。真実を映す試金石を持ってきたぞ」

するとと弟が大声で笑った。「おやおや、私はその試金石を大昔に見つけ、娘と結婚したのだ。門のところで遊んでいたのは私たちの子どもだ」

これを聞いて兄の顔から血の気が引き、白みはじめた空のような顔色になった。「正々堂々と勝負してくれたことを祈るよ。どうやら私の命も尽きたようだ」

「正々堂々と？」と弟が言った。「気は確かか。よそをほっつき歩いていた兄上が、私の正義や父上の正義を疑うとは。私も父上もこの地に根を下ろし、この地では知られた存在だ」

「いや」と兄が返す。「お前はほかのものはすべて手に入れた。忍耐強さも。だが、言わせてもらえば、世界は試金石だらけで、どれが本物かは簡単には見分けられないように思える」

「私は自分の試金石に恥じるところなどない」と弟が応じた。「ほら、これを見るといい」

兄は鏡を見て、ただただ驚いた。すっかり年老いて、髪の毛は真っ白だった。彼は大広間に座り込み、声をあげて泣いた。

「これでおわかりか」と弟が言った。「ご自分がどれほど馬鹿げたことをしていたか。父上の宝庫に眠っているものを探しに世界中を駆けずり回り、犬に吠えられるような田舎者になって戻ってきたうえに、若い女性も子どもも一緒ではないとは。それに比べて、私は忠義を尽くし、賢明で、ここに王として鎮座して徳と喜びに満ちて、温かい家庭もあって幸せだ」

「ずいぶんむごい物言いだな」と兄が言った。彼は透明な小石を取り出し、その光を弟に向けた。すると弟が嘘をついているのがわかった。その魂は豆粒ほどに小さく、その心は蠍《さそり》のような恐怖でいっぱいで、胸に抱いている愛はなかった。兄は思わず声をあげ、次に娘に小石の光を向けた。するとなんたることか！　娘は女性の仮面をかぶっているに過ぎず、中身は死に絶えていた。時計が時を刻むように微笑んでいたが、何のために微笑んでいるのか、さっぱりわかっていないらしい。

「やれやれ」兄はほっとした。「何ごとにもよい面と悪い面があるものだ。いざ、さらば。城で達者に暮らしてくれ。私はこの小石をポケットに入れて、世界に乗り出していく」

寓話その一八　気の毒なやつ

ある島に、腹いっぱい食べるために釣りをしている男がいた。彼は四枚の板で大海原に乗り出しては危険を冒していた。苦労は多かったが、根っから朗らかな男だった。水しぶきを浴びた彼が笑い声をあげているのを、かもめが聞いていていた。彼は学こそほとんどなかったが、誠実だった。海で魚がかかると、躊躇せず神に感謝した。とことん貧乏で、とことん醜く、妻もいなかった。

釣りの時間になり、男は昼間に家で目を覚ました。火があかあかと燃え、煙が上がり、太陽の光が煙突伝いに差し込んでいる。彼は、燃える泥炭で手を温めている、人間とよく似た存在に気づいた。

「こんにちは」と男が挨拶した。「神の名において歓迎します」

「こんにちは」と泥炭で手を温めていた者が挨拶を返した。「しかし神の名においてではない。私は神の使いではないからだ。地獄の名においてでもない。私は血の通わぬ存在に過ぎない。風より軽く、音よりも軽い。風はまるで網であるかのように私を通り抜けていく。私は音に破壊され、冷気に揺さぶられる」

「もっと簡単に言ってくれないか」と男が言った。「あんたの名前と本性を教えてくれ」

「私の名は」と相手が返事をした。「まだない。本性も定かではない。私は人間の一部だからだ。あなたたちの祖先の一部で、昔は釣りに出て、魚相手に戦ったものだ。だが、今はまだ私の出番ではない。あなたが妻を娶るまで待とう。そうしたら、私はあなたの息子に宿り、彼の勇敢な一部となって、喜んで堂々と波に向かって船を漕ぎ出し、巧みに舵を操り、力のある男となろう。そこでは輪は閉じ、強風が吹いている」

「こりゃたまげた。もしあんたがほんとうに俺の息子なら、気の毒なことになるだろう。俺はとことん貧乏だし、とことん醜いし、鷹みたいに長生きしたところで女房なんてもらえない」

「父よ、私は問題すべての解決策をもってきた。そのためには、私たちは今晩、羊がいる小さな島に行かなければならない。私たちの祖先が墓標の下に眠っている島だ。明日は伯爵のお屋敷に行く。そこであなたは私が用意した妻を見つけるのだ」

男は立ち上がり、日が沈む頃に船を出した。気の毒なやつは船首に陣取っていた。水しぶきが雪のように気の毒なやつの骨の髄まで染み、風が彼の歯の裏でヒューヒューと鳴り、船まで傾いたが、それは彼の重さのせいではなかった。

「息子よ、あんたを見るのが怖いよ。あんたは神じゃないんだろう」

「私の歯の裏で鳴っているのは、ただの風だ。それに、私には輝かせ続けなければならない命はない」

そうこうしているうちに、二人は羊の小島に到着した。海の真ん中で波が砕け散っているようなところで、島は蕨で一面の緑、露に一面濡れており、月がそれを照らしていた。二人は入り江に船を着けて陸に上がった。男は蕨の茂みに隠れている岩に足を取られたりして、なかなか前に進まなかったが、前を行く気の毒なやつは、月の光を受けた一筋の煙のように軽やかに歩いていた。二人は墓標に到着し、石に耳を当てた。死者たちは群れをなす蜂さながらに、墓標の下で、ぶんぶんがやがやと文句を言っていた。「かつて骨には髄、腱には力があった。我々の頭に宿る考えには、人類の行動と言葉が備わっていたものだ。だが今や、我々はばらばら、骨をつないでいたものは緩み、思考は土に埋もれている」

ここで気の毒なやつが言った。「隠している美徳を俺にくれ、と彼らに言うんだ」

男は墓標の下に向かって声をかけた。「祖先の骨の皆さん、初めまして。俺は皆さんの股ぐらから生まれました。いよいよ墓標の積み石をばらして、皆さんのあばら骨に真昼の光を通します。乞うご期待。うまくいきますから。そして俺が探しに来たものを、血筋の名において、神の名において、俺にください」

すると死者の霊魂が墓標の下で蟻のように蠢《うごめ》き、こう言った。「あんたは我々の墓標の屋根を壊して、我々のあばら骨に真昼の光を通した。おまけに、あんたには生者ならではの強さがある。だが、我々がどんな美徳を有していると？　どんな力を？　生者が欲しがったり、もらったりするような、どんな宝石が、我々が埋もれている土の中にあると？　我々は無ですらない。これだけは言っておこう。蜂の群れのように、ぶんぶんがやがやとな。出発時の轍のように、すべての者の前にある道ははっきりとしている。人生を進んでゆきたまえ。恐れることはない。我々も大昔にみんなそうしてきたのだから」そして彼らの声は、川面の渦のように消えた。

「さて」と気の毒なやつが口を開いた。「彼らは教訓を聞かせてくれた。だが、彼らから贈り物もしてもらおう。手を骨のあいだに突っ込んで。途中でやめるな。彼らの宝物が見つかるはずだ」

男は手を突っ込んだ。死者は彼の手を握ったが、蟻のように脆かった。男は死者の手を振り払った。そして手を持ち上げてみると、そこには蹄鉄があった。しかも錆びている。

「こんなの価値なんかない」と男が言った。「錆びてるもの」

「それはどうだろうか」と気の毒なやつが答えた。「祖先の行いを再現すること、彼らが大切にしていたものを疑うことなく大切にするのは、いいことだと思う。この世では、ものの価値にさほど差はない。蹄鉄も役に立つさ」

二人は蹄鉄を手に船に乗った。夜が明けると、伯爵の町から煙が立ちのぼり、教会の鐘が鳴っていた。彼らは陸に上がった。男は漁師に紛れて、屋敷と教会に面している市場《いちば》に向かった。彼はとことん貧乏で、とことん醜く、魚を売った経験もなかった。びくに入っているのは蹄鉄だけで、おまけに錆びている。

「さて」と気の毒なやつが言った。「これとこれをやるんだ。そうすればあなたは妻を、私は母を得られる」

そこに伯爵令嬢が現れた。祈禱のために教会に行くところだった。令嬢は、男が蹄鉄だけ、それも錆びている蹄鉄だけを前に市場《いちば》にいるのを見かけると、この蹄鉄は価値があるに違いないと思い込んだ。

「これは何ですの」と令嬢が問いかけた。

「蹄鉄です」と男が答えた。

「どうやって使うのかしら」

「何の役にも立ちません」

「そんなこと信じないわ。そうでなければ、どうしてあなたがこれを持っているの」

「俺がこれを持っているのは、大昔に祖先が持っていたからです。理由はそれ以上でも、それ以下でもありません」

伯爵令嬢は、信じようにも信じられなかった。「ねえ、これを売ってくださいな。きっと価値あるものでしょうから」

ところが男の答えは「いや、これは売り物じゃないんで」だった。

「何ですって。じゃあ、どうしてこの町の市場《いちば》にいるの。びくには蹄鉄以外何も入っていないのに」

「ここに座って、妻を見つけるんです」

「この人の答えには、一つとしてまともなものがないわ。泣きたくなってくる」と令嬢は思った。

そこに伯爵がやって来た。令嬢は父を呼び止め、洗いざらい話した。この話を聞いた伯爵も、やはり娘と同じく、それは価値あるものに違いないと考えた。そこで、蹄鉄に値をつけるよう、伯爵は男に迫った。さもないと監獄で絞首刑だ。それが冗談ではないというのは、男にもわかった。

「人生の道は出発時の轍のようにまっすぐです」と男が答えた。「絞首刑になるのであれば、甘んじて受けましょう」

「どうして?」と伯爵は驚いた。「おまえはこの蹄鉄、それも錆びている蹄鉄のために絞首刑になると?」

「この世では、ものの価値にさほど差はありません。蹄鉄も役に立つことでしょう」

「こんなはずでは」伯爵は立って男を見た。そして髭を嚙《か》んだ。

男は伯爵を見てにっこりと笑った。「俺の祖先も大昔にこうやっていたんです。理由はそれ以上でも、それ以下でもありません」

「この男の答えには、一つとしてまともなものがない。私は歳をとったに違いない」伯爵は娘を脇に呼び寄せて、こう言った。「お前は何人もの求婚者を袖にしてきた。だが、ここに実に奇妙な事態が起こった。男が蹄鉄を後生大事にしている。おまけにその蹄鉄は錆びている。その男はそれを売り物のように見せているが、実は売らない。妻となる女性を探して座っているという。この件の底にあるものがわからなければ、私は食事も喉を通らないだろう。だが、どうあがいてもわかりそうにない。しかたがない、あの男を絞首刑に処すか、お前があの男と結婚するか、二つに一つだ」

「あの人、ひどく醜いわ。もうすぐ絞首刑だとしたら、どうなるの？」

伯爵はこう答えた。「大昔に、私の祖先がやっていたときはそうではなかった。私もあの男に似てきたな。お前に伝える理由は、それ以上でも、それ以下でもない。だが頼むから、もう一度だけあの男と話してはくれまいか」

伯爵令嬢は男に話しかけた。「あなたがそれほど醜くなければ、父の伯爵が私たちを結婚させたでしょうに」

「たしかに俺はとことん醜い。それに引き換え、あなたは春のように美しい。俺はとことん醜い。だけどそれがどうしたって言うんです？　俺の祖先が――」

伯爵令嬢が遮った。「もう、お願いだからあなたの祖先のことは放っておきなさいってば！」

「だけど俺がそうしていたら、あなたは俺とこの市場《いちば》で話をすることもなかったし、お父上の伯爵が一部始終を横目で見張っていることもなかったでしょう」

「だけど、とてもおかしなことではなくて？　あなたは蹄鉄と引き換えに私と結婚するのよ。それも錆びた蹄鉄と引き換えに」

「ものの価値にさほど差は――」

「それは聞き飽きたわ」と令嬢が言った。「私がどうしてあなたと結婚すべきか、教えてください」

「俺の話を聞いて、これをご覧なさい」

風が気の毒なやつを吹き抜けると、泣いている赤ん坊が現れた。泣き声を聞いて伯爵令嬢の心はとろけた。彼女が目を開けると、母親がいない赤ん坊とおぼしき存在に気づいた。胸に抱くと、それは風のように腕の中でふんわりと消えた。

「ほら。俺たち二人の子どもたちと、火があかあかと燃えている暖炉と、白髪頭が見えるでしょう。これでよしとしましょう。神が与えたもうたのは、これですべてですから」

「ちっとも嬉しくないわ」そうは言ったものの、令嬢は溜息をついた。

「人生の道は出発時の轍のようにまっすぐで」と男は言い、令嬢の手をとった。

「この蹄鉄はどうするの」

「お父上に差し上げます。お父上は私のために、これで教会と教会付属の水車小屋を建ててくださるでしょう」

時は過ぎ、気の毒なやつが生まれた。一連の出来事の記憶は彼の中で眠っていたので、彼は自分がしたことを覚えていなかった。だが、彼は夫妻の長男の一部だった。喜んで堂々と波に向かって船を漕ぎ出し、巧みに舵を操り、力のある男となった。そこでは輪は閉じ、強風が吹いていた。

寓話その一九　明日の歌

ダントリン王には、歳をとってからもうけた娘がいた。二つの海に挟まれた国で最も美しい王女だった。髪は金の糸のようで、瞳は川の瀞《とろ》のよう。王は王女に海辺の城を与えた。城にはバルコニーと、切り出した石で囲んだ中庭と、四隅に四つの塔があった。ここで王女は成長し、明日のことなど思い煩わず、時間を支配する力もなく、庶民のような暮らしを送っていた。

ある秋の日のこと、王女は海辺を歩いていた。雨季の土地から風が吹いていた。王女の片手では海が波打ち、もう片方の手では枯れ葉が駆けていた。ここは二つの海に挟まれた国で最も寂しい海辺で、大昔には不思議なことが何度か起こっていた。このとき王女は、海辺に座っている老婆に気づいた。老婆の足元では波が泡立ち、枯れ葉が背中のあたりに積もり、風に乗ったぼろきれが老婆の顔を覆った。

「まあ」と王女は言い、聖なる名を唱えた。「この国で一番不幸な老婆だわ」

「王女だね」と老婆が声をかけた。「あんたは石造りの家に住み、あんたの髪は黄金のようだ。だが、あんたが得られるものは何だい。人生は長くないし、元気でいられるときも長くない。あんたは庶民のような生き方をして、明日のことなど思い煩わず、時間を支配する力もない」

「明日のことは考えています」と王女が言った。「だけど時間を支配する力はありません」そう言って彼女は物思いに沈んだ。

老婆は痩せさらばえた手を叩き、かもめのような笑い声を立てた。そして「家にお帰り！」と命じた。「王女よ、石造りの家にお帰り。あんたの願いが叶い始めている。もう庶民のようには生きられない。家にお帰りよ。そして、もがき苦しむんだ。そうすれば、ほんとうの自分になれる贈り物が届くし、面倒を見てくれる男性が現れる」

王女はそれ以上騒がず、踵を返して黙って家に戻った。自室に入ると乳母を呼んだ。

「ばあや。これからは明日のことを考えることにする。そうすれば、庶民みたいな生き方をしないで済むもの。時間を支配する力を得るために、何をすべきか教えてちょうだい」

乳母は、雪混じりの風のように唸った。「まあ！　本来はそうあるべきでございましょう。けれど、今までのお考えはお嬢さまの骨の髄まで染みこんでおります。お考えを正すすべはございません。こうなりましたら、お嬢さまのお思いのままに。力は弱さよりも脆いものですが、お嬢さまは力をおもちになることでしょう。思考は冬よりも冷ややかですが、お嬢さまは最後までお考えになることでしょう」

王女は石造りの城の円屋根の自室に座り、思考について思いを巡らせた。九年のあいだ座っていた。波がバルコニーを打ち、塔の上空でかもめが鳴き、風が城の煙突の中で優しく歌っていた。九年のあいだ、王女は一歩も外に出ず、新鮮な空気も味わわず、天空も仰ぎ見なかった。九年のあいだ、王女はじっと座り、右も左も見ず、誰の話し声も聞かず、ひたすら明日のことを考えた。乳母が無言で食事を出すと、王女は食べ物を左手でつかみ、品なく食べた。

九年が過ぎ、ある秋の夕暮れのこと、笛のような音色が風に乗って運ばれてきた。それを聞いて、乳母が円屋根の部屋の中で指を立てた。

「風の音が聴こえてまいります。笛のような音色でございますね」

「かすかな音ね」と王女が答えた。「でも、私にはそれで十分」

二人は夕暮れどきに外に出て、海辺に向かった。片手では海が波打ち、もう片方の手では枯れ葉が駆けていた。雲が空を疾走し、かもめが不吉にも太陽と反対方向に回っていた。二人が大昔に不思議なことが起こっていた海辺の場所に来ると、そこには老婆がいて、太陽とは反対方向に回って踊っていた。

「おばあさん、どうして太陽と反対回りで踊っていますの」と王女が聞いた。「それも、この荒涼とした浜辺で、波と枯れ葉のあいだで」

「笛のような音色が風に乗って聞こえるんだよ」と老婆が答えた。「だから、太陽とは反対回りに踊っているのさ。そうすれば、ほんとうのあんたになれる贈り物が届くし、あんたの面倒を見てくれる男性が現れる。だけど、あたしのところには、考えていた明日は来たし、あたしの力を実現する時が来た」

「おばあさんはどうして、私の目の前でぼろきれのように揺れて、枯れ葉のように生気がないの」と王女が聞いた。

「なぜなら、あたしが考えていた明日は来たし、あたしの力を実現する時が来たからさ」老婆はそう答えると、海辺に倒れ込んだ。すると、老婆は海藻の茎に、砂浜の砂になり、老婆がいた場所の上をフナムシがぴょんぴょん飛び跳ねていた。

「これは、二つの海に挟まれたこの国で起こった最も不思議な出来事だわ」とダントリンの王女が言った。

乳母が出し抜けに秋風のように唸った。「もう風にはうんざりです」と、この日のことを嘆いた。

王女は海辺にいる男に気づいた。誰にも顔がわからないようにフードをかぶり、脇に笛をはさんで歩いていた。彼の笛の音はオルガンパイプ・ジガバチのようであり、枯れ草の茎の内側で歌う風のようでもあった。その音色はかもめの鳴き声のように、人々の耳をとらえた。

「来る人というのはあなたですか」とダントリンの王女が尋ねた。

「私です」と男が答えた。「これらが、人々が音色を耳にする笛です。私は時間を支配する力をもっています。これが明日の歌です」彼は笛で明日の歌を奏でた。それは何年も続くかのように思われた。

乳母はその曲を聞いて、はばかることなく涙を流した。

「たしかに、あなたは笛で明日の歌を奏でていますね」と王女が認めた。「けれど、時間を支配する力をあなたがもっていると、どうして私にわかりましょう。この海辺で、波と枯れ葉のあいだで、奇跡を見せてください」

男が尋ねた。「誰に奇跡を起こせと?」

「ここにいるのは、私の乳母です。風にうんざりしています。乳母に素晴らしい奇跡を起こして、私に見せてください」

するとご覧あれ！　乳母は海辺に倒れて、二握りほどの枯れ葉になり、風がその枯れ葉を太陽と反対方向に舞い上げ、フナムシがそのあいだをぴょんぴょん飛び跳ねていた。

「ほんとうだわ。あなたは来るはずの人で、時間を支配する力をおもちです。一緒に私の石造りの家に来てください」

二人は波打ち際を歩いていった。男は明日の歌を笛で奏で、二人のあとを枯れ葉がついてきた。二人は一緒に座った。波がバルコニーを打ち、かもめが塔の上空で鳴き、風が城の煙突の中で優しく歌っていた。九年のあいだ、二人は座っていた。毎年秋になると、男が「今こそがその時で、私にはこれを支配する力があります」と話した。それに対して王女は「いいえ。けれど、私に明日の歌を吹いてください」と言った。男はその曲を奏でた。幾年にもわたるように思える曲だった。

九年が過ぎ、ダントリンの王女は立ち上がった。記憶を留めている人間のように。石造りの城を見渡した。召使いは全員いなくなっていた。残っているのは笛吹き男だけで、片手を顔に当ててバルコニーに座っていた。彼が笛を吹くと、葉がバルコニーを駆けめぐり、波が壁を打った。その後、王女が素晴らしい声で男性に語りかけた。「今こそがその時です。時間を支配する力を私に見せてください」その一言とともに、風で男の顔からフードが外れた。するとなんということか！ そこには誰もいなかった。服とフードと笛が、バルコニーの片隅に重なって放り出され、その上を枯れ葉が舞っていた。

ダントリンの王女は、大昔に不思議なことが起こっていた場所に足を運び、腰を下ろした。足元では波が泡立ち、枯れ葉が背中のあたりに積もり、風が吹いてヴェールが顔にまとわりついた。目を上げると、海辺から王女が歩いてきた。髪は金の糸のようで、瞳は川の瀞《とろ》のよう。その王女は明日のことなど思い煩いもせず、時間を支配する力もなく、庶民のような暮らしを送っていた。

寓話その二〇　物語の登場人物たち

『宝島』の第三二章が終わると、操り人形二体が、次の仕事前に一服しようとぶらぶらと外に出てきて、物語からそう遠くない空き地で顔を合わせた。

「おはようございやす、船長」片方の男が晴れやかな顔で、軍隊式の敬礼で挨拶した。

「シルヴァー！」と、もう片方の男が呻《うめ》き声で返事をした。「悪ふざけはやめろ」

シルヴァーが抗議した。「スモレット船長、任務は任務ってのは、誰よりあたしがよくわかってまさあ。だけど今は非番だ。行儀よくしなきゃいけない義務はありませんや」

「お前ってやつは、とんでもない悪党だな」

「まあまあ船長、フェアにいきましょう。本気で怒る必要はないでしょう。あたしは海洋物語に出てくる一介の登場人物に過ぎませんからね。実在の人物じゃありませんし」

「私だって実在してないぞ。そういう意味では」

「清廉潔白なお方が議論だと思ってるものには、きりがないったらありゃしない。だけど、この物語の悪役はあたしだ。で、船乗りどうし、あたしが知りたいのは、だからどうしたっていうことで」

「お前は一度も教理問答を教わったことがないのか。創造主《オーサー》ってものを知らないのか？」

「創造主《オーサー》？」シルヴァーは小馬鹿にした口調だった。「誰があたしよりすごいって？　早い話が、創造主《オーサー》があんたを創造したんなら、そのお方は、のっぽのジョン（ここに出てくる人名はすべて『宝島』の登場人物名）も、ハンズも、ピューも、ジョージ・メリーも創造したんですよね。まあ、ジョージ・メリーは大したことないですけどね。名前だけみたいなもんですから。創造主《オーサー》はフリントも創造したわけだ。まあやつも大したことないですけど。おまけに、創造主《オーサー》はこの反乱も起こした。あんたが活躍した一件だ。そして創造主《オーサー》は、トム・レッドルースが撃たれるようにしむけた。これが創造主《オーサー》っていうんなら、あたしはピューで感謝感激だ！」

「お前は死後の世界を信じてないのか。この紙の上の物語以外に何もないと思ってるのか」

「それは正しいところはどうだか。死後の世界とどう関係があるのかもわかりませんや。わかってるのは、創造主《オーサー》って方がおわすんなら、あたしがそのお方のお気に入りの登場人物だってことですよ。そのお方は、あんたより、あたしのことを理解してます。よほどね。創造主《オーサー》は、あたしを出すのが好きなんです。つねにあたしを準備万端《オン・デック》にしてますから、松葉杖から何から何まで。そして創造主《オーサー》は、あんたを小屋で苦しむまんまにしておいた。そこには誰もあんたに会いに来ないし、そもそも会いたくもないこと請け合いだ！　もしいれば、ですが、創造主《オーサー》はあたしの味方に違いない！」

「たしかに、あの方はお前を好き勝手にさせているが、だからと言って、人間の信念はそう変わるもんじゃない。著者《オーサー》が私を尊重してくれているのは、わかっている。体の奥底からそう感じている。お前と私が小屋の入り口で話をしたとき、著者《オーサー》は誰の味方だとお前は思っていたんだね」

「著者《オーサー》があたしを大事にしてくれてないと？　あんた、前の章であたしが反乱を抑え込んだのを聞いたはずでしょう。ジョージ・メリーとモーガンの一味を抑え込んだのを。そのときに何かしら聞こえたはずだ！　創造主《オーサー》があたしのことをどう思っているか見たはずだ。まあとにかく、あんたは徹頭徹尾、ご自分を清廉潔白な登場人物だと思ってるんですかね」

「とんでもない！」スモレット船長は厳かに言った。「私は任務を果たそうとしているだけなのに、よく任務を台無しにしてしまう。故郷では、残念ながら私はあまり人気がないんだ」船長は溜息をついた。

「おやまあ。それじゃあ、続きはどうなるんで？　あんたは未来永劫スモレット船長で、故郷であんまり人気がないんですかい。もしそうなら、また『宝島』の繰り返しですか。あたしはまたのっぽのジョンで、ピューはピューで、また反乱があって。もしくは、あんたは別の誰かになるんですかい。もしそうなら、あんたはどうよくなって、あたしはどう悪くなるんで？」

「この物語がそもそもどうして生まれたのか、さっぱりわからん。ともに存在しないお前と私が、まるで現実のように、こうして話をして、パイプを吸っているなんて。それはさておき、自分の意見をあれこれぶち上げているなんて、私はいったい何者か。創造主《オーサー》が、善の味方でいらっしゃるのはわかっている。そうおっしゃっていたし、あのお方の文章からも、それはにじみ出ている。知りたいのはそれだけだ。あとは運を天に任せる」

「あのお方がジョージ・メリーのことを気に入ってなさそうだ、ってのは事実ですわな」シルヴァーがあれこれ考えた挙げ句に認めた。「だけど、ジョージなんて名前に手足がついた程度ですぜ」と快活に言葉を継いだ。「一度なんて罵り合いになった。善って何です？　あたしは反乱を起こした。そして財産持ちの紳士だ。だけど、どの話でも、あんたは聖人君子ってわけじゃなかった。あたしは一緒にいて楽しい男だ。ところが、あんたは自分でも認めるように、そうじゃない。あたしが知る限り、あんたは苛《いじ》められて当然の人でなしですよ。どっちが善人で、どっちが悪人かって？　こっちが聞きたいよ！　誓って言うが、これじゃ堂々めぐりだ！」

「完璧な人間など一人もいない。それが宗教の事実だ。私が言えることは、私は任務を果たそうとしている。お前が自分の任務を果たそうとするのであれば、お前が成功しても、褒めることなどできない」

「あんたは裁き主ってわけですかい」シルヴァーは鼻で笑っていた。

「私はお前にとって裁き主にも絞首人にもなるし、そうなっても顔色一つ変えないだろう。さらに、だ。正しい神学ではないかもしれないが、これは常識だ。善は役にも立つ——とかなんとか、そういうことらしい。私はそもそも思想家ではないからな。もし清廉潔白な登場人物がいなければ、物語はどこに行き着くのか」

「それを言うなら」とシルヴァーも負けてはいなかった。「もし悪役がいなければ、物語はどこから始まるんですかね」

「実は私も同意見だ。著者《オーサー》は物語を紡がなくてはならない。それが狙いだ。物語を紡ぎ、（例えば）リヴジー医師《せんせい》のような人物を活躍させるには、著者《オーサー》は、お前やハンズのような輩も登場させる必要がある。だが、著者《オーサー》は善の味方だ。お前も気をつけろ。まだ物語は終わっていない。災難が降りかかるぞ」

「何か賭けますかい」

「そんなことを言ってる場合じゃない。どんなにひどかろうと、私はアレクサンダー・スモレットでいられるだけで十分だ。シルヴァーでない幸運に、ひざまずいて感謝するよ。ともあれ、インク瓶の蓋が開いたようだ。持ち場に戻れ！」

そのときまさに、著者はこう書き出していた。

第三三章。

宿なし女

岩崎たまゑ訳

第一章 ――ある北欧英雄伝説《サガ》から想を得て――

これは、物語の宝庫アイスランド島での話、キリスト教が島に伝わった年に起きた出来事である。

その年の春、一艘の交易船がオークニー諸島のサウス・アイルズから出帆し、凪のためにスナイフェルス半島の入り江に停泊した。風を受けながら今年最初にここまでやってきた船だ。漁師たちは南方の耳寄りな話を聞こうと船を寄せ、品物を見て値を掛け合おうという熱心な人々は、海へ小舟を出した。フロディス・ウォーターの川沿いにあるその館でも、そこかしこの戸口から、停泊している船やそのまわりを行き来する小舟が家の者たちの目に入り、一方で交易船の商人たちには、その館から煙が立ち上って男女たちが食卓に集うのが見えた。

館の主人はフィンワード・キールフェアラーという名で、妻のオイドは軽はずみなオイドと呼ばれ、夫婦にはエヨルフという将来有望な息子と、アスディスというほっそりとした娘がいた。フィンワードは仕事が上手くいって裕福で、客は誰でも快くもてなし、友人にも恵まれていた。しかし、妻のオイドは、さほど敬われてはいなかった。彼女は取るに足らない事柄、たとえば華やかな服のことや、男たちから褒めそやされ女たちから羨まれることばかりを考え、彼女の立場からするともう少し慎重であってもよさそうなのに、必ずしもそうではないようだが、それで困ったこともなかった。

交易船が来て二日目の夕方、船から商人たちが館にやってきた。彼らの話によれば、積んできた品物は申し分がなく、値段も手ごろだそうで、事情は誰も知らないが船に同乗しているという、宿なし女の話も出た。女は衣装箱の中に、色彩豊かで精巧に織られた、島では目にしたことがないほど素晴らしい類いまれな服や、王妃が身につけそうな装身具を持っているという。それを耳にするや、オイドの目が輝きだした。彼女はその晩早く床につき、明くる日は、まだ空が暗いうちに浜に出て小舟を海に降ろさせ、船に向かって進んでいた。途中で、オイドはほかの小舟をくまなく眺めたが、どの小舟にも女性の姿はなく、オイドはさらに気を良くした。男たちのことは恐れるに及ばない。

オイドたちが船まで来ると、すでに幾艇もの小舟がいて、船尾では商人たちと土地の人々が座って冗談を言いながら、値を掛け合っていた。しかし、船首には女が一人腰を下ろし、目の前の海を不機嫌そうに見つめていた。女は、トールグンナと呼ばれていた。男ほど背丈があって肉付きが良く、見たところ、ふくよかで魅力的だ。髪は暗赤色で、時の流れに影響を受けてはいない。顔は浅黒く、頬はふっくらとし、額はしわがなく滑らかだった。商人の中には、女は六十歳ぐらいだと言う者もいれば、笑いながら、いやまだ四十ぐらいだと言う者もいたが、この女の話になると、みな声をひそめた。どうやら、女は、扱いにくくて人並みに抜け目がないと思われているようだ。

オイドは女が腰を下ろしているところへ行き、アイスランドへようこそ、と声をかけた。トールグンナは、この船のおかげだと言った。こうしてしばらく、ふたりは女性たちがよくするように、互いに褒め合ったり観察し合ったりしながら、話を続けた。しかし、オイドの狭い心には強い望みが納まりきれず、やがて心の叫びが口をついて出た。

「聞いた話ですと、アイスランドでは見たこともないような、婦人物の素晴らしい品々をお持ちだとか?」オイドの目は大きく見開かれていた。

「もちろん持っていますよ」トールグンナが答えた。「どんな王妃にも負けないほど素晴らしい物をね」

そこで、オイドはぜひ見せてほしいと頼んだ。

トールグンナは横目でオイドを見た。「本当に、人にお見せするほかには使い道がない品々ですからね」そう言うと、トールグンナは衣装箱を一つ取ってきて、ふたを開けた。そこには、珍しい緋色の布地に銀を散らしたケープがあった。信じられないほどの美しさだ。そのすぐそばにある銀のブローチは、貝殻のように精巧にかご編み状の細工が施され、満月を思わせるほどの大きさだった。箱の中にはほかにも、当時流行《はやり》の色とりどりのたたまれた服や、きらきらと輝きを放つ高価な宝石の数々も入っていた。それらを見たオイドの心に、羨望の念が燃え上がった。なんとしても買いたいと思ったオイドは、それらの品はさほどではないという物言いを始めた。

「どれも結構いい品ですね。うちの衣装箱には、もっといい物がありますけど。そのケープも、まあまあですこと。ちょうど、新しいケープを探してましてね」そう言って緋色のケープに指を触れると、その上等な布の手触りに、オイドの心は高鳴った。「ところで、ご丁寧なお気持ちから見せてくださったただけにしろ、いかほどなら、このケープを売るおつもりですか?」

「奥さん、私は商売人ではありませんよ」そう言うと、トールグンナは箱を閉じて鍵を掛けた。むっとしたように見えた。

そこで、オイドは抗弁したり、相手に優しくしたりしだした。いつものやり口だった。優しく抱いたりキスしたりすれば、相手は誰でも自分の言いなりになると思っている。次にオイドはおだてにかかり、その品々は自分のような者には立派すぎると承知している、あなたのような風格のある美女にこそふさわしいと言った。そして、また相手にキスをすると、されたトールグンナもまんざらでもなさそうに見えた。そこで今度は金銭的余裕がないことを口実にして、オイドは、ケープをただで譲ってもらえないかと頼んだ。次には夫が裕福であることを自慢し、純銀を何オンスであれ、男三人の一生分の稼ぎぐらい出してもいいとまで言った。トールグンナの顔に笑みが浮かんだが、それは薄気味の悪い笑みで、彼女は相変わらず首を横に振り続けた。ついにオイドは切羽詰まって泣きだし、大声で叫んだ。

「これがもらえるなら、あたしの魂をあげてもいいわ」

「愚かなことを！」トールグンナが言った。「でも、あなたの前にも、愚か者は何人もいましたよ！」やがて、こう言い足した。「泣きおとしは、もうやめにしましょう。この品々は私のものです。あなたに見せた私が愚かでした。でも、人にお見せするほかに、どんな使い道があるというの。とにかく、私のもので、死ぬまで手放すつもりはありません。かなりな対価も払いましたし」

オイドは、こうしていても無駄だと悟った。そこで、涙をぬぐい、トールグンナに船旅の様子を尋ね、話に耳を傾けているふりをしながら、了見の狭い心の中で、はかりごとを巡らせた。ほどなくオイドは尋ねた。「トールグンナさんは、アイスランドに身寄りといえる人たちはいますの？」

「一人もいません」とトールグンナは答えた。「一族はこの上なく立派な血筋なのですが、私は必ずしも運が良かったとはいえず、だから、あまりありがたみはありません」

「それで、船が戻るまで過ごす家がないんですね？」オイドは大声で言った。「じゃあ、トールグンナさん、あたしたちの家にお泊まりなさいな。夫は金持ちで気前が良くて、来る人は誰でも喜んで迎えますし、あたしも、あなたを娘みたいに大切にしますから」

それを聞いて、トールグンナは微笑んでみせたが、内心では、オイドの薄っぺらさをあざ笑った。『娘』って言われただけのことは、してあげる」トールグンナはそう考えて、もう一度微笑んだ。「喜んで住まわせていただきます。お宅は評判が良いし、お料理する煙が船からも見えましたよ。ただし、一つ了解してください。私は、贈り物はしません。行った先で何かを差し上げたりはしないのです。ぼろきれ一枚にしろ、ほんのわずかなものにしろ。泊まった先では、自分がお世話になる分だけ働きます。私は男の人に負けないぐらい力があるし、雄牛のように頑丈なので、私を住まわせた人たちは、かえって喜んでいましたよ」

オイドにとって、顔色を変えずにいるのは至難の業だった。あやうく泣きそうになったからだ。それでも、招待を取り消すのはみっともないように思えた。そこでオイドは、浅はかで夫をいつも尻に敷いてきた女性よろしく、そのうちにトールグンナを丸め込む方法が見つかって、結局は目的が果たせるだろうと自分に言い聞かせた。こうしてオイドは何食わぬ顔を装い、トールグンナを、正しくはトールグンナと大きな衣装箱二つだが、小舟に乗せて浜辺のそばの館へ連れ帰った。

オイドは帰り道々、ずっとトールグンナに優しく気を配り、帰り着くと、鍵の掛かる寝具入れの小部屋をトールグンナにあてがった。小部屋には、ベッドとテーブルと背のない腰掛け、それに加えて衣装箱二つを置く場所が用意されていた。

「ここにいるあいだ、この部屋をお使いくださいな」そう言って、オイドは客人の世話を焼いた。

やがてトールグンナは、二つ目の衣装箱を開けて寝具を取り出した。見たこともないような英国製リネンのシーツ、絹製のキルトのベッドカバー、そして、銀糸で刺繡を施した紫色のカーテンもあった。それらを目にしたオイドは気もそぞろという様子で、どれもこれも欲しさに、分別を失った。叫びが喉に一気にせりあがり、抑え切れず発せられた。

「いくらだったら、その寝具を売ってくれます？」オイドは大声で尋ねた。頬がほてっていた。

トールグンナは、暗い表情で相手を見やって言った。「本当にあなたにはご親切にしていただいていますが、あなたを喜ばせるために自分が藁《わら》の上で眠るつもりはありません」

それを聞いて、オイドの両耳は頬同様にほてった。オイドは相手の言葉に観念し、それ以来、トールグンナのことはそっとしておいた。

トールグンナは、話していたとおりの働きだった。家の内外《うちそと》で三人分も働いた。彼女の手にかかると、すべてがうまくいった。乳搾りをすれば雌牛たちはいつもよりずっとたくさん乳を出し、干し草作りをすれば決まって日が照り続き、彼女が料理当番のときは誰もが舌鼓を打った。人を喜ばせるさまは到底まねのできないもので、豪勢な城で国王と同席していた女性かと思わせるほどだった。彼女は信心深いようでもあり、教会で祈りを捧げない日は一日もなかった。しかし、こうしたことのほかは、あまりかんばしい様子ではなかった。口数が少なく、親族や身の上については一言も話さなかった。額には暗い影が宿り、逆らうのがはばかられた。陰では「宿なし女」とか「さすらい女」とあだ名されたが、面と向かっては、さすがに必ず「トールグンナ」と呼ばれた。若い者が「おばさん」と呼ぼうものなら、その日はそれ以上、口をきこうとせず、広間で一人離れて座り、ぶつぶつつぶやいていた。

「今度の客は、今までになく変わってるな」とフィンワード・キールフェアラーが言った。「あの女のせいで厄介なことにならなきゃいいが！　だが、一家の主婦の気の済むようにさせてやらんと」それは彼の口癖だった。

働いているときのトールグンナは、質素な服の中でもとりわけ粗末な服ながら猫のように実に身ぎれいだったが、広間での夜は、もっと優美だった。褒めそやされるのがとても好きだったからだ。彼女が見映えを良くしていたのは確かで、歳ながら見目麗しい女性だと思う者は多く、そういう者たちに対して、彼女はいつも愛想が良くて話もおもしろかった。しかし、人が彼女を喜ばせれば喜ばせるほど、見る者が見れば、それはオイドの機嫌を損ねることになると思われた。

夏も盛りを過ぎたころ、旅の若者たちがフロディス・ウォーター沿いのその館にやってきた。そんな日はいつもオイドにとって、粋な男たちが食卓に居並ぶ素晴らしい日だった。そのうえ、当日がいっそう素晴らしかったのは、山男のアルフが一行の中にいて、アルフは自分に気があるとオイドには思えたからだ。当然ながら、オイドはとっておきの服を着ていた。ところが、小部屋から姿を現したトールグンナはまるで王妃のように着飾り、胸にはあの大きなブローチを付けていた。広間では、一晩中この二人の女が張り合った。娘のアスディスはその様子を見て、なぜか知らず恥ずかしくなった。それでもトールグンナは、まわりからひときわ気に入られていた。彼女は、世の中で起きた数々の奇妙な出来事の話をした。喜ばれると、機嫌良く声を立てて笑った。歌も歌った。声量があり、島では耳新しい歌だ。彼女が振り向くたびに瞳は輝き、胸元でブローチがきらめいた。こうして、旅の若者たちは商人たちから聞かされたトールグンナの歳の話などは忘れ、彼らの視線は一晩中、彼女を追っていた。

オイドは、嫉妬のあまり気分が悪かった。眠ろうにも眠れず、夫は眠っていたものの、彼女はそのかたわらで起き上がったまま、くやしさに指を噛んだ。今や彼女は、トールグンナを憎み始めていた。暗闇の中、きらめく大きなブローチがオイドの目の前に立ち現れた。「そうよ、あのブローチが、心を惑わすほど美しいせいだわ。あの女は、あたしほど綺麗じゃないもの。丘の墓に眠ってる人たちと同じぐらいの歳だし、ユーモアだって歌だって、たいしたことはないわ!」そう思うや、オイドはベッドを出て燃えさしの火で小ろうそくを灯し、トールグンナのいる小部屋へ向かった。ドアには鍵が掛かっていたが、オイドは手元の合い鍵で中に入った。部屋に入ると衣装箱は二つとも開け放したまで、片方の箱の一番上で、ブローチが小ろうそくの光を受けてきらめいた。オイドは犬がえさをひっつかむようにブローチをつかみ、ベッドのほうを見た。トールグンナは横向きに寝ていた。眠っていたはずだが、たえず独り言をつぶやき、唇が動いている。まどろんでいるトールグンナは、年相応に見えた。顔は青白く、額にはしわが寄っている。そして、トールグンナの見開かれた目が、オイドの目をじっと見つめていた。愚かなオイドの心臓が凍りついた。しかし、欲がまさったオイドは、盗み取ったものを手にその場を逃げた。

ベッドに戻ると、オイドの頭にトールグンナの言葉が蘇った。人にお見せするほかには使い道がない品々です、という言葉が。今オイドの手にしたものがブローチと盗みを働いた不名誉であるからには、ブローチを身につけることなどできはしない。オイドは一晩中、盗みが露見するのを恐れて震えが止まらず、罪を犯したあげくに無駄だったという怒りの涙を流した。朝になり、起きねばならなかったものの、オイドは正気を失ったかのように館を歩きまわった。娘のアスディスがいぶかしげに自分を見つめているのに気づいたオイドは、そのことで娘を叩いた。奉公人たちを叱りつけもしたが、かえって何事もうまく運ばなかった。オイドは初めのうちは夫に優しく接し、夫を大切に扱った。困った事態になったときに夫に気に入られていようと思ったのだ。だが、次にもっと良い方法を思いつき、夫に喧嘩を仕掛けて、哀れな夫が耳鳴りをおぼえるほど罵った。前もって夫に非があることにしておくためだ。ブローチは、外の干し草の山のわきに隠した。オイドがこうしているあいだ、トールグンナは小部屋で横になっていたが、それは彼女らしからぬことだった。いつもは早起きだからだ。ようやく彼女は姿を現したものの、その表情を目にして館じゅうの者は思わず顔を見合わせ、オイドは戸惑った。トールグンナは一言も口をきかず、一口も食べ物を口にしなかった。やがて、座っている彼女を激しい震えが襲い、彼女の体が震えた。しばらくして、一言も発しないまま彼女は小部屋に戻り、ドアが閉じられた。

「具合が悪いんだな」とフィンワードが言った。「もう長くはないな」

それを聞いて、オイドの心は希望で明るくなった。

その日は一日中、トールグンナはベッドに横たわっていたが、明くる日、彼女はフィンワードを呼び寄せた。

「フィンワード・キールフェアラーさん、困ったことになりました。私はもう長くありません」

フィンワードは、お決まりの言葉を長々と口にした。

「私は今まで自分なりに楽しい人生を過ごしてきましたが、どうやら最後のときが来ました。もうおわかりでしょう」とトールグンナが言った。「あなたを呼んでもらったのは、無駄話を聞くためではありません」

フィンワードは、どう答えたらよいか分からなかった。彼女の陰鬱な心が感じとれたからだ。

「どうしても必要なことがあって、呼んでもらったのです」彼女はまた話し始めた。「私は、ここで死にます――この私が！――この邪悪な家で、うらさびしい島で、一切の良識やあるべき人の道から遠く離れて。そして今、私は宝物を置いていくほかはありません。ささやかな喜びを私は宝物から得てきましたが、それを残して死ぬのはいささか心残りです！」彼女は声を張り上げた。

「ご婦人よ、ことわざにあるように、背に腹《ニーズ・マスト》はなんとやらですよ」とフィンワードが応じた。相手の演説に苛立っていた。

「そのために、あなたをお呼びしました」トールグンナが言った。「この二つの衣装箱には、かなりのお金と誰もが欲しがる品々が入っています。私の亡骸はスカーラホルト（アイスランド南部の地）の新しい教会に埋葬していただきたいのですが、その教会では司祭様たちが必ずや、いつまでも私の頭上でミサを詠唱してくださるでしょう。教会に十分なお金を差し上げてほしいのです。金額は、あなたの良心のご判断に任せます。銀を散らした緋色のケープは、あなたの哀れで愚かな奥さんに遺贈します。ひどく欲しがっていましたから、今さらあげないわけにもいきません。ブローチもどうぞ。奥さんには用心なさいな。私も、奥さんと同じような人間でした。ただ、もっと賢いだけで。言っておきますが、奥さんのものの考え方は水の流れと同じで、信用すると必ずあてがはずれますよ。私は奥さんを憎んで、憐れんでいます。私が眠る場所に奥さんも眠る日が来たら……」ふと言葉が途切れた。「残りの品は、あなたの黒い瞳の娘さん、アスディスにゆだねます。娘さんは、ほっそりしていて心が清らかだから。ただし、寝具だけは必ず燃やしてください」

「それがいいですね」とフィンワードが言った。

「いいでしょうね」とトールグンナが応じた。「私の言うとおりになさればね。私はこれまで誰からも不思議がられ、多くの人から恐れられてきました。生まれてこのかた、私の望みの邪魔をして幸せになった人は一人もいません。私が死んだあとも、決して誰にも私の望みを邪魔させないでください。あなたの安全にかけて」

「私の名誉にかけて」とフィンワードが言った。「私は名誉ある男っていう評判でね」

「あなたは気弱だという評判ですけど」とトールグンナが言った。「その点にお気をつけて。いいですね、フィンワードさん。さもないと、お宅は必ずや後悔することになるから」

「我が家の棟木は我が言葉なり」

「言いえて妙。格言ですね。その言葉を忘れずに。トールグンナの話は終わりです」

そう言うと、彼女は壁のほうへ顔をそむけた。フィンワードは部屋をあとにした。

その晩の夜更けに、トールグンナはこの世を去った。夏にしては荒れ模様の夜だった。風が軒のまわりで唸り、雲が月を覆い隠した。そういう夜に、陰鬱な女は旅立った。その日から今に至るまで誰一人、彼女の身の上も家族の名前も聞き及んでいない。ただ、彼女の一生は波乱に満ち、家柄が立派だったのは確かだ。彼女は島にやってきた。宿なし女で、船に乗って。かくして彼女は逝き、重い衣装箱二つと大柄な亡骸だけが残った。

明くる朝、館の女中たちは手早く亡骸を移し、その身なりを整えた。やがてフィンワードがやってきて、シーツやカーテンを館から運び出し、砂浜に焚き火を起こさせた。ところが、そんな夫のすることに、オイドが目を光らせていた。

「なんのまねよ、これは？」オイドが尋ねた。

そこで、フィンワードは、彼女に子細を話した。

「上等なシーツを燃やすだなんて！」オイドが叫んだ。「あたしが手をこまねいて見てられると思って？　だめよ、ぜったいに。あんたの女房がこの世にいる限りはだめ！」

「なあ、おまえ。おまえが口出しできることじゃないんだ。わしは、約束を必ず果たすと誓った。そして、そう誓った相手の女は死んだ。だから、なおさら、わしには義務がある。やるべきことをやらせてくれ。いいね」

「ばかばかしい！　くだらないったらありゃしない！　あんたはたぶん、漁には詳しくて羊の毛を刈るのもうまいんでしょうけど、ダマスク織りのシーツにはほとんど目が利《き》かないのね。これだけは言わせて」オイドは、シーツの端をつかみながら言った。「これをみんな燃やそうっていうんなら、あんたの女房も一緒に燃やしなさいな」

「そんな、とんでもないよ。それに、そんなに大声を出さないでくれ。奉公人たちに聞こえる」

「恥じるところのある者よ、小声でしゃべりたまえってところね！　あたしは、道理にかなうことしか言っていない」

「あの女がわしの家で死んだことも考えないとな。それに、これは当人にすれば、死に際のたっての頼みだ。本当のところ、万が一、頼まれたとおりにしなかったら、それがいつまでもこの胸につかえているだろうし、隣近所にわしたちの悪い評判が立つ」

「だけど、あんたも考えてよ。あたしはね、正真正銘あんたの女房で、今まで火あぶりになった魔女たち全員に匹敵する値打ちはあるし、大切な夫を愛してもいる」――そう言って、オイドは夫の首に両腕をまわした。「ねえ、いいこと、あんたがやりたがってるのは、かけがえのないほど素晴らしいものを灰にすることなのよ。あの女があんたにそうするよう言いつけたのだって、ひとえに、あたしへの意地悪なんだからね。あの女が生きてるときに、あたしが言い値で寝具を買おうとしたからよ。あたしが若くて綺麗なせいで、あの女があたしを憎んでたことも、考えてちょうだい」

「あの女がおまえを憎んでいたのは本当だ。死ぬ前に、自分でそう言った」

「それじゃあ、片やあたしを憎んでた年寄り女がいて、その女はもう死んで動かない。そして、片やあんたを心から愛してる若い妻がいて、その妻はそのうえ生きてもいる」――そこまで言うと、オイドは夫にキスをした――「要するに、あんたはどっちの言うとおりにするつもり？」

いつもの気弱さにとりつかれて、夫はためらった。「何か悪いことが起こりそうな気がする」

そこでオイドは夫の話をさえぎり、若い衆に焚き火を踏み消すよう言いつけ、女中たちには寝具を丸めて家の中へ運ぶよう命じた。

「なあ、おまえ」とフィンワードが言った。「わしの名誉が――こんなことは、わしの名誉に反する」

オイドはかまわず夫の腕を自分の腕にからませると、夫の手を優しくなでて甲にキスをし、夫を入り江の先へいざなった。「えーんえーん」オイドはそう言って、決して若くはなかったが赤ん坊のような仕草で夫のまねをした。「めそめそして、バカみたい！　あたしたちは、あの宿なし女を埋葬しなきゃならない。それだけでも十分面倒で、まったく意趣返しのつもりかしら！　おかげで、あの女がスカーラホルトに着く前に、馬たちは汗びっしょりでしょうよ。あれはきっと、女の身なりをした男だったんだわ。さあ、終わったわ。あとはお通夜と埋葬を済ませましょ。あの女には、もったいないくらい。あの女の使い古しの物を代わりにもらえばいいかしらね。それが済んだら、残りの件を話し合わないと」

フィンワードは、残りの件が先送りになって、何よりも嬉しかった。

明くる日の朝早く、一行は、荒野の先のスカーラホルトに向けて出発した。うっとうしい天気で、頭上はどんよりと曇っていた。馬たちは汗ばんでいななき、男たちは押し黙った。その死んだ女は抜け目がないなどと、誰も露ほども思っていなかったからだ。一人オイドだけが道々ずっと、崖の上で甲高く鳴く愚かなカモメのようにしゃべり続け、ほかの者たちは口をつぐんでいた。一行がホワイトウォーターを渡る前に日は沈み、ネザーネスの手前で、暗い夜のとばりが下りた。ネザーネスに着いた一行は、家の扉を叩いた。家の主人も家族もまだ寝ずに大広間で話をしていたので、フィンワードは彼らに用向きを説明した。

「お泊めするのは一向にかまいません」と家の主人が言った。「ただ、食べ物の用意がなくてね。もしも食事なしではお困りなら、もっと先まで行くようになりますが」

一行は亡骸を納屋に横たえ、馬たちをしっかりとつないで家に戻り、扉が再び閉じられた。こうして一行は明かりのまわりに腰を下ろしたが、誰もほとんど口をきかなかった。もてなしに、まるで満足していなかったのだ。ほどなく、食料が置いてある場所で皿のがちゃがちゃという音がしだした。なぜ音がしているのか、その家の農奴が見に行くことになった。彼は行ったかと思うとすぐに戻ってきて、大柄で肉付きが良く、ふくよかで魅力的な女性が、生まれたままの姿で調理台に食事の支度をしていると告げた。フィンワードは真っ青になった。彼が立ち上がると、ほかの者たちも一緒に立ち上がり、弔いの一行は、そろって食料置き場へ向かった。死んだトールグンナは、やってきた一行には目もくれずに食べ物を並べ続けていたが、並べながら独り言を言っているように見えた。彼女は一糸まとわぬ姿だった。

一行は激しい恐怖に襲われ、背筋がぞっとした。誰も一言も、吉凶いずれの言葉も発せず、大広間に戻ると、ひざまずいて祈り始めた。

「おやおや、一体全体どうしたというのです?」当家の主人が驚いて尋ねた。

一行がわけを話すと、主人は、自分のけちくささに恥ずかしさがこみあげた。

「その亡くなったご婦人は、私をとがめているのです」と正直な主人は言った。

主人は十字を切って自らと家とを清めてから食卓を整えさせ、一行は、トールグンナが支度をした食事をしたためた。

トールグンナの幽霊が出たのはこれが初めてで、見識のある人なら、みながもっと賢明であれば、それが最初で最後になっただろうにと思うところだ。

明くる日、一行はスカーラホルトに到着して亡骸を埋葬し、その翌日、帰途についた。フィンワードの心は重く、考えがまとまらずにいた。彼は、死んだトールグンナも、生きているオイドも恐れていた。不名誉を恐れ、不和を恐れた。心が、風に舞うカモメのように揺れた。ついに彼は咳払いをし、話を切り出すかに見えた。その気配にオイドは片方の眉を上げ、あざ笑いながら夫を見た。フィンワードの声は、発せられる前に消えかけた。しかし、土壇場で、恥を知る心が彼に勇気を与えた。

「なあオイド、ネザーネスのあれは、実に不気味だったな」

「本当にね」

「思ってもみなかったよ、あの女が、ああいうのだったとは」

「そうでしょうね。あたしだって思ってもみなかった」

「あの女は、抜け目がないどころじゃなかったのは確かだ」フィンワードは、頭を振りながら感じ入るかのように言った。「間違いなく、頭が老成していた」

「体も、かなり老い始めていたわ」

「なあ、今あらためてしみじみ思うんだが、あれは逆らっちゃいけない女だ。死んだあげくに幽霊となって出るからには、なおさらだ。思うに、わしたちは、是が非でもあの女の言いつけどおりにせにや」

「それじゃあ、あんたがいつも言ってることは、一体なんなの？」そう言って、オイドは乗っている馬を夫のそばに寄せ、彼の肩に手を置いた。「『一家の主婦の気の済むように』っていうのが、あたしの夫フィンワードじゃなくって？」

「わしは、いつだっておまえの言うとおりにしてるぞ」フィンワードが声高に言った。「だが、今度の件は血の凍る思いがする。もっと悪いことになるよ！　もっと悪いことが起こるに違いない！」

「なぜそんなに大騒ぎをするの？」オイドも声を張り上げた。「石を投げつけられても当然だった口うるさくて意地悪な醜い年寄り女がいて、おまけに、女はあたしを憎んでた。その女は生きてるときにあたしを怖がらせようとして上手くいかず、死んで朽ちた今、あたしを怖がらせていいの？　良くないわ。偉そうにあごひげをはやしてるくせに、恥ずかしくないの、あんたは！　そんなにびくびくして、それでも男？　あんたに寄り添ってる女房は、こんなに肝が据わってるのに」

「そのとおりだね。だが、この国のことわざにもある。分別なき者、怖いものを知らずってね」

それを聞いて、オイドは心配になり始めた。いつもの夫は、もっと御しやすいからだ。そこで、今度は夫に別の手を試みた。

「あんたもそう思ってるの？」とオイドは大声で言った。「それなら、あんたの手にキスをして、おいとまするわ！　あたしに分別が足りないっていうんなら、別れてあげる。分別がそんなに大事？あたしたちがきのう埋葬した、ほうきの柄にまたがる女は、あんたにすれば分別があったのね」

こうしてオイドはさっさと夫の前に馬を進め、夫を振り向きもしなかった。

フィンワードはそのあとに従ったが、目の前が暗くなった。彼にとって妻は、人生そのものも同然だったからだ。彼は、自分の心のままに六マイル（約十キロ）進んだ。しかし、七マイル目は半分も行かないうちに、オイドのそばへ馬を進めた。

「一家の主婦の気が済むような話？」オイドが尋ねた。

「オイド、おまえの好きなようにすればいい」フィンワードが言った。「願わくは、災いが生じませんように！」

そこで、オイドは夫を大切に扱い、夫の心は慰められた。

家に帰り着くと、オイドは二つの衣装箱を自分の寝具入れの小部屋に持ってゆき、箱を開けて、一晩じゅう満足そうに眺めていた。フィンワードはその様子を見て、心配のあまり憂鬱になった。

「なあ、おまえ」たまりかねて、フィンワードは言った。「ここにあるのはアスディスのものだってこと、忘れちゃいけないよ」

それを聞いたオイドは夫に向かって、嚙みつかんばかりに怒鳴った。

「あたしが泥棒だって？　あの子が大人になったら、ちゃんとあの子にやるわよ。それとも、今あの子にやって、あのおてんば娘をいい気にさせりゃいいの？」

そう言われて、気弱な夫はしょんぼりと外へ行き、自分の仕事に取りかかった。その日一緒に働いた者たちは、彼が腹立たしげに仕事に精を出したかと思えば、座って呆けたように一点を見据えているのを目にした。彼は心の内で、今度の一件はひどい結末を迎えるだろうと思っていた。

しばらくは、そのほかのことは起こらず、話も出ずに過ぎた。オイドは宝物を一人で大切に抱え込み、フィンワードのほかは誰にも気づかれずにいた。ケープだけは時折、身にまとった。それは、死んだ女の遺言でオイドのものになっていたからだ。しかし、ほかのものは、しまったままでいた。自分でも不当に我が物にしていると分かっていて、恐れていたのだ。フィンワードのことをいくらか、トールグンナのことはひどく。

　ある晩のこと、夫婦は寝ようとベッドへ行き、フィンワードが先に服を脱いでベッドに入った。「このシーツはどうしたんだ?」脚がシーツに触れるや、フィンワードが金切り声で叫んだ。そのシーツは水のようにすべすべしていたが、アイスランド製のシーツは粗い麻布のような感触だからだ。「洗いたてなんでしょうよ」オイドはそう答えたものの、髪を巻く手が震えていた。「おいおい!」とフィンワードが叫んだ。「これは、トールグンナのベッド用シーツじゃないか。しかも、死んだときに使っていたものだ! わしに嘘をつくな!」

　その言葉に、オイドは振り返って夫の顔を見た。「だから何? 洗ってあるわよ」

　フィンワードはあらためてトールグンナのシーツのあいだに身を横たえ、うめいた。それ以上は一言も発しなかった。自分は臆病者で不名誉な人間だと、思い知ったからだ。やがて妻が彼のかたわらに来て、ふたりはじっと横になっていたが、ともに眠れなかった。

　夜中の十二時ごろか、オイドは、ベッドが揺れるほど激しくフィンワードが震えているのに気づいた。

「どうしたの?」とオイドは尋ねた。

「分からない」とフィンワードが言った。「死の冷たさのように冷え冷えする。その冷たさで気分が悪い」彼の声が急に小さくなった。「トールグンナの具合が悪くなったときも、こうだった」彼はそう言って起き上がると、真っ暗な館の中を朝になるまで歩きまわった。

　明くる朝早く、フィンワードは、四人の若者たちと漁に出かけた。オイドは心配し、戸口から夫の様子を見ていた。夫は浜辺を歩いてゆくときも、トールグンナの身震いと同じように震えていた。その日は天候が悪く、海は荒れ、小舟は激しく揺れた。フィンワードは、具合の悪さが気にかかっていたのかもしれない。とにかく、小舟が座礁したのは確かで、スナイフェルス半島の入り江の岩礁に乗り上げ、舟はあっという間にばらばらに壊れた。四人の若者は海に放り出されて砕けた波に飲み込まれたが、フィンワードだけは岩礁の上に投げ出され、彼はやっとの思いで岩に這い上がると、そこに一日ずっと腰を下ろしていた。彼が何を考えていたかは、神のみぞ知る。日が西に傾き始めたころ、一人の羊飼いが羊を追いながら海岸の崖の上を通りかかり、轟く海の砕け波の真っ只中で隠れ岩の先端にいる男を見つけた。羊飼いが男に呼びかけると、男は振り向き、向こうからも呼びかけてよこした。入り江の砕ける波のすさまじい音と海鳥の甲高い鳴き声とで、羊飼いには、男の声は聞こえても言葉は聞き取れなかっただろう。ただ、トールグンナという名前は羊飼いの耳に届き、まるで年寄りのようなフィンワード・キールフェアラーの顔も見えた。大急ぎで、羊飼いはフィンワードの家へ走った。羊飼いから話を聞くや、息子のエヨルフは素早く舟を出し、急いで父親を助けに向かった。一行は、力いっぱい大波に向かって舟を漕いだ。技量と勇気でエヨルフはとうとう岩礁にたどり着き、岩に這い上がった。父親は、その場に腰を下ろしたまま事切れていた。約束を反故にしたことに対する、トールグンナの最初の報復だった。

父親の亡骸を舟に乗せるのも一苦労だったが、うねる波を相手に家に連れ帰るのは、さらに大仕事だった。しかし、エヨルフは見どころのある若者で、彼を手助けした若者たちもたくましかった。こうして、約束を反故にした男の亡骸は家に帰り着き、通夜が営まれ、丘に埋葬された。オイドは殊勝な未亡人で、しとど涙を流した。フィンワードが好きではあったのだ。それでも、彼女の耳元で、これで若い男と一緒になれると小鳥がさえずった。怖いもの知らずにも、オイドは、トールグンナの素晴らしい品々があるからには相手は選り取り見取りだろうと考えた。オイドの心は元気づいた。

こうしてフィンワードの亡骸が丘に埋葬されたあと、広間で一人座っているオイドのもとへ娘のアスディスがやってきて、何も言わずに、しばらくオイドのかたわらに立ったままでいた。

「なあに?」オイドが尋ねた。そして、もう一度「どうしたの?」と聞き、それからこう言った。「お互い正直でいようじゃないの。何か言うことがあるんなら、言っておしまい!」

そこで、少女は母親の間近までゆき、こう言った。「お母さん、トールグンナさんのものだったものは身につけないでほしいの」

「なるほど」とオイドが大声で言った。「そういうこと? 切り出すのが、やけに早いじゃない! 誰の入れ知恵? たぶん、おまえのばかな父さんだね」言葉を切ったオイドの顔が真っ赤になった。

「誰がおまえに、あれはおまえのものだって言ったの?」オイドは、あらためて聞いた。自分に非がある分、なおさら高飛車になった。「おまえが大人になったら、おまえの分はあげるけど、一日早くてもだめ。あれは赤ん坊のためのもんじゃないの」

娘は、母親の顔をまじまじと見た。「あたしは品物がほしいわけじゃないわ。みんな燃やしてほしいの」

「あきれた。よくもまあ」オイドが声を張り上げた。「どうして燃やさなきゃいけないの?」

「お父さんが燃やそうとしたのを知ってるから。それに、お父さんは死ぬ前に岩の上で、トールグンナさんの名前を言ったのよ。だから、ねえ、お母さん、あの品々が不幸をもたらしたんじゃないかしら」

しかし、オイドは、不安になればなるほど、問題にもしようとしなかった。

少女が、手を母親の手に重ねて言った。「あれはみんな、後ろ暗い方法で手に入れたんじゃないかって心配なの」

オイドの顔に、さっと血がのぼった。「誰のせいで、おまえは自分を生んだ母親を悪く言うようになったんだい？」オイドが大声で言った。

「ねえ、お母さん」アスディスがうつむいて言った。「お母さんがブローチを持ってるところを見たのよ」

「どういうこと？　いつ？　どこで見たっていうの？」

「この広間で」アスディスは床を見つめながら言った。「お母さんがブローチを盗んだ夜に」

それを聞いて、オイドは叫び声を上げた。手を振り上げ、娘を叩いた。「子どものくせに、こそこそ見張るなんて！」オイドはそう叫ぶと顔を両手で覆い、体を揺らして泣きだした。「おまえに何が分かるの？」オイドが大声で言った。「おまえに理解できるわけがないよ、乳離れして間もない、まだ娘っ子のおまえには。あの人は——おまえの父さんは、分かってくれた。もう死んでしまったあの人は！　あたしを理解してくれて、かわいそうに思ってくれたよ。あたしに優しかった。それなのに、あたしと薄情な子供たちを残して逝ってしまった！　ねえ、アスディス、おまえには血も通っていないのかい？　あの品々のために、あたしが何をして、どんな思いをしてきたか、おまえは知らないんだ。あたしはね——ああ、あたしはあの品々のためなら、なんだってしたよ！　おまえの父さんは死んでしまった。そのあげく、おまえはあたしに、あれをみんな使うなって言うんだね？　アイスランドには、あんな素晴らしい物を持ってる女性なんていない。それでも、おまえはあたしに、みんな焼き捨ててほしいって言うんだね？　それはだめ、死人が生き返ろうがね！　だめよ、だめ」オイドはもう耳を貸さなかった。「死人が生き返ろうがだめよ。その話はもう終わり！」

　そう叫ぶと、オイドは自分の小部屋に駆け込み、ドアをぴしゃりと閉めた。娘は一人、あっけにとられていた。

　しかし、それほど熱弁をふるったものの、長いあいだ、オイドがそれらの品を使っている様子はなかった。ただ毎日ときおり小部屋に閉じこもっては、品々を熱心に眺めたり、ひそかに身につけて楽しんだりしていた。

　やがて冬が近づき、日は短くなり、夜が長くなった。金色の朝の光を受けて、島は霜で銀色に輝いた。旅の若者の一行が来るという知らせが、ホーリーフェルからフロディス・ウォーターに届いた。その晩ホーリーフェルで夕食をとった一行が、翌日にフロディス・ウォーターに来るというのだ。一行の中には山男のアルフもいれば、ソングブランド・ケティルソンもブロンドのホールもいるという。オイドはその晩早く小部屋にゆき、そこで美しい品々を眺めているうちに、自分に酔いしれて心が和んだ。品々の中に、多色織りのカートゥル（中世の婦人用の長いゆったりしたガウン）があった。青が緑の中へと織り混ぜられ、緑は青によって色調が明るくなり、海の淵と浅瀬とのあいだで色彩が揺らいでいるかのようだ。オイドは、もはやそれを身にまとうことなく生きるのは耐えられないと思った。長さが一エル（約一・一四メートル）もある腕輪もあった。ヘビをかたどり、その両目には火のように赤い宝石がはめこまれている。自分の白い腕に輝く腕輪を見て、オイドは、執着のあまりに頭がくらくらした。彼女は思った。「ああ！　綺麗な装身具が、ここまで美人に似合ったことは今までなかったわ」まぶたを閉じると、若者たちの一行に囲まれた自分と、若者たちの賛美の視線が自分を追う様子が、目の前に浮かぶようだった。それにつれて、自分はやがて彼らの一人と結婚するに違いないと考え、相手は誰かしらと思った。おそらくアルフが一番いいだろう、いや、ブロンドのホールのほうか、とも思ったが、さだかではなかった。やがて、丘の石塚に眠るフィンワード・キールフェアラーを思い出し、気にかかった。「そうね、あの人は、あたしにとって良い夫だった」とオイドは思った。「あたしも、あの人にとって良い妻だった。でも今はもう、それも過ぎた話だわ」そして、彼女はまた、服や装身具をいじりだした。ようやく彼女は滑らかなシーツを敷いた床につくと、横になりながら、自分の姿を想像してその姿にうっとりとし、まわりが自分を賛美するさまを思い描き、その先の出来事に思いを巡らせ、そうするうちに、オイドは嬉しくなって、シーツにくるまりながら一人クスクスと笑った。それからしばらくは、体を震わせながら声を立てて笑った。やがて浮かれ笑いは収まってきたものの、体の震えはいっこうに収まらなかった。恐怖の身震いが彼女の肉を、墓の寒さが内臓を、死の恐怖が心を、とらえて離さなかった。それとともに、声が彼女の耳に響いた。「トールグンナの具合が悪くなったときも、こうだった」その夜は、幾度も悪寒と恐怖が彼女を襲っては、幾度も過ぎ去った。明くる朝、起き上がった彼女の顔には、死相が現れていた。

オイドは、奉公人や子どもたちが自分をじっと見ているのに気がついた。理由はよく分かっている！　彼女は悟っていた。その日が来たことを。人生最後の日、最後のときが背後に迫っていることを。しかし、覚悟はできていたので、ほとんど気にはしなかった。すべては失われ、すべてはもう元には戻せない。死ぬまで、このままでいることになるだろう。こうして、オイドはいつもどおりに振る舞い、若者の一行に出すご馳走の支度を急がせたり奉公人たちを罵ったりしたものの、足元は覚束ず、我ながら自分の声が奇妙に聞こえ、周囲は彼女と視線が合うのを避けた。時折、オイドは悪寒にも襲われ、同時に恐怖にも襲われた。腰を下ろさずにはいられず、歯はがちがち鳴り、腰掛けが床の上でぐらついた。そうなると、もう自分は死ぬのだと思い、トールグンナの声が耳に響いた。「人にお見せするほかには使い道がない品々ですからね」と声が言った。「オイド、ねえ、オイド、あの品々を一度は人に見せたことがある？　ないわよね、一度たりとも！」やがて考えるのが辛くなると、気力と体力が蘇り、彼女はまた立ち上がって、仕事に精を出すのだった。

そろそろ、そのときが近づいた。オイドは自分の小部屋へゆき、飛び切り華やかな服と小物で美しく装い、客たちを迎えるために姿を現した。アイスランドにはそのような装いの女性は、ついぞいなかった。オイドがまだ客への歓迎の言葉を口にするかしないうちに、荒波をゆく船のような激しい震えと地獄のように底知れぬ恐怖が彼女を襲った。美しい装身具の輝きの中で彼女の顔色が変わり、彼女を見る客たちの顔色も変わった。恐怖のあまりに思わず客たちは眉を寄せ、後ずさりした。オイドは客たちの様子から自分の死を悟り、小部屋へ駆け込んだ。そして、ベッドに掛けたトールグンナの上掛けの上に身を投げ出し、顔を壁に向けた。

それ以後、オイドが言葉を発することはなく、夜更けに彼女の魂は旅立った。それまで娘のアスディスは何か手立てはないかと駆けまわっていたが、男であれ女であれ、誰にも手の施しようがなかった。アスディスが小部屋に戻ると、部屋は明るかった。小ろうそくが一本、衣装箱の上に灯っている。そして、美しい服をまとったオイドが横たわるベッドの上で、オイドのかたわらに、大柄な、今は亡きトールグンナがうずくまっていた。声はまったく聞こえなかったが、口の動きからトールグンナは歌っているように見え、歌に合わせるかのように両腕を揺らしていた。

「神さま、あたしたちにお慈悲を！」アスディスが叫んだ。「お母さんが死んでしまった」

「死んでしまったわね」トールグンナが言った。

「不運は去ったんでしょうか？」アスディスが大声で尋ねた。

「罪を犯せば、不運を受け入れねばならないものですよ」そう言って、トールグンナの姿は消えた。

それでも明くる日、エヨルフとアスディスは、浜辺の潮が満ちてくるあたりに焚き火を起こさせた。そこでふたりは宿なし女の寝具や衣服や装身具を燃やし、衣装箱の板材までも燃やした。やがて潮が満ち、灰はすっかり流された。こうして、トールグンナに由来する不運は、フロディス・ウォーターの川沿いの館から取り除かれたのだった。

慈善市

井伊順彦訳

寓話めいた問答

【登場人物】
素朴な一般人
その妻
呼び込み

右手に銀のトランペットを持ち、寓話ふうの衣装をまとった呼び込みが慈善市の前の踏み段に立っている。前奏のファンファーレを吹き鳴らす。

呼び込み　ご来場のみなさま、謹んでお知らせいたします。興味深く、うるわしく、珍しく、風変わりで、こっけいで、なくてはならぬ品目の数々を販売中。お目にかけるのは、赤ん坊の靴、子どものペチコート、シェトランドウールのネクタイといった趣味よき品々、また急須カバー、くるぶし飾り、ブラーミンビーズ、マドラス織りのかごといった用途広き品々、ペン拭き、接着剤できれいに修理したインド人フィギュア、思わぬ拾い物が入っている口閉じ封筒といった必須の品々です。売り手はと申しますと、まじめにちまちま稼ぐような凡百の商店主ではございません。興味深く、うるわしく、珍しく、風変わりで、こっけいで、なくてはならぬ品目の一つ一つを相場の二倍以下で売るぐらいなら、みなさまのポケットから木綿のハンカチを抜き取るほうがましと考える紳士淑女でございます。
（またトランペットを吹き鳴らす）
妻　ずいぶん口のじょうずな若者みたいね。
素朴な一般人　（呼び込みに話しかける）あの、ちょっと、わたしは単純で無学な男ですがね、今あんたが熱い口ぶりで売り込みに励んでたのは、ほかでもない慈善市じゃありませんかね。
呼び込み　だんなさん、鋭いお方ですね。おっしゃるとおりで。
素朴な一般人　カモになりそうな通行人を誘い込もうって算段ですか。
呼び込み　それがわたしの生業でさ。
素朴な一般人　ですが、慈善市といえば、表面には表れない目的のために、素人さんが品物を相場より高く売る場じゃありませんかね。
呼び込み　だんなさん、さては初心者ではございませんな。ひとつ我ら三人、戸口に腰を下ろして、この一件について詳しく論じ合いましょうか。ここはちょいと人目に付きはしますが、風通しがよくてもってこいの場所だ。
（呼び込みは二段目に腰を下ろし、素朴な一般人と妻はその一段下で呼び込みの左右に席を取る）
呼び込み　買い物ってのは人の心情からすると格別に愛着ある楽しみです。
妻　ええ、そうですわ、たしかに。
呼び込み　品物を選ぶのは、各々の便利さ加減は別として、気持ちをそそるおこないです。なんの変哲もない殺風景なシリング硬貨を手放して、かざぐるまや、緑色のサングラス（エドガー・アラン・ポオ「盗まれた手紙」参照）一グロスや、三角帽という具合に、きれいで作りがよくて凝った小間物を手に入れると、ずばり、こりゃよかった、もうかったって気になるわけで。わたしども以前はシリング硬貨をたくさん手に入れてましたよ、こおんな具合に。でも、かざぐるまを手に入れたのは今回が初めてだ。こうした人間性の原理にもとづきましてね、だんなさん、慈善市の舞台は成り立ってるわけで。もちろんどなたも慈しみのお心をお持ちでした。問題は慈善そのものを楽しい行為にする次第でして――おわかりですかね、奥さま――今回の市でうまい答えが得られました。慈善目的でお金を手放すおこないは、こういう見事な創意工夫の場で娯楽へとかたちを変え、利益を生む商行為という様相を呈したわけです。みなさまには、しばし買い物をお楽しみいただく。そのなかで錯覚を保つべく怪しげな代物が売り手から買い手に渡る。こうして遊戯の体裁のもとで、子どもたちが算術の恐ろしさを目の当たりにしたり、いやそれどころか、だみ声でお客を呼び込むよう教えられたり、といった場面をわたしは見てきました。

素朴な一般人　おたく、今の話題を貫禄たっぷりに講釈なさいましたな。まあ、ともかく、そういうお遊びの部分をもっと推し進めることは可能ですか。そうして、わたしがしかるべき時間を市で過ごして、がらくたを思うがまま安く手に入れようと売り手を相手に駆け引きしたあと、事務所でお金を返してもらうことは可能ですかね。

呼び込み　そうなると、現場のおかしみが損なわれはしませんかね。おまけに、よろしいですか、だんなさん、今お話しした手口の肝は、みなさまからお金をいただくところにあるんです。

素朴な一般人　たしかに。しかし、ともあれ急須カバーとペン拭きは取り戻せるかもしれませんよ、慈善市の側も。

呼び込み　わたしが思うに、もし頼み方がおじょうずならばの話ですが、だんなさんもけっこうな待遇にあずかれます。とはいえそれは原則から外れます。安物のがらくた――ご不満なのはとっくにわかっておりますが――は売り手の目的に合わせてうまく作り変えられてます。奥さまはこの急須カバーやペン拭きを安全な場所に取っておかれますね、すると別の慈善市のためにお力をお貸しくださいと言われますよ。その市で急須カバーやペン拭きはまた安く売られるはず。今度は新たな買い手が奥さまのなさり方をそっくりまねるわけです。つまりですね、だんなさん、すべての仕組みがぐるぐる回ってる。急須カバーやペン拭きは単なる遊びの駒でね。舞台の脇役たちみたいに現れては消えていく。年々歳々みんな品物を買ったり売ったりするふりをするんですよ、舞台俳優の才能を発揮するぐらい元気にね。でも、こういう錯覚を利用したやりとりのなかで、慈善の意味でお金がたんまり売り手に渡るんです、それも人目を引くような、生き生きした、気持ちいいやりとりのなかでね。仕事でどこかに遠出しないといけないときは、誰でもいちばん気持ちいい行き道を選ぶし、気の合った連れを望むものでしょうよ。だったら、義援金をくれてやるときも同じ心もちを示せばいいかがかな。

素朴な一般人　あの、今のお話にはまったく感じ入りました。わたしはもう心底からあなたの信者です。

妻　ぐずぐずするのはやめて慈善市に入りましょ。

素朴な一般人　うむ、入るか。

夫婦　（歌いながら）入りましょ、入りましょ、入りましょ、慈善市に入りましょ。

（しばらく間が空いたという設定。一般人とその妻が慈善市から出てきた）

妻　あなた、運がよかったわねえ、小切手帳を持っていて。

素朴な一般人　ふん、ある意味じゃ運がよかった。（呼び込みに話しかける）あの、買った品物を運ぶ馬車を午後のうちに寄越します。お別れのご挨拶はしませんよ、前の座席に乗り込むつもりですから。べつに買った品物が気になるからじゃなくて、馬車の運転っていう金のかかる楽しみにしばらく浸る最後の機会としてね。

編者あとがき

本書は、スコットランド生まれの小説家、ロバート・ルイス・スティーヴンソン（一八五〇～九四）の短・中篇小説二六作を独自の視点から選び、一本にまとめたものである。収録したのは次のとおり。


『新アラビア夜話』（*New Arabian Nights*, London: Chatto & Windus, 1882）第二巻所収の四作「眺海の館」（"The Pavilion on the Links"）、「一夜の宿り」（"A Lodging for the Night"）、「マレトロワ邸の扉」（"The Sire de Malétroit's Door"）、「神慮はギターとともに」（"Providence and the Guitar"）。

『寓話』（*Fables*, NY: Charles Scribner's Sons, 1896）没後出版。

『宿なし女』（*The Waif Woman*, London : Chatto & Windus, 1916）没後出版。

「慈善市」（"The Charity Bazaar", 1898）没後発表。本邦初訳。


収録作をそれぞれ紹介する。

『新アラビア夜話』は二巻本だ。第一巻に著名な「自殺クラブ」と「ラージャのダイヤモンド」が収録されている。本書に訳出した第二巻の底本には、*Treasure Island The New Arabian Nights* (London: Everyman's Library, ed. with an introduction by M. R. Ridley, 1962, Last Reprinted 1970)

を使用した。

中篇作「眺海の館」は、イギリスの月刊誌『コーンヒル・マガジン』一八八〇年九月号および一〇月号に初めて載った。訳出の底本はこの初出誌版に拠っている（場合に応じて初出誌も参照した）。単行本としての『新アラビア夜話』は、Charles Scribner's Sons（1900）や Chatto & Windus（1901）、Collins' Clear-Type Press（1908?）、Heinemann（1924）など各社からも刊行された。そうした版では、「眺海の館」はふつうの一人称語りの小説になっている。だが初出誌版ではそれとは異なり、自らの死期が遠くないことを悟った主人公が後日談として我が子たちに宛てた手記となっており、その旨の記述がおりおり見られる。なかでも特筆すべき箇所は、子どもたちへの呼びかけに始まり、我が妻でありおまえたちの母である女性との出会いのいきさつをこれから述べるよ、と結ぶ冒頭の第一段落だ。内容からして当然ながら、エブリマンズ・ライブラリー版以外ではここが削除されている（ほかにも削除箇所は複数あり）。またエブリマン版と通常版とでは、ところどころで異同があり、前者ではその箇所が脚注で示されている。現在エブリマン版は入手が困難のようで、その意味でも本訳書の希少価値は高い。訳出に際して、対訳版『臨海楼綺譚』（島田謹二訳、研究社新訳註叢書、一九五二年初版。参照は一九五四）を参照した。既訳については、対訳版を含めてほかにも半世紀以上前に出ているが、どれもとうに絶版であるうえ、底本は通常の単行本版だ。また、Kindle 版で『砂丘の冒険』（脩海訳、ビブリオテク・ウラニボリ、二〇一八）というのがあるようだが、当方は未見。

第二章までのあらすじを記す。主人公の「わたし」フランク・カシリスは、天涯孤独で、自尊心が高く人嫌いな青年だ。それでも、縁があるといえる者が一人だけいた。スコットランド北部の荒涼たる地グレイドン・イースターの領主R・ノースモアだ。二人は大学生のときに知り合った。ノースモアもやはり人嫌いで、血の気の多い変わり者だった。カシリスは大学を中退後、ノースモアに誘われてしばらく相手宅で過ごしたが、けんか別れしたままだった。それから九年後、カシリスは再びかの地を自ら訪れてみた。初日は野宿し、今は二日目の夜だ。かつて滞在した別館には、あるじがいる気配がない。カシリスが外にいると、船が岸に着き、数人の男が陸に上がってきた。荷物を運んでいる。船からはさらに複数の男と一人の若く美しい女もやってきた。やがてノースモアも姿を現した。カシリスがノースモアに声をかけると、あろうことか相手はいきなり短剣で切りかかってきた。カシリスは傷を負いながらも逃げた。ノースモアは別館のなかにさっさと入っていった。カシリスはしばらく呆然としたが、やがてある感情が湧いてきた。ノースモアに対する憤怒というより、むしろあいつの不可解な行動の謎を探ってやろうという好奇心が……。

スティーヴンソン文学の特徴は、おもに次の四点が挙げられる。過去の人物や事件、出来事を筋に絡める歴史性、主人公が目的を達成すべく敵と戦闘するなど果敢な行動に出る冒険性、社会や人間の不可解な面を特異な筆遣いで描く怪奇性、自らが身を置く社会からは遠い空間を舞台とした異国趣味性。スティーヴンソンは、作品の内容に応じて、こうした特徴を使い分けているが、本作にはいずれの点もが巧みに取り入れられている。この四点は、一口に「ロマンス性」としてまとめられる。しかも本作には別な意味でのロマンス性、すなわちカシリスやノースモアの心をとらえた美女をめぐる恋愛という要素もある。第三章からは美女の父親の存在も絡み、壮大な背景が次第に明らかになってくる。読みごたえ十分。スティーヴンソン文学の本質について語るうえでも欠かせない一作だ。

事実、本作に対する世評はかなり高い。シャーロック・ホームズ物の作者コナン・ドイルは、一八八八年一一月二〇日付の母親メアリ・ドイル宛書簡のなかで、「眺海の館」について、似たような設定の自作長篇小説『クルンバーの謎』(一八八八)と比べて絶賛している。少し長いが参考になるので引用する(邦訳では『砂丘の冒険』と表記)。

『クルンバー』が『砂丘の冒険』に匹敵するなどと言わないでください。母親のひいき目で判断を曇らせてはなりません。『砂丘の冒険』のほうがはるかにすぐれています。(一)ノースモア、カースルス、クララ等の登場人物がとても生き生きと描写されていますが、ぼくのはそうではありません。(二)超自然の力を借りなくても——これはむしろ作者の功績となることが常ですが——ストーリーを引っぱる力が強いこと。(三)うまくまとまっていて、読者の注意が一瞬でも薄れることがないなどが理由です。

(『コナン・ドイル書簡集』、ダニエル・スタシャワー、ジョン・レレンバーグ、チャールズ・フォーリー編、日暮雅道訳、東洋書林、二〇一二。二七三頁)

さらにドイルは一八八二年七月にも母親宛書簡で、「これまで読んだ中でも屈指の傑作」だと絶賛している(前掲邦訳書一八四頁の当該箇所では「臨海楼綺譚」と表記)。これだけではない。ドイルにとって「眺海の館」はスティーヴンソン作品のなかで特別な存在たり続けた。長篇読書論『シャーロック・ホームズの読書談義』(*Through the Magic Door*, London: Smith, Elder & Co., 1907, pp.116-17)でも、これは『ジキル博士とハイド氏』と双璧だと評している(佐藤佐智子訳、大修館書店、一九八九。一〇〇頁。邦訳では「砂丘の大幕舎」と表記)。

本作における一方の雄ノースモアについて一言しておく。美しきクララに対して異様な執着ぶりを示しているのはともかく、久しぶりに会ったカシリスにいきなり無言で切りつけたり（事情はのちに明らかとなるが）、語り手カシリスによれば無神論や自由思想を抱いていたり、イタリアの国家統一運動に加わったりと、この男の人となりはなんともわかりづらい。だがスティーヴンソンは、この男の胸の内に深く分け入らない（クララの胸の内にも）。あくまでカシリスとの関わりにおけるノースモア像しか描こうとしない。しかも自らのそうした筆法をみじんも卑下していないようだ。もし「眺海の館」の作者が、ジョージ・メレディス（一八二八～一九〇九）なら、手記のかたちであれふつうの一人称語りであれ、代表作『エゴイスト』（一八七九）のように、「神」の立場から主要人物たちの心理を詳細に分析して見せただろう。あるいは作者がヘンリー・ジェイムズ（一八四三～一九一六）なら、実験作『メイジーの知ったこと』（一八九七）のように、語り手の目に見えたことのみを読者に知らせるという意識をもっと前に押し出すだろう。さらには二〇世紀モダニズム期以降の小説家、たとえばフランツ・カフカ（一八八三～一九二四）などなら、自分以外の人物たちの内面がわからないこと自体を作品の主題にすえただろう。だがスティーヴンソンは、そのいずれの手法も採らず、本作を物語性《ロマンス》の香り漂う一品に仕上げた。一九世紀後半以降における科学の発達を背景とした心理リアリズム小説を好む向きには、物足りない面もあろうが、これがスティーヴンソン文学だ。最後にノースモアのその後についてわざわざ触れて、作品の結末をつけている点も、現代小説とはおもむきを異にすると評すべきだ。現代小説なら、結末は読者の判断や想像にゆだねていただろうから。ちなみに、最後に名前が出てくるジュゼッペ・ガリバルディ（一八〇七～八二）の率いるイタリア国家統一運動については、ルキノ・ヴィスコンティ監督の『山猫』（一九六三）を観るとよかろう。この大作でもガリバルディ自身は出てこないが、一八六〇年前後のシチリア島における情勢変化がよくわかる。

「一夜の宿り」は月刊誌『テンプルバー』（正式には *Temple Bar* —— *A London Magazine for Town and Country Readers*）一八七七年一〇月号に掲載された。当時は「フランシス・ヴィヨン物語」（A Story of Francis Villion）という副題がついていた。かつては長篇短篇を問わずスティーヴンソンの小説第一作とされ、今でも若干のスティーヴンソン論でそう紹介されているようだが、これは違う。実際の第一作は、「一夜の宿り」と同じく一八七七年、『ロンドン』誌の二月二四日号〜三月一七日号に載った〝An Old Song〟という短篇だ。訳出に際して、『マーカイム・壜の小鬼　他五篇』（高松雄一・高松禎子訳、岩波文庫、二〇一一）所収の「その夜の宿 —— フランソワ・ヴィヨン物語」を参照した。

あらすじを記す。舞台は対イングランド百年戦争（一三三七〜一四五三）終結後の一四五六年一一月のパリ。雪が降る夜、一軒の家で詩人ヴィヨン（一四三一〜六三？）たちがくだを巻いているなか、目の前で殺人事件が起きた。だが、あろうことか下手人はじめ仲間は遺体から有り金をくすねる始末だ。それでも結局さすがに全員この場を逃げ去ることになり、ヴィヨンは真っ先に外へ出た。ひとけのないパリの街を一人ぼっちで歩き、義父である聖職者の家に着くと、ひと晩泊めてくれるよう頼むが冷たく断られる。ヴィヨンは悪態をついてその場を離れる。そうして夜の街をさまよい歩くが、ようやく見知らぬ老人男性の家に入れてもらえた。老人は領主で代官だという。戦争に加わったことも多いと。ヴィヨンも文学修士で詩人だと自己紹介する。老人は料理やワインを出してくれた。ヴィヨンはグラスを傾けながら自説をぶち、当主も議論に応じてゆく……。

仲間を殺して金を奪うような者は言うに及ばず、ヴィヨン自身も根性の卑しいチンピラであることは、行き倒れた娼婦らしき女のからだを探り、小銭をくすねたりするなどのおこないを見れば明らかだ。そんなチンピラ詩人が、ひとときの逃げ場を与えてくれた老人に対して、少なくとも表向きには悪びれもせず論戦を挑むばかりか、自己を正当化し、相手を非難するような言葉を連発する。路上での自身の窃盗行為について語ったヴィヨンを老人が軽く難じたのに対して、そんなおこないなど戦争ではよくある話だろうと、ヴィヨンが言い返したことが両者の議論のきっかけだ。武人たる当主は、戦争の名誉を汚すべからずと述べる。ぼくのおこないも命がけだとヴィヨンは言い返す。それは利得のためであり、名誉のためにあらずと老人は諭さんとする。しかし、何が名誉だ、兵士とておのれのもうけのために盗みをするのだとヴィヨンはつっぱねる。決着は永遠につくまい。両者ともにおのれの正義を主張しているからだ。人間の行為の公《おおやけ》性と私《わたくし》性を区別せよという老人と、そんな区別はない、兵士と夜盗は同じものだというヴィヨン。こうした論争は、しかし、あくまで近代人スティーヴンソンの視点からなされたものだ。芥川龍之介が「或日の大石内蔵助」で、江戸時代の浪士を近代的心理を秘めた人物として描いたように。現実の中世に生きた詩人ヴィヨンには、作中の主張で示したような問題意識はなかっただろう。

ここでヴィヨンの実際の作品を引いておこう。

時は今、千四百五十六年
わたしフランソワ・ヴィヨン、学生です。
歯をきりきりと噛み、気をしゃんと引き立たせ
心しっかり落ち着けてさて考えるには

おのれの所業をよくよく熟慮せねばならぬ。
あのローマの賢人、偉い学者
ヴェジェースも言っているように。
さもないと計画にも計算違い……

（「ヴィヨンの形見分け」（一四五六）1、『ヴィヨン詩集成』（天沢退二郎訳、白水社、二〇〇〇。九頁）

ヴィヨンは天賦の文才を具えた犯罪者か、犯罪に手を染めた芸術家か。まるで、サルトルに人間性研究の題材とされた詩人・小説家ジャン・ジュネ（一九一〇～八六）を想わせる存在だ。

さらに小ネタを一つ。ヴィヨンは本作中でも詩を書いている。自らはおそらく、暮らしぶりからして華やかな食卓とはさほど縁もなかろうに、「豪勢な食を好む者」を主人公とした一作をめざしているようだ。フランス文学には、食に対する常識外れの欲求が描かれている作品がある。バルザックの『従兄ポンス』（一八四七）やゾラの『ナナ』（一八七九）もそうだが、圧巻はフランソワ・ラブレーの『ガルガンチュワとパンタグリュエル』（一五三二～六四）だ。その「第一之書」第六章などを見ると、飲食をすること自体が何か権威に対する抵抗の意思表示であるかにも思える。本作の我らが主人公も、食へのこだわりの点はかなりのもののようだ。

一つ、純然たる贈与として
わたしの手袋と絹の短いコートを

わが友ジャック・カルドンに与えよう
それと、柳の繁みになるドングリ、
毎日、ふとったガチョウ一羽と、
最高に脂の乗った去勢鶏一羽、
チョークみたいに濁った白葡萄酒十樽、
そして肥りすぎぬために、訴訟を一件。

（「ヴィヨンの形見分け」13、前掲書。一七頁）

一つ、托鉢修道会の連中、
〈神の娘〉や、ベギーヌ会の尼たちには
下味つけて油で揚げた肉料理、
魚パイ、去勢鶏、脂の乗った牝鶏、
それに〈最後の審判、一五予言〉の説教権と、
両手でパンをかき集める権利を添えてあげよう。
カルメル会の連中は近所の女に乗っかるが、
これはまあ、どうでもいいことだ。

（「ヴィヨンの形見分け」27、前掲書。二六頁）

フランスとはとくに関わりないが、同じく中世ヨーロッパの豪勢な食事の内容を描いた作品に、ウ

ンベルト・エーコの『薔薇の名前』（一九八〇）が挙げられる。舞台は一三二七年の北イタリアだ。たとえば「第四日　終課」での、ベネディクト会修道院が異端審問官ベルナール・ギーたちの使節団を迎えた際のもてなしぶりは、とてつもない（ジャン＝ジャック・アノー監督による映画には、この場面は描かれていない）。「小鳩のサルミ、兎の丸焼き、聖女キアーラのパン、（中略）チーズのパイ、ピーマンと煮込んだ羊の肉」（河島英昭訳、東京創元社、一九九〇、下巻。八五頁）などのほか、ケーキをはじめ菓子類もたっぷり出て、それを「香水萱《こうすいがや》のリキュール、胡桃酒」などとともに胃袋におさめるという。つまり、酒食に贅の限りを尽くすのは、中世フランスというより、カトリック教会の支配によるどんよりした空気が漂っていて、どこかで息抜きしたいと願った中世社会の一特徴なのか。背徳への誘惑は、時空を超えて誰もがひそかに抱いていることではあるが、そうした心情の表現と見るべきか。ちなみにベルナール・ギー（一二六一〜一三三一）は、「第四日　九時課」では史実どおり「七十歳ぐらい」（前掲書。七五頁）と記されている。当時の七〇歳前後は現在の基準ならどれぐらいに当たるか。そんなご老体がよくも平気で油脂分過多の料理に臨めるものだ。それは違う、美食への過度なまでのこだわりはカトリック圏のこととは限らないぞ、映画『バベットの晩餐会』（ガブリエル・アクセル監督、一九八七）を見よ、あれはデンマークの作品だし、舞台は一九世紀のユトランド半島というプロテスタント圏ではないかと、反論する向きもあろうか。いや、よくごらんあれ、あの晩餐会を企画し実践したのは、パリ・コミューンの混乱を逃れて亡命してきたフランス人家政婦だった。美食ついでにもう一言。フランスには、『奇人たちの晩餐会』（フランシス・ヴェベール監督、一九九八）という映画もあった。

「マレトロワ邸の扉」は前述の『テンプルバー』一八七八年一月号に掲載された。訳出に際して、『ねじけジャネット —— スティーヴンソン短篇集』（河田智雄訳、創土社、一九七五）所収の「マレトルワ邸の扉」、および『臨海楼綺譚』（島田謹二訳、角川書店、一九五二）所収の「マレトロアの殿の扉」を参照した。

あらすじを記す。舞台は百年戦争（一三三七〜一四五三）が続いている一四二九年九月のフランス。はたちそこそこの騎士ドニ・ド・ボーリューが、パリの南東に位置するシャトー・ランドンの友人宅を訪れ、帰途についていた。しかし、もう真夜中でドニは道に迷ってしまった。あたりには夜回りの兵士たちがいて、捕えられるとやっかいだ。身をひそめるように歩いているうち、ドニはある邸宅の前に来た。なにげなく扉にもたれると、扉が開いてドニは邸内に入ってしまった。外に出ようにも扉は閉まったままだ。仕方なく奥へ進むと、一人の老人がいた。当主のマレトロワ侯だ。当主はドニを姪のブランシュの求婚者だと思い込む。ドニはあわてて否定するが、今から二時間以内にわしの姪と婚約しないと処刑すると言われた。さあ、どうすべきか……。

不条理な状況に置かれた際、人間はどんな行動に出て難局を打開すべきか。あるいは、不当な運命を甘受することに道義性を見出し、自らの心をなぐさめるか。つまりその運命に対する解釈を強引にでも変えて、置かれた環境のもとで生きてゆくことにするか。ドニに与えられた猶予はわずか二時間だ。ゲオルギー・ヴァレンチノヴィチ・プレハーノフ（一八五六〜一九一八）は、『歴史における個人の役割』（一八九八）のなかで、自身の運命を歴史の法則と捉え直して、むしろ進んでその定めに従って生きるところに人間の自由を認めた。むろんこうした生き方ができるためには、プレハーノフのように歴史の進歩という法則を確信していなければならないが。ドニの場合、ブランシュという一方の当事者の意向も無視できない。すなわちここでは、絶対原理のもとに構成員が一つに束ねられる共同体ではなく、自分と相手の存在、および両者を結びつける双方の合意、この三要素からなる「社会」が構成されねばならないわけだ。本作の結末はほぼ予測されるところだが、本作に対する興味の中心は、そんな予定調和的な結末よりむしろ、「運命」なるものに対するドニの向き合い方や結論を出すまでのいきさつだ。ここでのドニは、わたしたち一人一人だ。ドニの緊張と覚悟を我が物と捉えよ。

ちなみに、シャトー・ランドンはパリの地下鉄駅の名にもあるが、本作のシャトー・ランドンはパリから南東に下ったセーヌ・エ・マルヌ県の小さな町だ。パリから約七〇キロ離れたフォンテーヌブローの森よりさらに南に位置する。ここから南西にしばらく行くと、イングランド軍の攻撃を受けて陥落寸前だったところをジャンヌ・ダルクに救われたオルレアンがある。

「一夜の宿り」と同じく中世フランスが舞台だが、本作では百年戦争のさなかだ。レオナルド・ダ・ヴィンチ（一四五二〜一五一九）が描く女性の指のような指をした奇妙な老人が出てくるが、ダ・ヴィンチは当時まだ生まれていなかった。スティーヴンソンがそれを承知の上で述べているのならよいが、もしそこを意識していないのなら、時代錯誤を犯していることになる。『ジュリアス・シーザー』（一五九九？）で、古代ローマの話であるのに、「柱時計が三時を打った」（第二幕第一場）とカシアスに言わせたシェイクスピアのように（現在のような柱時計が生まれたのはルネサンス期前後のこと）。

ドニの年齢について一言。一五世紀当時のイギリスにおける成年は二一歳であり、フランスでは大革命後の一八世紀終わりにやはり二一歳と定められた（二〇一八年に我が国法務省が発表した「諸外国における成年年齢等の調査結果」によると、「マグナカルタ（一二一五年）の時代に、騎馬兵隊が一般的になったが、騎馬用の重い防具を身につけつつ乗馬して戦うことのできる年齢として二一歳が成年年齢とされた」という）。フランス人のはずのドニは、つまり成人であるか否か微妙なところだ。ともあれ、そもそも一五世紀のフランスには成年という概念自体が存在しなかっただろう。ゆえにスティーヴンソンは、自身のイギリスふう感覚でドニの年齢を冒頭のごとく定めたのか。

「神慮はギターとともに」は週刊誌『ロンドン』一八七八年一一月二日号〜二三日号に掲載された（当時の題名は「レオン・ベルテリーニのギター」（"Leon Berthelini's Guitar"）。訳出に際して、高松雄一・高松禎子訳による前掲書所収の「天の摂理とギター」を参照した。

あらすじを記す。フランス人レオン・ベルテリーニは、かつては役者として活躍した経歴の持ち主だったが、今は妻エルヴィラとともに、歌やギター演奏などをこぢんまり生業としながらフランス各地を回っていた。しかし、カステル＝ル＝ガシ（架空の土地）なる田舎町に来た際、地元の警察署長に興行を禁止された。しかも夫婦は泊まっていた宿屋の主人から部屋を追い出されてしまった。そんな理不尽な目に遭い、もう逆らっても仕方ないわねとエルヴィラが言う（第三章）。こうなると夫婦で野宿するしかないかと思われたところで、スタッブズという名のイギリス人青年と知り合う（第四章）。スタッブズは結果としてあるフランス人夫婦をレオンとエルヴィラに引き合わせる（第六章）。この夫婦の仲はぎすぎすしているようだ。レオンやエルヴィラが同席したことで、何か好ましい化学反応は起きるだろうか。

『新アラビア夜話』第二巻の収録作は、「一夜の宿り」を除けば、どうにかでも落ちをつけて幕を閉じるのを心がけている感がある。そのことはスティーヴンソンの小説観の具現化、というより一九世紀ヨーロッパ小説の不文律ともいうべきで、本作も例外ではない。だがそうであれ、本作は『新アラビア夜話』のなかでは最も読む側の胸に落ちやすい結末を用意している。心地よい結末であるとも言える。

レオンとエルヴィラは、嬉しいにつけ悲しいにつけ、携帯しているギターをかきならし、歌を口ずさむ。レオンにとって、ギターは神の摂理の具現というより、神慮そのものだ。原題にある“and”は、その左右の語の同格関係を表現していると見たい。「神慮はすなわちギター」なりと。ただ、一つ指摘しておきたい。自分たち夫婦を酷く扱う警察署長に対するレオンの悪口《あっこう》は、乾いた心しか持たない一般大衆に対する芸術家の呪詛でもあるだろう。ここから、「大衆」対「知識人」、「政治」対「文学」というモダニズムの一構図まではあと一歩だ。

『寓話』は二〇作からなる短篇集で、作者の死後、雑誌『ロングマンズ・マガジン』一八九五年八月号および九月号に掲載され、一八九六年にアメリカで刊行された。雑誌に載ったのは二二作だが、一本にまとめられた際、「時計製造業者」(“The Clockmaker”)と「科学の猿人」(“The Scientific Ape”)の二作が編集者によって除かれた。訳出の底本には、最後の“The Persons of the Tale”はスティーヴンソン著作集第二巻、The Works of Robert Louis Stevenson (Tusitala Edition, ed. with an introduction by Lloyd Osbourne, London: Heinemann, 1923, Third Impression 1924) Vol. II, *Treasure Island* を、残り一九作は同著作集第五巻、*The Strange Case of Dr. Jekyll & Mr. Hyde Fables Other Stories & Fragments* (1924, Second Impression 1924) をそれぞれ使用した。訳出に際

して、『寓話』（枝村吉三訳、牧神社、一九七六）を参照した。ほかには河田智雄訳による前掲書に「寓話集」一〇作品が収録されている。

収録二〇作は内容もさることながら分量もばらばらだ。「その七　老《エルド》いの家」や「その一七　試金石」のように、底本で数頁に及ぶものもあるが、「その三　病人と消防士」や「その四　悪魔と宿屋の主《あるじ》」のように一頁にも満たないもの、それどころか「その五　悔悟する者」や「その一四　おたまじゃくしと蛙」のように、ショート・ショートというべき数行のものもある。いずれにしろ、どれもあくまで寓話と銘打った小説として存在している。したがって、たとえばニーチェの『善悪の彼岸』（一八八六）第四章「箴言と間奏曲」や、芥川龍之介の『侏儒の言葉』（一九二七）といった箴言集のたぐいとは異なり、最後になんらかの結論なり教訓なりが得られるとは限らない。ゆえにわたしたちは、隔靴掻痒の気分を多く強いられ、カタルシスを得られることも少ない。そんな作品ならはたして読むに値するのかと疑われかねないが、それは違う。各作品の行間を読む緊張は、むしろ心地よさにも通じる。作者の言葉遣いが何より巧みだからだ。スティーヴンソンの引き締まった文体はつとに知られるところで、なかでも『寓話』にはその特徴がよく表れている。ここで一つ、特異な評言を紹介しよう。

作家としてのスティーヴンソンのほんとうの欠点は、絹飾りや、うわべだけの、あるいはうわべ過剰の縁取りにはほど遠い。むしろ、物事をあまりにも単純化しすぎたため、現実の世界のもつ快適な複雑さの一部まで失ってしまったところにある。何を扱うにもディテールを節約し、不要なものを切りつめたため、結局はこわばった、不自然なところが出てきてしまった。核心から離れないという点では、数ある作家のなかでもスティーヴンソンは賞讃に値するが、生身の人間は、それほどまでに強情に核心に執着したりはしない。

（「技巧の限界」、『G・K・チェスタトン著作集〈評伝篇〉5　ロバート・ルイス・スティーヴンソン』、別宮貞徳、柴田裕之訳、春秋社、一九九一。一三二〜一三三頁）

滑らかならざる文章なため、真意が伝わりづらい面もありそうだが、チェスタトン（一八七四〜一九三六）はスティーヴンソンを酷評しているのではない。むしろ賛辞を与えるなかで、得意の逆説を駆使しているということだ。『寓意』の真価はまさにチェスタトンの言うとおり、いらない部分を削りに削って出来上がった逸品だ。解釈の余地は無限にある。宮沢賢治が描く銀河と同じぐらいに。たとえば「その六　黄色いペンキ」では、題名の物質の効用をめぐって医者と青年との会話が展開されるが、そこから人間の奥深い罪業《ざいごう》や、さらには「神慮はギターとともに」にも通じるような、「宗教人」対「俗人」という構図さえ読み取れる。もう一つ挙げよう。「その二〇　物語の登場人物たち」は、スティーヴンソンの一代表作『宝島』の続編《スピンオフ》といった小品だ。『宝島』第三二章が終わったところから始まる。ほぼ全編が海賊シルヴァーとスモレット船長との会話だが、“Author”という一語の二重性を核に、文学論や神学論にまで話題が及んでいる。

もっと短い作品でもそうだ。たとえば「その一　沈む船」や「その二　二本のマッチ」で、これほど唐突かつ破滅的な結末が導かれたのはなぜか。単に幕を下ろすためか。むしろわたしたちは、最後の一行からも作者の人生観をたぐりよせるべきだろう。逆に、グリム童話にも比すべき残酷物語「その七　老い《エルド》の家」の最後にある「教訓」には、安易にだまされてはなるまい。足枷やら剣やら物騒な代物が出てきて、『寓話』でも指折りの問題作だからこそ、作者の誘導を退けて独自の解釈を構築せねばならない。「老いの家《エルド》」では、読者は自らの戦略的読解力を問われることになる。チェスタトンのスティーヴンソン評に関わる典型例は、わずか数行からなる「その一一　市民と旅人」だろう。後者はなぜ地中に埋められねばならないのか。最後の一行とそこにいたるまでの部分とのあいだに横たわる深淵たるや、いくつもの解釈が浮かんで、いっそ清々しい気分になれる。

右記のごとき「破滅的な結末」では、「その八　四人の改革者」や「その一〇　本を読む人」も負けていない。スティーヴンソンには珍しくも、政治や宗教の主題が直截《ちょくせつ》に表現された小品であることが、そんな破滅性の呼び水か。といっても、スティーヴンソンにとって、政治と宗教とに対する距離感はかなり異なったはずだ。むろん前者のほうが後者より自分からは縁遠い概念だった。『寓話』が執筆されたころ、カール・マルクス（一八一八～八三）のイギリスでの亡命生活はすでに長きにわたっていたが、この革命家はスティーヴンソンの世界には存在しなかったというに近い。しかも「四人の改革者」は、政治を主題としたといいながら、二〇世紀の戦間期以降、あるいはロシア革命の成功によるソ連成立以降に、やはり政治を主題とした文学作品とは本質を異にする。政治の組織性とは無縁の内容を扱っているからだ。ゆえに本作においては、あくまで文学者の〝道義的機知〟とでも呼ぶべきものを読み取るほかない。スティーヴンソンがマルクスとともに、「哲学者たちは世界をただ様々に解釈してきただけだ。肝心なのは世界を変革することだ」（「フォイエルバッハに関するテーゼ一一」と主張しているわけではない。同じく「本を読む人」の破滅性も、スティーヴンソンにとって政治よりはずっと身近な概念たる宗教を取り上げてはいながら、キリスト教の本質に踏み込まんとしての表現ではなく、小説としての機知を前面に出した結果と見るのが妥当だ。

機知を駆使したもっとわかりやすい作品もある。「その九　男のその友人」はそうした例だ……と言わんとしたのだが、いや、友人が裁かれる理由となった「別の罪」とは、男の陰口をきいたことだと、はたしてすなおに捉えてよいのか。やはりスティーヴンソンは油断ならない作家だ。

『宿なし女』も作者の死後、アメリカの雑誌『スクリブナーズ・マガジン』一九一四年一二月号に掲載され、一九一六年にイギリスで刊行された。長さでは短篇に属するが、そうした事情から本書では単行本として扱う。訳出の底本には前掲の著作集第五巻を使用した。訳出に際して、河田智雄訳による前掲書所収の「宿なし女」を参照した。

あらすじを記す。アイスランド西部のスナイフェルス半島で、フィンワード・キールフェアラーとオイドの夫妻が入港してくる交易船の乗員たちや旅の一行をもてなしていた。夫妻には息子と娘が一人ずついる。夫は人当たりがよくて穏やかな男だったが、妻は気位が高く、物欲の強い女だった。あるとき、船に同乗しているトールグンナという女を自宅に泊めてやることになった。話によるとトールグンナは宿なしだとのことだが、きれいで高そうな装身具や衣服をたくさん持っていた。身寄りもなく、それなりに老けて見えるが、年齢不詳だ。オイドはトールグンナの持ち物を買い取りたいと言うが、相手にすげなく断られる。トールグンナは、泊まらせてもらっている礼として、家事をてきぱきこなしてゆく。またキールフェアラー家に集う人々をうまくもてなし、人気者にもなった。オイドはそんなトールグンナに強く嫉妬し、相手のすきを狙ってブローチを盗んでしまう。やがて、トールグンナはからだの具合を悪くし、もう長くはありませんとフィンワードに伝える。そこで、自分の有する大金と数々の品物を処分したい。お金はアイスランド南部のある教会に寄付してほしい。額はあなたに任せる。品物については、一部は奥さんにあげるが、残りは娘さんのアスディスに託します。でも寝具だけは燃やしてください。そうトールグンナは言い残し、その夜に息を引き取った。翌日、フィンワードが遺言に従うべく寝具を燃やそうとする。ところが、物欲の強いオイドがそんなおこないを黙って見ているわけがない。ここから夫婦とアスディス、さらにはトールグンナの幻も加わった〝争い〟が始まる。

謎の女トールグンナの存在や言動をめぐる非リアリズムの秀作。自分なりの解釈を打ち立てるために、何度でも読み返したくなる。それだけの価値は十分だ。背景に北欧伝説があるからだ。トールグンナ(Thorgunna)という名には、雷雨、農業、戦争の神トール(Thor)と英雄グンナル(Gunnar)という二者の名が響いてくる(双方とも男性ではあるが)。また、やはり北欧神話に出てくる地下の侏儒族ドヴェルグル(=ドワーフ)のなかに、死者を意味するナール(Nar)という妖精もいる。トールグンナの辿る運命から考えるに、ナールの名もかすかに響いてきそうだ(ナールは女性)。一方、トールグンナに異様な対抗心を抱くオイド(Aud)はまったくの人間だ。つまり本作には「神」対「人」という構図が透けて見える。

ちなみに、スティーヴンソンは幼いころから病弱だったため、保養目的で両親に連れられて一二歳のときにドイツへ行き、ホンブルクやフランクフルトに滞在したのをはじめ、オランダのアムステルダムなどにも逗留した。少なくとも『宿なし女』執筆時までに北欧を訪れたことはない。少年時代から何度となく外国に赴いてはいるが、おもにはフランスやイタリアといった南欧だ。スティーヴンソンは北欧神話を書物から学んでいた。

トールグンナは死してなおフィンワードとオイド夫妻の生活に影響を与え続ける。いや、むしろ支配し続ける。オイドはその力をどうしようもなく感じ取り、死に物狂いでトールグンナのくびきに抗っている。もはや目には見えない敵、というより〝神〟と比べて、自分は若く美しいということのみを心の糧として。オイドを哀れで愚かな女だと片づけるのはたやすい。しかし、〝神の呪い〟のゆえか、いきなりからだが弱って、唯一の武器であるはずの若さと美しさすら失う恐れの出てきた女にとっては、命を保つこと自体が尊き業《わざ》だった。これより少し前、オイドは娘から、おのれの好ましからざるふるまいをいさめられる。これも家族愛のかたちだ。想えば夫フィンワードは、はじめから妻のよき理解者だった。その夫を病で喪ったことが、オイドにはこたえた。哀調さえ漂う夫婦愛。無念の日々を送るはめとなったかに見えるオイドは、実は得がたき愛に恵まれた存在だった。むろん、一筋縄ではゆかぬオイドは、ひそかにけしからん計算にも励むのだが。作者スティーヴンソンは、そんな「人間」オイドの姿を描くためにも、トールグンナという「神」を俗界に呼び寄せたのだろう。再度言う。霊界と俗界との融合を巧みに果たした非リアリズムの秀作だ。

　作中の半ばごろ、具合が悪いからと床に伏していたトールグンナが、オイドの夫フィンワードを枕元に呼び、もう長く生きられないからと、自分の持ち物を指名する人物に手渡してほしい旨のことを言ったとき、フィンワードが口にしたことわざについて触れておく。“Needs must”は、正式には“Needs must when the devil drives”という。一つのことわざを途中までしか言わないのは日本人でもよくあることながら、“the devil”（悪霊）という一語の前で止めた点は明らかに作者の意図によるものだろう。

「慈善市」は一八六八年に執筆されたが、作者の生前には未発表のままで、*The Works of Robert*

Louis Stevenson（Edinburgh Edition, ed. Charles Baxter & Sidney Colvin, Printed by Constable, London: Chatto & Windus, 1894-98）の第二八巻 *Appendix* に収録されて日の目を見た。訳出の底本には前掲の著作集第五巻を使用した。

スティーヴンソンには珍しい戯曲ふうの小品だ。登場人物は三人。呼び込みの男の言葉遣いが巧みで、相手の夫婦を短い話のあいだにいつのまにか流れに乗せるところは、名文家スティーヴンソンの面目躍如たるものがある。

前述のとおり、生まれつき病弱だったスティーヴンソンは、幼いころから家族に連れられて諸外国へ保養の旅に出た。なかでもフランスについては、一三歳のときに初めて南部マントンへ行って以来、何度も滞在している。一八七六年にのちの妻となるアメリカ人ファニーと出会った地もフランスだ（ファニーとは三年後にサンフランシスコで結婚した）。パリにも二〇代半ばからよく訪れているし、一八八二年には南部に自宅を構えている。そうした事情からスティーヴンソンにはフランスを舞台とした作品が多い。スティーヴンソンの親仏感情はかなりのものだった。相手のフランスもスティーヴンソンには強い親近感を抱いているようだ。ここに幸福な相思相愛の典型例が見られる。

本書の収録作品ごとの訳者名をあらためて記しておく。

「眺海の館」……赤星美樹
「一夜の宿り」……赤星美樹
「マレトロワ邸の扉」……岩崎たまゑ

「神慮はギターとともに」……赤星美樹
「寓話」……大下英津子
「宿なし女」……岩崎たまゑ
「慈善市」……井伊順彦

訳者の略歴は以下のとおり。

赤星美樹　明治大学文学部文学科卒業。訳書に『誰もがポオを読んでいた』、『葬儀屋の次の仕事』（ともに論創社）。一般教養書などの翻訳協力もおこなっている。

岩崎たまゑ　東京女子大学短期大学部英語科卒業。訳書に『おひさまはどこ？』（岩崎書店）、『ひなどりのすだち』（大日本絵画）、「アーリー・ヒューマンズ」（『アメリカ新進作家傑作選2008』所収、DHC）。

大下英津子　ニューヨーク大学ギャラティンスクール修士課程（アジア系女性アメリカ作家文学専攻）修了。訳書に『火成岩』（文溪堂）、「シーラ」、「ポンペイ再び」（『アメリカ新進作家傑作選2007』所収、DHC）、『絶滅できない動物たち』（ダイヤモンド社）。

本稿を締めくくるにあたり、論創社編集部の黒田明氏にお礼を述べたい。本書刊行を企画した段階から、基本概念の設定、訳者の人選、収録作品の取捨などについて話し合いを重ねるなかで、氏には当方の様々な意見を深く理解していただいた。その結果、世界でも多くはないと思われる「眺海の館」初出雑誌版の訳出や、「慈善市」の本邦初訳をはじめ、意義ある作業をなしとげることができた。

厳しい日程のなか、校正をご担当いただいた南雲智氏と内藤三津子氏のご両名にも、深くお礼を述べたい。

本書は、単にミステリ愛読者やスティーヴンソン支持者から親しまれるべき存在というだけではない。今後は我が国におけるスティーヴンソン研究の基本文献の一冊となるだろう。さらに言えば、読書界全体にも歴史的な貢献を果たしてくれることを願って筆を擱く。

〔著者〕
ロバート・ルイス・スティーヴンソン
本名ロバート・ルイス・バルフォア・スティーヴンソン。1850年、スコットランド、エディンバラ生まれ。結核の転地療養として各地を転々とするなかでエッセイや小説を執筆する。代表作の「宝島」(1883) や「ジーキル博士とハイド氏」(86) は世界各国で古典として読み継がれている。1894年、脳溢血により死去。

〔編訳者〕
井伊順彦（いい・のぶひこ）
早稲田大学大学院博士前期課程（英文学専攻）修了。英文学者。編訳書に『自分の同類を愛した男』、『世を騒がす嘘つき男』(「20世紀英国モダニズム小説集成」。ともに風濤社）など。訳書に『アリントン邸の怪事件』、『必須の疑念』（ともに論創社）など多数。英国のトマス・ハーディ協会、ジョウゼフ・コンラッド協会、バーバラ・ピム協会の各会員。

眺海《ちょうかい》の館《やかた》
——論創海外ミステリ 237

2019年7月20日　初版第1刷印刷
2019年7月30日　初版第1刷発行

著　者　ロバート・ルイス・スティーヴンソン
編訳者　井伊順彦
装　丁　奥定泰之
発行人　森下紀夫
発行所　論 創 社
〒101-0051 東京都千代田区神田神保町2-23 北井ビル
TEL:03-3264-5254　FAX:03-3264-5254　振替口座 00160-1-155266
WEB:http://www.ronso.co.jp

印刷・製本　中央精版印刷
組版　フレックスアート

ISBN978-4-8460-1833-7
落丁・乱丁本はお取り替えいたします